魯迅經典作品精選

商務印書館

魯迅經典作品精選

作　　　者：魯　迅

責任編輯：曾卓然

封面設計：涂　慧

出　　　版：商務印書館 (香港) 有限公司

　　　　　　香港筲箕灣耀興道 3 號東滙廣場 8 樓

　　　　　　http://www.commercialpress.com.hk

發　　　行：香港聯合書刊物流有限公司

　　　　　　香港新界荃灣德士古道 220–248 號荃灣工業中心 16 樓

印　　　刷：中華商務彩色印刷有限公司

　　　　　　香港新界大埔汀麗路 36 號中華商務印刷大廈 14 字樓

版　　　次：2023 年 3 月第 1 版第 5 次印刷

　　　　　　© 2017 商務印書館 (香港) 有限公司

　　　　　　ISBN 978 962 07 4553 9

　　　　　　Printed in Hong Kong

導讀　理想，如夢之夢

楊傑銘

一、新與舊

　　正午的黑暗特別的黑，黑到極致了，宛若所有的希望都於此新生。距今一百年前的中國，那是西方列強環伺，滿清退位而民國初立的年代。然而，新與舊交替的時刻，新的事物都沾染上舊氣息，而舊的事物還是有新可能。

　　當新舊的論爭隨着辛亥革命與五四運動越演越烈，魯迅以冷嘲的方式，為這個世界的新與舊留下註解。本性矛盾的他，一方面期待時代的巨輪碾碎國民性的醜陋、愚昧，同時也對正在蛻變的新時代，還殘存官僚、腐敗的情況感到失望。多年後，魯迅在他的雜文裏，若有所感的說道：「舊的和新的，往往有極其相同之點。」新與舊，光明與黑暗，看似對立的兩極，在魯迅的人生體悟中，卻是如此相近也相似。

二、時代使人滄桑

　　理想狂飆的年代，魯迅也曾經激動地站在改革的浪頭上，為無聲的中國大聲疾呼。魯迅自一九〇九年從日本學成歸國

後，先後在杭州、紹興等地的中學任職，力圖於教育體制內革新，將希望投注在青年身上。

一九一一年，武昌起義推翻滿清帝國，包括魯迅在內的眾人，還以為中國的未來將會迎向光明，未料卻換來中華民國政府換湯不換藥的複製過往權力結構。不管民國建立初期政局是多麼不穩固，政治背後有着多少利益交換，由袁世凱從清廷的內閣大總理，搖身一變成了中華民國的總統的那一剎那起，敲碎了支持者們對這新生的國家曾經寄予的理想精神。

正如《阿 Q 正傳》故事中未庄裏的民眾，革命黨來了之後對他們的生活並沒有什麼改變，只是將頭髮剃了、辮子盤了起來，日子還是照舊這樣過下去。面對社會的動盪，國民性之愚昧，魯迅毫無抵抗能力，最後只好把自己摺疊，藏在時代的喧嘩聲中，躲在教育部的國家機器裏，安安分分的領着薪餉，做好分內的工作。並在閒暇之餘，把自己投擲在金石、印章、碑碣的拓本研究，不問政治之事，從新時代的紛擾中，走向舊文化傳統知識的學術之海。

那一年，他才三十一歲，卻已如此滄桑。

三、黑暗的閘門

有人說，魯迅這樣的矛盾、複雜，近乎對一切事物都不信任。他在抉擇的路口總帶着懷疑，就連希望與絕望之間也不願意選擇其一。他的小說〈故鄉〉開頭這樣說道：「希望是本無所謂有，無所謂無的。」魯迅在雙重否定中，不承認「希望」的存在與不存在，這造就了他個人的極度虛無，卻也是他

在時代變動裏，源源不絕的動能來源。

在魯迅的看法裏，中國病得太久、太深，體制的更迭並不能馬上為中國帶來改變，反倒是改革國民性，才是迫切的關鍵。魯迅曾在給他的妻子許廣平的書信裏，如此提道改造國民性的重要：「最要緊的是改革國民性，否則，無論是專制，是共和，是甚麼甚麼，招牌雖換，貨色照舊，全部行的。」這也是當他接到好友錢玄同、陳獨秀的邀請，在《新青年》上為青年朋友說幾句話時，最後會答應爬出「待死」的深淵，以小說、詩、雜文，投身改造國民性的新文化運動。

他在〈《吶喊》自序〉裏這樣提到加入新文化運動行列，創作小說的原因：「然而說到希望，卻是不能抹殺的，因為希望是在於將來，決不能以我之必無的證明，來折服了他之所謂可有，於是我終於答應他做文章了，這便是最初的一篇〈狂人日記〉。」〈狂人日記〉的狂人是整個吃人體制之中唯一的清醒者，看透了「禮教吃人」，也知道唯有「救救孩子」才有希望。無奈的是，從狂人兄長的補述裏，我們可以知道，狂人「早已癒，赴某地候補矣」，最終還是成為體制的一分子，跟着吃人、墮落下去。

在魯迅的認知中，中國希望之所在，不在於狂人，而是孩子。唯有還沒學會吃人的孩子，才有機會打造一個全新的中國。

但像狂人這樣曾經吃過人的清醒者，對中國未來的大聲吶喊也是重要的。魯迅曾以古代傳說「雄闊海力托千斤閘」的故事，直指狂人的重要。因為狂人們的存在，狂人們的反抗，

為孩子們扛起「黑暗的閘門」，中國才有希望，而中國的孩子才能迎向光明。

四、百年歷史的回聲

魯迅是誰？為何我們還要閱讀魯迅？

時代如潮水，潮起潮落，淘盡歷史的是非恩怨。對於生於魯迅寫作時間百年後的我們，重新閱讀其作品時，不免會因為時代的隔閡，而出現「誤讀」。不過，如此之錯誤宛若山谷回聲，跨越時代的形成新的意義。

時代是否有進步，這很難有個定論，但可以確信的是，時至今日，鐵屋子裏的人們似乎還在沉睡、裝睡，依然愚昧不堪。

我們與我們的時代，魯迅與魯迅的時代，是這樣的相似，也如此的荒謬。

楊傑銘，靜宜大學閱讀書寫創意研發中心助理教授

目　錄

小説

狂人日記

某君昆仲，今隱其名，皆余昔日在中學校時良友；分隔多年，消息漸闕。日前偶聞其一大病；適歸故鄉，迂道往訪，則僅晤一人，言病者其弟也。勞君遠道來視，然已早愈，赴某地候補矣。因大笑，出示日記二冊，謂可見當日病狀，不妨獻諸舊友。持歸閱一過，知所患蓋「迫害狂」之類。語頗錯雜無倫次，又多荒唐之言；亦不着月日，惟墨色字體不一，知非一時所書。間亦有略具聯絡者，今撮錄一篇，以供醫家研究。記中語誤，一字不易；惟人名雖皆村人，不為世間所知，無關大體，然亦悉易去。至於書名，則本人愈後所題，不復改也。七年四月二日識。

一

今天晚上，很好的月光。

我不見他，已是三十多年；今天見了，精神分外爽快。纔知道以前的三十多年，全是發昏；然而須十分小心。不然，那趙家的狗，何以看我兩眼呢？

我怕得有理。

二

今天全沒月光，我知道不妙。早上小心出門，趙貴翁的眼色便怪：似乎怕我，似乎想害我。還有七八個人，交頭接耳的議論我，又怕我看見。一路上的人，都是如此。其中最兇的一個人，張着嘴，對我笑了一笑；我便從頭直冷到腳跟，曉得他們佈置，都已妥當了。

我可不怕，仍舊走我的路。前面一夥小孩子，也在那裏議論我；眼色也同趙貴翁一樣，臉色也都鐵青。我想我同小孩子有什麼讎，他也這樣。忍不住大聲説，「你告訴我！」他們可就跑了。

我想：我同趙貴翁有什麼讎，同路上的人又有什麼讎；只有廿年以前，把古久先生的陳年流水簿子，踹了一腳，古久先生很不高興。趙貴翁雖然不認識他，一定也聽到風聲，代抱不平；約定路上的人，同我作冤對。但是小孩子呢？那時候，他們還沒有出世，何以今天也睜着怪眼睛，似乎怕我，似乎想害我。這真教我怕，教我納罕而且傷心。

我明白了。這是他們娘老子教的！

三

晚上總是睡不着。凡事須得研究，纔會明白。

他們 —— 也有給知縣打枷過的，也有給紳士掌過嘴的，也有衙役佔了他妻子的，也有老子娘被債主逼死的；他們那時候的臉色，全沒有昨天這麼怕，也沒有這麼兇。

最奇怪的是昨天街上的那個女人，打他兒子，嘴裏説道，

「老子呀！我要咬你幾口纔出氣！」他眼睛卻看着我。我出了一驚，遮掩不住；那青面獠牙的一夥人，便都鬨笑起來。陳老五趕上前，硬把我拖回家中了。

拖我回家，家裏的人都裝作不認識我；他們的眼色，也全同別人一樣。進了書房，便反扣上門，宛然是關了一隻雞鴨。這一件事，越教我猜不出底細。

前幾天，狼子村的佃戶來告荒，對我大哥説，他們村裏的一個大惡人，給大家打死了；幾個人便挖出他的心肝來，用油煎炒了喫，可以壯壯膽子。我插了一句嘴，佃戶和大哥便都看我幾眼。今天纔曉得他們的眼光，全同外面的那夥人一模一樣。

想起來，我從頂上直冷到腳跟。

他們會喫人，就未必不會喫我。

你看那女人「咬你幾口」的話，和一夥青面獠牙人的笑，和前天佃戶的話，明明是暗號。我看出他話中全是毒，笑中全是刀。他們的牙齒，全是白厲厲的排着，這就是喫人的家伙。

照我自己想，雖然不是惡人，自從踹了古家的簿子，可就難説了。他們似乎別有心思，我全猜不出。況且他們一翻臉，便説人是惡人。我還記得大哥教我做論，無論怎樣好人，翻他幾句，他便打上幾個圈；原諒壞人幾句，他便説「翻天妙手，與眾不同」。我哪裏猜得到他們的心思，究竟怎樣；況且是要喫的時候。

凡事總須研究，纔會明白。古來時常喫人，我也還記得，可是不甚清楚。我翻開歷史一查，這歷史沒有年代，歪歪斜

斜的每頁上都寫着「仁義道德」幾個字。我橫豎睡不着，仔細看了半夜，纔從字縫裏看出字來，滿本都寫着兩個字是「喫人」！

書上寫着這許多字，佃戶說了這許多話，卻都笑吟吟的睜着怪眼看我。

我也是人，他們想要喫我了！

四

早上，我靜坐了一會。陳老五送進飯來，一碗菜，一碗蒸魚；這魚的眼睛，白而且硬，張着嘴，同那一夥想喫人的人一樣。喫了幾筷，滑溜溜的不知是魚是人，便把他兜肚連腸的吐出。

我說「老五，對大哥說，我悶得慌，想到園裏走走。」老五不答應，走了；停一會，可就來開了門。

我也不動，研究他們如何擺佈我；知道他們一定不肯放鬆。果然！我大哥引了一個老頭子，慢慢走來；他滿眼兇光，怕我看出，只是低頭向着地，從眼鏡橫邊暗暗看我。大哥說，「今天你彷彿很好。」我說「是的。」大哥說，「今天請何先生來，給你診一診。」我說「可以！」其實我豈不知道這老頭子是劊子手扮的！無非借了看脈這名目，揣一揣肥瘠：因這功勞，也分一片肉喫。我也不怕；雖然不喫人，膽子卻比他們還壯。伸出兩個拳頭，看他如何下手。老頭子坐着，閉了眼睛，摸了好一會，呆了好一會；便張開他鬼眼睛說，「不要亂想。靜靜的養幾天，就好了。」

　　不要亂想，靜靜的養！養肥了，他們是自然可以多喫；我有什麼好處，怎麼會「好了」？他們這羣人，又想喫人，又是鬼鬼祟祟，想法子遮掩，不敢直捷下手，真要令我笑死。我忍不住，便放聲大笑起來，十分快活。自己曉得這笑聲裏面，有的是義勇和正氣。老頭子和大哥，都失了色，被我這勇氣正氣鎮壓住了。

　　但是我有勇氣，他們便越想喫我，沾光一點這勇氣。老頭子跨出門，走不多遠，便低聲對大哥說道：「趕緊喫罷！」大哥點點頭。原來也有你！這一件大發見，雖似意外，也在意中：合夥喫我的人，便是我的哥哥！

　　喫人的是我哥哥！

　　我是喫人的人的兄弟！

　　我自己被人喫了，可仍然是喫人的人的兄弟！

五

　　這幾天是退一步想：假使那老頭子不是劊子手扮的，真是醫生，也仍然是喫人的人。他們的祖師李時珍做的「本草什麼」上，明明寫着人肉可以煎喫；他還能說自己不喫人麼？

　　至於我家大哥，也毫不冤枉他。他對我講書的時候，親口說過可以「易子而食」；又一回偶然議論起一個不好的人，他便說不但該殺，還當「食肉寢皮」。我那時年紀還小，心跳了好半天。前天狼子村佃戶來說喫心肝的事，他也毫不奇怪，不住的點頭。可見心思是同從前一樣狠。既然可以「易子而食」，便什麼都易得，什麼人都喫得。我從前單聽他講道理，

也胡塗過去；現在曉得他講道理的時候，不但唇邊還抹着人油，而且心裏滿裝着喫人的意思。

六

黑漆漆的，不知是日是夜。趙家的狗又叫起來了。

獅子似的兇心，兔子的怯弱，狐狸的狡猾，……

七

我曉得他們的方法，直捷殺了，是不肯的，而且也不敢，怕有禍祟。所以他們大家連絡，佈滿了羅網，逼我自戕。試看前幾天街上男女的樣子，和這幾天我大哥的作為，便足可悟出八九分了。最好是解下腰帶，掛在梁上，自己緊緊勒死；他們沒有殺人的罪名，又償了心願，自然都歡天喜地的發出一種嗚嗚咽咽的笑聲。否則驚嚇憂愁死了，雖則略瘦，也還可以首肯幾下。

他們是只會喫死肉的！——記得什麼書上說，有一種東西，叫「海乙那」的，眼光和樣子都很難看；時常喫死肉，連極大的骨頭，都細細嚼爛，嚥下肚子去，想起來也教人害怕。「海乙那」是狼的親眷，狼是狗的本家。前天趙家的狗，看我幾眼，可見牠也同謀，早已接洽。老頭子眼看着地，豈能瞞得我過。

最可憐的是我的大哥，他也是人，何以毫不害怕；而且合夥喫我呢？還是歷來慣了，不以為非呢？還是喪了良心，明知故犯呢？

我詛咒喫人的人，先從他起頭；要勸轉喫人的人，也先從他下手。

八

其實這種道理，到了現在，他們也該早已懂得，……

忽然來了一個人；年紀不過二十左右，相貌是不很看得清楚，滿面笑容，對了我點頭，他的笑也不像真笑。我便問他，「喫人的事，對麼？」他仍然笑着說，「不是荒年，怎麼會喫人。」我立刻就曉得，他也是一夥，喜歡喫人的；便自勇氣百倍，偏要問他。

「對麼？」

「這等事問他甚麼。你真會……說笑話。……今天天氣很好。」

天氣是好，月色也很亮了。可是我要問你，「對麼？」

他不以為然了。含含胡胡的答道，「不……」

「不對？他們何以竟喫？！」

「沒有的事……」

「沒有的事？狼子村現喫；還有書上都寫着，通紅斬新！」

他便變了臉，鐵一般青。睜着眼說，「有許有的，這是從來如此……」

「從來如此，便對麼？」

「我不同你講這些道理；總之你不該說，你說便是你錯！」

我直跳起來，張開眼，這人便不見了。全身出了一大片汗。他的年紀，比我大哥小得遠，居然也是一夥；這一定是

他娘老子先教的。還怕已經教給他兒子了；所以連小孩子，也都惡狠狠的看我。

九

自己想喫人，又怕被別人喫了，都用着疑心極深的眼光，面面相覷。……

去了這心思，放心做事走路喫飯睡覺，何等舒服。這只是一條門檻，一個關頭。他們可是父子兄弟夫婦朋友師生讎敵和各不相識的人，都結成一夥，互相勸勉，互相牽掣，死也不肯跨過這一步。

十

大清早，去尋我大哥；他立在堂門外看天，我便走到他背後，攔住門，格外沉靜，格外和氣的對他說，

「大哥，我有話告訴你。」

「你說就是，」他趕緊回過臉來，點點頭。

「我只有幾句話，可是說不出來。大哥，大約當初野蠻的人，都喫過一點人。後來因為心思不同，有的不喫人了，一味要好，便變了人，變了真的人。有的卻還喫，—— 也同蟲子一樣，有的變了魚鳥猴子，一直變到人。有的不要好，至今還是蟲子。這喫人的人比不喫人的人，何等慚愧。怕比蟲子的慚愧猴子，還差得很遠很遠。

「易牙蒸了他兒子，給桀紂喫，還是一直從前的事。誰曉得從盤古開闢天地以後，一直喫到易牙的兒子；從易牙的兒

子，一直喫到徐錫林；從徐錫林，又一直喫到狼子村捉住的
人。去年城裏殺了犯人，還有一個生癆病的人，用饅頭蘸血舐。

　　「他們要喫我，你一個人，原也無法可想；然而又何必去
入夥。喫人的人，什麼事做不出；他們會喫我，也會喫你，一
夥裏面，也會自喫。但只要轉一步，只要立刻改了，也就人人
太平。雖然從來如此，我們今天也可以格外要好，說是不能！
大哥，我相信你能說，前天佃戶要減租，你說過不能。」

　　當初，他還只是冷笑，隨後眼光便兇狠起來，一到說破他
們的隱情，那就滿臉都變成青色了。大門外立着一夥人，趙
貴翁和他的狗，也在裏面，都探頭探腦的挨進來。有的是看
不出面貌，似乎用布蒙着；有的是仍舊青面獠牙，抿着嘴笑。
我認識他們是一夥，都是喫人的人。可是也曉得他們心思很
不一樣，一種是以為從來如此，應該喫的；一種是知道不該
喫，可是仍然要喫，又怕別人說破他，所以聽了我的話，越發
氣憤不過，可是抿着嘴冷笑。

　　這時候，大哥也忽然顯出兇相，高聲喝道，

　　「都出去！瘋子有什麼好看！」

　　這時候，我又懂得一件他們的巧妙了。他們豈但不肯改，
而且早已佈置；預備下一個瘋子的名目罩上我。將來喫了，
不但太平無事，怕還會有人見情。佃戶說的大家喫了一個惡
人，正是這方法。這是他們的老譜！

　　陳老五也氣憤憤的直走進來。如何按得住我的口，我偏
要對這夥人說，

　　「你們可以改了，從真心改起！要曉得將來容不得喫人的

人，活在世上。」

「你們要不改，自己也會喫盡。即使生得多，也會給眞的人除滅了，同獵人打完狼子一樣！——同蟲子一樣！」

那一夥人，都被陳老五趕走了。大哥也不知哪裏去了。陳老五勸我回屋子裏去。屋裏面全是黑沉沉的。橫梁和椽子都在頭上發抖；抖了一會，就大起來，堆在我身上。

萬分沉重，動彈不得；他的意思是要我死。我曉得他的沉重是假的，便掙扎出來，出了一身汗。可是偏要說，

「你們立刻改了，從眞心改起！你們要曉得將來是容不得喫人的人，……」

十一

太陽也不出，門也不開，日日是兩頓飯。

我捏起筷子，便想起我大哥；曉得妹子死掉的緣故，也全在他。那時我妹子纔五歲，可愛可憐的樣子，還在眼前。母親哭個不住，他卻勸母親不要哭；大約因為自己喫了，哭起來不免有點過意不去。如果還能過意不去，……

妹子是被大哥喫了，母親知道沒有，我可不得而知。

母親想也知道；不過哭的時候，卻並沒有說明，大約也以為應當的了。記得我四五歲時，坐在堂前乘涼，大哥說爺娘生病，做兒子的須割下一片肉來，煮熟了請他喫，纔算好人；母親也沒有說不行。一片喫得，整個的自然也喫得。但是那天的哭法，現在想起來，實在還教人傷心，這眞是奇極的事！

十二

不能想了。

四千年來時時喫人的地方，今天纔明白，我也在其中混了多年；大哥正管着家務，妹子恰恰死了，他未必不和在飯菜裏，暗暗給我們喫。

我未必無意之中，不喫了我妹子的幾片肉，現在也輪到我自己，⋯⋯

有了四千年喫人履歷的我，當初雖然不知道，現在明白，難見眞的人！

十三

沒有喫過人的孩子，或者還有？

救救孩子⋯⋯

一九一八年四月。

阿 Q 正傳

第一章　序

　　我要給阿Q做正傳，已經不止一兩年了。但一面要做，一面又往回想，這足見我不是一個「立言」的人，因為從來不朽之筆，須傳不朽之人，於是人以文傳，文以人傳 —— 究竟誰靠誰傳，漸漸的不甚瞭然起來，而終於歸接到傳阿Q，彷彿思想裏有鬼似的。

　　然而要做這一篇速朽的文章，才下筆，便感到萬分的困難了。第一是文章的名目。孔子曰，「名不正則言不順」。這原是應該極注意的。傳的名目很繁多：列傳，自傳，內傳，外傳，別傳，家傳，小傳……而可惜都不合。「列傳」麼，這一篇並非和許多闊人排在「正史」裏；「自傳」麼，我又並非就是阿Q。說是「外傳」，「內傳」在哪裏呢？倘用「內傳」，阿Q又決不是神仙。「別傳」呢，阿Q實在未曾有大總統上諭宣付國史館立「本傳」—— 雖說英國正史上並無「博徒列傳」，而文豪迭更司也做過《博徒別傳》這一部書，但文豪則可，在我輩卻不可。其次是「家傳」，則我既不知與阿Q是否同宗，也未曾受他子孫的拜託；或「小傳」，則阿Q又更無別的「大傳」了。總而言之，這一篇也便是「本傳」，但從我的文章着想，

因為文體卑下，是「引車賣漿者流」所用的話，所以不敢僭稱，便從不入三教九流的小說家所謂「閒話休題言歸正傳」這一句套話裏，取出「正傳」兩個字來，作為名目，即使與古人所撰《書法正傳》的「正傳」字面上很相混，也顧不得了。

第二，立傳的通例，開首大抵該是「某，字某，某地人也」，而我並不知道阿Q姓什麼。有一回，他似乎是姓趙，但第二日便模糊了。那是趙太爺的兒子進了秀才的時候，鑼聲鏜鏜的報到村裏來，阿Q正喝了兩碗黃酒，便手舞足蹈的說，這於他也很光采，因為他和趙太爺原來是本家，細細的排起來他還比秀才長三輩呢。其時幾個旁聽人倒也肅然的有些起敬了。那知道第二天，地保便叫阿Q到趙太爺家裏去；太爺一見，滿臉濺朱，喝道：

「阿Q，你這渾小子！你說我是你的本家麼？」

阿Q不開口。

趙太爺愈看愈生氣了，搶進幾步說：「你敢胡說！我怎麼會有你這樣的本家？你姓趙麼？」

阿Q不開口，想往後退了；趙太爺跳過去，給了他一個嘴巴。

「你怎麼會姓趙！——你哪裏配姓趙！」

阿Q並沒有抗辯他確鑿姓趙，只用手摸着左頰，和地保退出去了；外面又被地保訓斥了一番，謝了地保二百文酒錢。知道的人都說阿Q太荒唐，自己去招打；他大約未必姓趙，即使真姓趙，有趙太爺在這裏，也不該如此胡說的。此後便再沒有人提起他的氏族來，所以我終於不知道阿Q究竟什麼

姓。

　　第三，我又不知道阿Q的名字是怎麼寫的。他活着的時候，人都叫他阿Quei，死了以後，便沒有一個人再叫阿Quei了，哪裏還會有「著之竹帛」的事。若論「著之竹帛」，這篇文章要算第一次，所以先遇着了這第一個難關。我曾仔細想：阿Quei，阿桂還是阿貴呢？倘使他號月亭，或者在八月間做過生日，那一定是阿桂了；而他既沒有號——也許有號，只是沒有人知道他，——又未嘗散過生日徵文的帖子：寫作阿桂，是武斷的。又倘使他有一位老兄或令弟叫阿富，那一定是阿貴了；而他又只是一個人：寫作阿貴，也沒有佐證的。其餘音Quei的偏僻字樣，更加湊不上了。先前，我也曾問過趙太爺的兒子茂才先生，誰料博雅如此公，竟也茫然，但據結論說，是因為陳獨秀辦了《新青年》提倡洋字，所以國粹淪亡，無可查考了。我的最後的手段，只有托一個同鄉去查阿Q犯事的案卷，八個月之後才有回信，說案卷裏並無與阿Quei的聲音相近的人。我雖不知道是真沒有，還是沒有查，然而也再沒有別的方法了。生怕注音字母還未通行，只好用了「洋字」，照英國流行的拼法寫他為阿Quei，略作阿Q。這近於盲從《新青年》，自己也很抱歉，但茂才公尚且不知，我還有什麼好辦法呢。

　　第四，是阿Q的籍貫了。倘他姓趙，則據現在好稱郡望的老例，可以照《郡名百家姓》上的註解，說是「隴西天水人也」，但可惜這姓是不甚可靠的，因此籍貫也就有些決不定。他雖然多住未莊，然而也常常宿在別處，不能說是未莊人，即

使説是「未莊人也」，也仍然有乖史法的。

我所聊以自慰的，是還有一個「阿」字非常正確，絕無附會假借的缺點，頗可以就正於通人。至於其餘，卻都非淺學所能穿鑿，只希望有「歷史癖與考據癖」的胡適之先生的門人們，將來或者能夠尋出許多新端緒來，但是我這《阿Q正傳》到那時卻又怕早經消滅了。

以上可以算是序。

第二章　優勝紀略

阿Q不獨是姓名籍貫有些渺茫，連他先前的「行狀」也渺茫。因為未莊的人們之於阿Q，只要他幫忙，只拿他玩笑，從來沒有留心他的「行狀」的。而阿Q自己也不説，獨有和別人口角的時候，間或瞪着眼睛道：

「我先前 —— 比你闊的多啦！你算是什麼東西！」

阿Q沒有家，住在未莊的土穀祠裏；也沒有固定的職業，只給人家做短工，割麥便割麥，舂米便舂米，撐船便撐船。工作略長久時，他也或住在臨時主人的家裏，但一完就走了。所以，人們忙碌的時候，也還記起阿Q來，然而記起的是做工，並不是「行狀」；一閒空，連阿Q都早忘卻，更不必説「行狀」了。只是有一回，有一個老頭子頌揚説：「阿Q真能做！」這時阿Q赤着膊，懶洋洋的瘦伶仃的正在他面前，別人也摸不着這話是真心還是譏笑，然而阿Q很喜歡。

阿Q又很自尊，所有未莊的居民，全不在他眼神裏，甚而至於對於兩位「文童」也有以為不值一笑的神情。夫文童者，

將來恐怕要變秀才者也；趙太爺錢太爺大受居民的尊敬，除有錢之外，就因為都是文童的爹爹，而阿Q在精神上獨不表格外的崇奉，他想：我的兒子會闊得多啦！加以進了幾回城，阿Q自然更自負，然而他又很鄙薄城裏人，譬如用三尺三寸寬的木板做成的凳子，未莊人叫「長凳」，他也叫「長凳」，城裏人卻叫「條凳」，他想：這是錯的，可笑！油煎大頭魚，未莊都加上半寸長的蔥葉，城裏卻加上切細的蔥絲，他想：這也是錯的，可笑！然而未莊人真是不見世面的可笑的鄉下人呵，他們沒有見過城裏的煎魚！

　　阿Q「先前闊」，見識高，而且「真能做」，本來幾乎是一個「完人」了，但可惜他體質上還有一些缺點。最惱人的是在他頭皮上，頗有幾處不知於何時的癩瘡疤。這雖然也在他身上，而看阿Q的意思，倒也似乎以為不足貴的，因為他諱說「癩」以及一切近於「賴」的音，後來推而廣之，「光」也諱，「亮」也諱，再後來，連「燈」「燭」都諱了。一犯諱，不問有心與無心，阿Q便全疤通紅的發起怒來，估量了對手，口訥的他便罵，氣力小的他便打；然而不知怎麼一回事，總還是阿Q吃虧的時候多。於是他漸漸的變換了方針，大抵改為怒目而視了。

　　誰知道阿Q採用怒目主義之後，未莊的閒人們便愈喜歡玩笑他。一見面，他們便假作吃驚的說：

　　「嚄，亮起來了。」

　　阿Q照例的發了怒，他怒目而視了。

　　「原來有保險燈在這裏！」他們並不怕。

阿Q沒有法，只得另外想出報復的話來：

「你還不配……」這時候，又彷彿在他頭上的是一種高尚的光容的癩頭瘡，並非平常的癩頭瘡了；但上文說過，阿Q是有見識的，他立刻知道和「犯忌」有點牴觸，便不再往底下說。

閒人還不完，只撩他，於是終而至於打。阿Q在形式上打敗了，被人揪住黃辮子，在壁上碰了四五個響頭，閒人這才心滿意足的得勝的走了，阿Q站了一刻，心裏想，「我總算被兒子打了，現在的世界真不像樣……」於是也心滿意足的得勝的走了。

阿Q想在心裏的，後來每每說出口來，所以凡是和阿Q玩笑的人們，幾乎全知道他有這一種精神上的勝利法，此後每逢揪住他黃辮子的時候，人就先一着對他說：

「阿Q，這不是兒子打老子，是人打畜生。自己說：人打畜生！」

阿Q兩隻手都捏住了自己的辮根，歪着頭，說道：

「打蟲豸，好不好？我是蟲豸——還不放麼？」

但雖然是蟲豸，閒人也並不放，仍舊在就近什麼地方給他碰了五六個響頭，這才心滿意足的得勝的走了，他以為阿Q這回可遭了瘟。然而不到十秒鐘，阿Q也心滿意足的得勝的走了，他覺得他是第一個能夠自輕自賤的人，除了「自輕自賤」不算外，餘下的就是「第一個」。狀元不也是「第一個」麼？「你算是什麼東西」呢！？

阿Q以如是等等妙法剋服怨敵之後，便愉快的跑到酒店

裏喝幾碗酒，又和別人調笑一通，口角一通，又得了勝，愉快的回到土穀祠，放倒頭睡着了。假使有錢，他便去押牌寶，一堆人蹲在地面上，阿Q即汗流滿面的夾在這中間，聲音他最響：

「青龍四百！」

「咳～～開～～啦！」樁家揭開盒子蓋，也是汗流滿面的唱。「天門啦～～角回啦～～！人和穿堂空在那裏啦～～！阿Q的銅錢拿過來～～！」

「穿堂一百——一百五十！」

阿Q的錢便在這樣的歌吟之下，漸漸的輸入別個汗流滿面的人物的腰間。他終於只好擠出堆外，站在後面看，替別人着急，一直到散場，然後戀戀的回到土穀祠，第二天，腫着眼睛去工作。

但真所謂「塞翁失馬安知非福」罷，阿Q不幸而贏了一回，他倒幾乎失敗了。

這是未莊賽神的晚上。這晚上照例有一臺戲，戲臺左近，也照例有許多的賭攤。做戲的鑼鼓，在阿Q耳朵裏彷彿在十里之外；他只聽得樁家的歌唱了。他贏而又贏，銅錢變成角洋，角洋變成大洋，大洋又成了疊。他興高采烈得非常：

「天門兩塊！」

他不知道誰和誰為什麼打起架來了。罵聲打聲腳步聲，昏頭昏腦的一大陣，他才爬起來，賭攤不見了，人們也不見了，身上有幾處很似乎有些痛，似乎也挨了幾拳幾腳似的，幾個人詫異的對他看。他如有所失的走進土穀祠，定一定神，

知道他的一堆洋錢不見了。趕賽會的賭攤多不是本村人，還到那裏去尋根柢呢？

很白很亮的一堆洋錢！而且是他的——現在不見了！說是算被兒子拿去了罷，總還是忽忽不樂；說自己是蟲豸罷，也還是忽忽不樂：他這回才有些感到失敗的苦痛了。

但他立刻轉敗為勝了。他擎起右手，用力的在自己臉上連打了兩個嘴巴，熱剌剌的有些痛；打完之後，便心平氣和起來，似乎打的是自己，被打的是別一個自己，不久也就彷彿是自己打了別個一般，——雖然還有些熱剌剌，——心滿意足的得勝的躺下了。

他睡着了。

第三章　續優勝記略

然而阿Q雖然常優勝，卻直待蒙趙太爺打他嘴巴之後，這才出了名。

他付過地保二百文酒錢，憤憤的躺下了，後來想：「現在的世界太不成話，兒子打老子……」於是忽而想到趙太爺的威風，而現在是他的兒子了，便自己也漸漸的得意起來，爬起身，唱着《小孤孀上墳》到酒店去。這時候，他又覺得趙太爺高人一等了。

說也奇怪，從此之後，果然大家也彷彿格外尊敬他。這在阿Q，或者以為因為他是趙太爺的父親，而其實也不然。未莊通例，倘如阿七打阿八，或者李四打張三，向來本不算口碑。一上口碑，則打的既有名，被打的也就托庇有了名。至

於錯在阿Q，那自然是不必説。所以者何？就因為趙太爺是不會錯的。但他既然錯，為什麼大家又彷彿格外尊敬他呢？這可難解，穿鑿起來説，或者因為阿Q説是趙太爺的本家，雖然挨了打，大家也還怕有些真，總不如尊敬一些穩當。否則，也如孔廟裏的太牢一般，雖然與豬羊一樣，同是畜生，但既經聖人下箸，先儒們便不敢妄動了。

阿Q此後倒得意了許多年。

有一年的春天，他醉醺醺的在街上走，在牆根的日光下，看見王胡在那裏赤着膊捉蝨子，他忽然覺得身上也癢起來了。這王胡，又癩又胡，別人都叫他王癩胡，阿Q卻刪去了一個癩字，然而非常渺視他。阿Q的意思，以為癩是不足為奇的，只有這一部絡腮鬍子，實在太新奇，令人看不上眼。他於是併排坐下去了。倘是別的閒人們，阿Q本不敢大意坐下去。但這王胡旁邊，他有什麼怕呢？老實説：他肯坐下去，簡直還是抬舉他。

阿Q也脱下破袷襖來，翻檢了一回，不知道因為新洗呢還是因為粗心，許多工夫，只捉到三四個。他看那王胡，卻是一個又一個，兩個又三個，只放在嘴裏畢畢剝剝的響。

阿Q最初是失望，後來卻不平了：看不上眼的王胡尚且那麼多，自己倒反這樣少，這是怎樣的大失體統的事呵！他很想尋一兩個大的，然而竟沒有，好容易才捉到一個中的，恨恨的塞在厚嘴唇裏，狠命一咬，劈的一聲，又不及王胡的響。

他癩瘡疤塊塊通紅了，將衣服摔在地上，吐一口唾沫，説：

「這毛蟲！」

「癩皮狗，你罵誰？」王胡輕蔑的抬起眼來說。

阿Q近來雖然比較的受人尊敬，自己也更高傲些，但和那些打慣的閒人們見面還膽怯，獨有這回卻非常武勇了。這樣滿臉鬍子的東西，也敢出言無狀麼？

「誰認便罵誰！」他站起來，兩手叉在腰間說。

「你的骨頭癢了麼？」王胡也站起來，披上衣服說。

阿Q以為他要逃了，搶進去就是一拳。這拳頭還未達到身上，已經被他抓住了，只一拉，阿Q蹌蹌踉踉的跌進去，立刻又被王胡扭住了辮子，要拉到牆上照例去碰頭。

「『君子動口不動手』！」阿Q歪着頭說。

王胡似乎不是君子，並不理會，一連給他碰了五下，又用力的一推，至於阿Q跌出六尺多遠，這才滿足的去了。

在阿Q的記憶上，這大約要算是生平第一件的屈辱，因為王胡以絡腮鬍子的缺點，向來只被他奚落，從沒有奚落他，更不必說動手了。而他現在竟動手，很意外，難道真如市上所說，皇帝已經停了考，不要秀才和舉人了，因此趙家減了威風，因此他們也便小覷了他麼？

阿Q無可適從的站着。

遠遠的走來了一個人，他的對頭又到了。這也是阿Q最厭惡的一個人，就是錢太爺的大兒子。他先前跑上城裏去進洋學堂，不知怎麼又跑到東洋去了，半年之後他回到家裏來，腿也直了，辮子也不見了，他的母親大哭了十幾場，他的老婆跳了三回井。後來，他的母親到處說，「這辮子是被壞人灌醉

了酒剪去了。本來可以做大官，現在只好等留長再説了。」然而阿Q不肯信，偏稱他「假洋鬼子」，也叫作「裏通外國的人」，一見他，一定在肚子裏暗暗的咒罵。

阿Q尤其「深惡而痛絕之」的，是他的一條假辮子。辮子而至於假，就是沒有了做人的資格；他的老婆不跳第四回井，也不是好女人。

這「假洋鬼子」近來了。

「禿兒。驢……」阿Q歷來本只在肚子裏罵，沒有出過聲，這回因為正氣忿，因為要報仇，便不由的輕輕的説出來了。

不料這禿兒卻拿着一支黃漆的棍子 —— 就是阿Q所謂哭喪棒 —— 大踏步走了過來。阿Q在這刹那，便知道大約要打了，趕緊抽緊筋骨，聳了肩膀等候着，果然，拍的一聲，似乎確鑿打在自己頭上了。

「我説他！」阿Q指着近旁的一個孩子，分辯説。

拍！拍拍！

在阿Q的記憶上，這大約要算是生平第二件的屈辱。幸而拍拍的響了之後，於他倒似乎完結了一件事，反而覺得輕鬆些，而且「忘卻」這一件祖傳的寶貝也發生了效力，他慢慢的走，將到酒店門口，早已有些高興了。

但對面走來了靜修庵裏的小尼姑。阿Q便在平時，看見伊也一定要唾罵，而況在屈辱之後呢？他於是發生了回憶，又發生了敵愾了。

「我不知道我今天為什麼這樣晦氣，原來就因為見了你！」他想。

他迎上去，大聲的吐一口唾沫：

「咳，呸！」

小尼姑全不睬，低了頭只是走。阿Q走近伊身旁，突然伸出手去摩着伊新剃的頭皮，呆笑着，說：

「禿兒！快回去，和尚等着你……」

「你怎麼動手動腳……」尼姑滿臉通紅的說，一面趕快走。

酒店裏的人大笑了。阿Q看見自己的勳業得了賞識，便愈加興高采烈起來：

「和尚動得，我動不得？」他扭住伊的面頰。

酒店裏的人大笑了。阿Q更得意，而且為了滿足那些賞鑑家起見，再用力的一擰，才放手。

他這一戰，早忘卻了王胡，也忘卻了假洋鬼子，似乎對於今天的一切「晦氣」都報了仇；而且奇怪，又彷彿全身比拍拍的響了之後輕鬆，飄飄然的似乎要飛去了。

「這斷子絕孫的阿Q！」遠遠地聽得小尼姑的帶哭的聲音。

「哈哈哈！」阿Q十分得意的笑。

「哈哈哈！」酒店裏的人也九分得意的笑。

第四章　戀愛的悲劇

有人說：有些勝利者，願意敵手如虎，如鷹，他才感得勝利的歡喜；假使如羊，如小雞，他便反覺得勝利的無聊。又有些勝利者，當剋服一切之後，看見死的死了，降的降了，「臣誠惶誠恐死罪死罪」，他於是沒有了敵人，沒有了對手，沒有了朋友，只有自己在上，一個，孤零零，淒涼，寂寞，便反而

感到了勝利的悲哀。然而我們的阿Q卻沒有這樣乏，他是永遠得意的：這或者也是中國精神文明冠於全球的一個證據了。

看那，他飄飄然的似乎要飛去了！

然而這一次的勝利，卻又使他有些異樣。他飄飄然的飛了大半天，飄進土穀祠，照例應該躺下便打鼾。誰知道這一晚，他很不容易闔眼，他覺得自己的大拇指和第二指有點古怪：彷彿比平常滑膩些。不知道是小尼姑的臉上有一點滑膩的東西黏在他指上，還是他的指頭在小尼姑臉上磨得滑膩了？……

「斷子絕孫的阿Q！」

阿Q的耳朵裏又聽到這句話。他想：不錯，應該有一個女人，斷子絕孫便沒有人供一碗飯，……應該有一個女人。夫「不孝有三無後為大」，而「若敖之鬼餒而」，也是一件人生的大哀，所以他那思想，其實是樣樣合於聖經賢傳的，只可惜後來有些「不能收其放心」了。

「女人，女人！……」他想。

「……和尚動得……女人，女人！……女人！」他又想。

我們不能知道這晚上阿Q在什麼時候才打鼾。但大約他從此總覺得指頭有些滑膩，所以他從此總有些飄飄然；「女……」他想。

即此一端，我們便可以知道女人是害人的東西。

中國的男人，本來大半都可以做聖賢，可惜全被女人毀掉了。商是妲己鬧亡的；周是褒姒弄壞的；秦……雖然史無明文，我們也假定他因為女人，大約未必十分錯；而董卓可是

的確給貂蟬害死了。

　　阿Q本來也是正人，我們雖然不知道他曾蒙什麼明師指授過，但他對於「男女之大防」卻歷來非常嚴；也很有排斥異端——如小尼姑及假洋鬼子之類——的正氣。他的學說是：凡尼姑，一定與和尚私通；一個女人在外面走，一定想引誘野男人；一男一女在那裏講話，一定要有勾當了。為懲治他們起見，所以他往往怒目而視，或者大聲說幾句「誅心」話，或者在冷僻處，便從後面擲一塊小石頭。

　　誰知道他將到「而立」之年，竟被小尼姑害得飄飄然了。這飄飄然的精神，在禮教上是不應該有的，——所以女人真可惡，假使小尼姑的臉上不滑膩，阿Q便不至於被蠱，又假使小尼姑的臉上蓋一層布，阿Q便也不至於被蠱了，——他五六年前，曾在戲臺下的人叢中擰過一個女人的大腿，但因為隔一層褲，所以此後並不飄飄然，——而小尼姑並不然，這也足見異端之可惡。

　　「女……」阿Q想。

　　他對於以為「一定想引誘野男人」的女人，時常留心看，然而伊並不對他笑。他對於和他講話的女人，也時常留心聽，然而伊又並不提起關於什麼勾當的話來。哦，這也是女人可惡之一節：伊們全都要裝「假正經」的。

　　這一天，阿Q在趙太爺家裏舂了一天米，吃過晚飯，便坐在廚房裏吸旱菸。倘在別家，吃過晚飯本可以回去的了，但趙府上晚飯早，雖說定例不准掌燈，一吃完便睡覺，然而偶然也有一些例外：其一，是趙大爺未進秀才的時候，准其點燈

讀文章；其二，便是阿Q來做短工的時候，准其點燈舂米。因為這一條例外，所以阿Q在動手舂米之前，還坐在廚房裏吸旱煙。

吳媽，是趙太爺家裏唯一的女僕，洗完了碗碟，也就在長凳上坐下了，而且和阿Q談閒天：

「太太兩天沒有吃飯哩，因為老爺要買一個小的……」

「女人……吳媽……這小孤孀……」阿Q想。

「我們的少奶奶是八月裏要生孩子了……」

「女人……」阿Q想。

阿Q放下煙管，站了起來。

「我們的少奶奶……」吳媽還嘮叨說。

「我和你睏覺，我和你睏覺！」阿Q忽然搶上去，對伊跪下了。

一刹時中很寂然。

「阿呀！」吳媽楞了一息，突然發抖，大叫着往外跑，且跑且嚷，似乎後來帶哭了。

阿Q對了牆壁跪着也發楞，於是兩手扶着空板凳，慢慢的站起來，彷彿覺得有些糟。他這時確也有些忐忑了，慌張的將煙管插在褲帶上，就想去舂米。蓬的一聲，頭上着了很粗的一下，他急忙迴轉身去，那秀才便拿了一支大竹槓站在他面前。

「你反了，……你這……」

大竹槓又向他劈下來了。阿Q兩手去抱頭，拍的正打在指節上，這可很有些痛。他衝出廚房門，彷彿背上又着了一

下似的。

「忘八蛋！」秀才在後面用了官話這樣罵。

阿Q奔入舂米場，一個人站着，還覺得指頭痛，還記得「忘八蛋」，因為這話是未莊的鄉下人從來不用，專是見過官府的闊人用的，所以格外怕，而印象也格外深。但這時，他那「女……」的思想卻也沒有了。而且打罵之後，似乎一件事也已經收束，倒反覺得一無罣礙似的，便動手去舂米。舂了一會，他熱起來了，又歇了手脫衣服。

脫下衣服的時候，他聽得外面很熱鬧，阿Q生平本來最愛看熱鬧，便即尋聲走出去了。尋聲漸漸的尋到趙太爺的內院裏，雖然在昏黃中，卻辨得出許多人，趙府一家連兩日不吃飯的太太也在內，還有間壁的鄒七嫂，真正本家的趙白眼，趙司晨。

少奶奶正拖着吳媽走出下房來，一面説：

「你到外面來，……不要躲在自己房裏想……」

「誰不知道你正經，……短見是萬萬尋不得的。」鄒七嫂也從旁説。

吳媽只是哭，夾些話，卻不甚聽得分明。

阿Q想：「哼，有趣，這小孤孀不知道鬧着什麼玩意兒了？」他想打聽，走近趙司晨的身邊。這時他猛然間看見趙大爺向他奔來，而且手裏捏着一支大竹槓。他看見這一支大竹槓，便猛然間悟到自己曾經被打，和這一場熱鬧似乎有點相關。他翻身便走，想逃回舂米場，不圖這支竹槓阻了他的去路，於是他又翻身便走，自然而然的走出後門，不多工夫，已

在土穀祠內了。

阿Q坐了一會，皮膚有些起粟，他覺得冷了，因為雖在春季，而夜間頗有餘寒，尚不宜於赤膊。他也記得布衫留在趙家，但倘若去取，又深怕秀才的竹槓。然而地保進來了。

「阿Q，你的媽媽的！你連趙家的用人都調戲起來，簡直是造反。害得我晚上沒有覺睡，你的媽媽的！……」

如是云云的教訓了一通，阿Q自然沒有話。臨末，因為在晚上，應該送地保加倍酒錢四百文，阿Q正沒有現錢，便用一頂氈帽做抵押，並且訂定了五條件：

一　明天用紅燭——要一斤重的——一對，香一封，到趙府上去賠罪。

二　趙府上請道士祓除縊鬼，費用由阿Q負擔。

三　阿Q從此不准踏進趙府的門檻。

四　吳媽此後倘有不測，惟阿Q是問。

五　阿Q不准再去索取工錢和布衫。

阿Q自然都答應了，可惜沒有錢。幸而已經春天，棉被可以無用，便質了二千大錢，履行條約。赤膊磕頭之後，居然還剩幾文，他也不再贖氈帽，統統喝了酒了。但趙家也並不燒香點燭，因為太太拜佛的時候可以用，留着了。那破布衫是大半做了少奶奶八月間生下來的孩子的襯尿布，那小半破爛的便都做了吳媽的鞋底。

第五章　生計問題

阿Q禮畢之後，仍舊回到土穀祠，太陽下去了，漸漸覺得

世上有些古怪。他仔細一想，終於省悟過來：其原因蓋在自己的赤膊。他記得破袷襖還在，便披在身上，躺倒了，待張開眼睛，原來太陽又已經照在西牆上頭了。他坐起身，一面說道，「媽媽的……」

他起來之後，也仍舊在街上逛，雖然不比赤膊之有切膚之痛，卻又漸漸的覺得世上有些古怪了。彷彿從這一天起，未莊的女人們忽然都怕了羞，伊們一見阿Q走來，便個個躲進門裏去。甚而至於將近五十歲的鄒七嫂，也跟着別人亂鑽，而且將十一歲的女兒都叫進去了。阿Q很以為奇，而且想：「這些東西忽然都學起小姐模樣來了。這娼婦們……」

但他更覺得世上有些古怪，卻是許多日以後的事。其一，酒店不肯賒欠了；其二，管土穀祠的老頭子說些廢話，似乎叫他走；其三，他雖然記不清多少日，但確乎有許多日，沒有一個人來叫他做短工。酒店不賒，熬着也罷了；老頭子催他走，嚕囌一通也就算了；只是沒有人來叫他做短工，卻使阿Q肚子餓：這委實是一件非常「媽媽的」的事情。

阿Q忍不下去了，他只好到老主顧的家裏去探問，──但獨不許踏進趙府的門檻，──然而情形也異樣：一定走出一個男人來，現了十分煩厭的相貌，像回覆乞丐一般的搖手道：

「沒有沒有！你出去！」

阿Q愈覺得稀奇了。他想，這些人家向來少不了要幫忙，不至於現在忽然都無事，這總該有些蹊蹺在裏面了。他留心打聽，才知道他們有事都去叫小Don。這小D，是一個窮小

子，又瘦又乏，在阿Q的眼睛裏，位置是在王胡之下的，誰料這小子竟謀了他的飯碗去。所以阿Q這一氣，更與平常不同，當氣憤憤的走着的時候，忽然將手一揚，唱道：

「我手執鋼鞭將你打！……」

幾天之後，他竟在錢府的照壁前遇見了小D。「仇人相見分外眼明」，阿Q便迎上去，小D也站住了。

「畜生！」阿Q怒目而視的説，嘴角上飛出唾沫來。

「我是蟲豸，好麼？……」小D説。

這謙遜反使阿Q更加憤怒起來，但他手裏沒有鋼鞭，於是只得撲上去，伸手去拔小D的辮子。小D一手護住了自己的辮根，一手也來拔阿Q的辮子，阿Q便也將空着的一隻手護住了自己的辮根。從先前的阿Q看來，小D本來是不足齒數的，但他近來挨了餓，又瘦又乏已經不下於小D，所以便成了勢均力敵的現象，四隻手拔着兩顆頭，都彎了腰，在錢家粉牆上映出一個藍色的虹形，至於半點鐘之久了。

「好了，好了！」看的人們説，大約是解勸的。

「好，好！」看的人們説，不知道是解勸，是頌揚，還是煽動。

然而他們都不聽。阿Q進三步，小D便退三步，都站着；小D進三步，阿Q便退三步，又都站着。大約半點鐘，——未莊少有自鳴鐘，所以很難説，或者二十分，——他們的頭髮裏便都冒煙，額上便都流汗，阿Q的手放鬆了，在同一瞬間，小D的手也正放鬆了，同時直起，同時退開，都擠出人叢去。

「記着罷，媽媽的……」阿Q回過頭去説。

「媽媽的，記着罷……」小D也回過頭來説。

這一場「龍虎鬥」似乎並無勝敗，也不知道看的人可滿足，都沒有發什麼議論，而阿Q卻仍然沒有人來叫他做短工。

有一日很溫和，微風拂拂的頗有些夏意了，阿Q卻覺得寒冷起來，但這還可擔當，第一倒是肚子餓。棉被，氈帽，布衫，早已沒有了，其次就賣了棉襖；現在有褲子，卻萬不可脱的；有破袷襖，又除了送人做鞋底之外，決定賣不出錢。他早想在路上拾得一注錢，但至今還沒有見；他想在自己的破屋裏忽然尋到一注錢，慌張的四顧，但屋內是空虛而且瞭然。於是他決計出門求食去了。

他在路上走着要「求食」，看見熟識的酒店，看見熟識的饅頭，但他都走過了，不但沒有暫停，而且並不想要。他所求的不是這類東西了；他求的是什麼東西，他自己不知道。

未莊本不是大村鎮，不多時便走盡了。村外多是水田，滿眼是新秧的嫩綠，夾着幾個圓形的活動的黑點，便是耕田的農夫。阿Q並不賞鑑這田家樂，卻只是走，因為他直覺的知道這與他的「求食」之道是很遼遠的。但他終於走到靜修庵的牆外了。

庵周圍也是水田，粉牆突出在新綠裏，後面的低土牆裏是菜園。阿Q遲疑了一會，四面一看，並沒有人。他便爬上這矮牆去，扯着何首烏藤，但泥土仍然簌簌的掉，阿Q的腳也索索的抖；終於攀着桑樹枝，跳到裏面了。裏面真是鬱鬱蔥蔥，但似乎並沒有黃酒饅頭，以及此外可吃的之類。靠西牆

是竹叢，下面許多筍，只可惜都是並未煮熟的，還有油菜早經結子，芥菜已將開花，小白菜也很老了。

阿Q彷彿文童落第似的覺得很冤屈，他慢慢走近園門去，忽而非常驚喜了，這分明是一畦老蘿蔔。他於是蹲下便拔，而門口突然伸出一個很圓的頭來，又即縮回去了，這分明是小尼姑。小尼姑之流是阿Q本來視若草芥的，但世事須「退一步想」，所以他便趕緊拔起四個蘿蔔，擰下青葉，兜在大襟裏。然而老尼姑已經出來了。

「阿彌陀佛，阿Q，你怎麼跳進園裏來偷蘿蔔！……阿呀，罪過呵，阿唷，阿彌陀佛！……」

「我什麼時候跳進你的園裏來偷蘿蔔？」阿Q且看且走的說。

「現在……這不是？」老尼姑指着他的衣兜。

「這是你的？你能叫得他答應你麼？你……」

阿Q沒有說完話，拔步便跑；追來的是一匹很肥大的黑狗。這本來在前門的，不知怎的到後園來了。黑狗哼而且追，已經要咬着阿Q的腿，幸而從衣兜裏落下一個蘿蔔來，那狗給一嚇，略略一停，阿Q已經爬上桑樹，跨到土牆，連人和蘿蔔都滾出牆外面了。只剩着黑狗還在對着桑樹嗥，老尼姑唸着佛。

阿Q怕尼姑又放出黑狗來，拾起蘿蔔便走，沿路又撿了幾塊小石頭，但黑狗卻並不再現。阿Q於是拋了石塊，一面走一面吃，而且想道，這裏也沒有什麼東西尋，不如進城去……

待三個蘿蔔吃完時，他已經打定了進城的主意了。

第六章　從中興到末路

在未莊再看見阿Q出現的時候，是剛過了這年的中秋。人們都驚異，說是阿Q回來了，於是又回上去想道，他先前那裏去了呢？阿Q前幾回的上城，大抵早就興高采烈的對人說，但這一次卻並不，所以也沒有一個人留心到。他或者也曾告訴過管土穀祠的老頭子，然而未莊老例，只有趙太爺錢太爺和秀才大爺上城才算一件事。假洋鬼子尚且不足數，何況是阿Q：因此老頭子也就不替他宣傳，而未莊的社會上也就無從知道了。

但阿Q這回的回來，卻與先前大不同，確乎很值得驚異。天色將黑，他睡眼矇矓的在酒店門前出現了，他走近櫃臺，從腰間伸出手來，滿把是銀的和銅的，在櫃上一扔說，「現錢！打酒來！」穿的是新夾襖，看去腰間還掛着一個大搭連，沉鈿鈿的將褲帶墜成了很彎很彎的弧線。未莊老例，看見略有些醒目人物，是與其慢也寧敬的，現在雖然明知道是阿Q，但因為和破夾襖的阿Q有些兩樣了，古人云，「士別三日便當刮目相待」，所以堂倌，掌櫃，酒客，路人，便自然顯出一種凝而且敬的形態來。掌櫃既先之以點頭，又繼之以談話：

「豁，阿Q，你回來了！」

「回來了。」

「發財發財，你是 —— 在……」

「上城去了！」

這一件新聞，第二天便傳遍了全未莊。人人都願意知道現錢和新夾襖的阿Q的中興史，所以在酒店裏，茶館裏，廟簷

下，便漸漸的探聽出來了。這結果，是阿Q得了新敬畏。

　　據阿Q説，他是在舉人老爺家裏幫忙。這一節，聽的人都蕭然了。這老爺本姓白，但因為合城裏只有他一個舉人，所以不必再冠姓，説起舉人來就是他。這也不獨在未莊是如此，便是一百里方圓之內也都如此，人們幾乎多以為他的姓名就叫舉人老爺的了。在這人的府上幫忙，那當然是可敬的。但據阿Q又説，他卻不高興再幫忙了，因為這舉人老爺實在太「媽媽的」了。這一節，聽的人都嘆息而且快意，因為阿Q本不配在舉人老爺家裏幫忙，而不幫忙是可惜的。

　　據阿Q説，他的回來，似乎也由於不滿意城裏人，這就在他們將長凳稱為條凳，而且煎魚用蔥絲，加以最近觀察所得的缺點，是女人的走路也扭得不很好。然而也偶有大可佩服的地方，即如未莊的鄉下人不過打三十二張的竹牌，只有假洋鬼子能夠叉「麻醬」，城裏卻連小烏龜子都叉得精熟的。什麼假洋鬼子，只要放在城裏的十幾歲的小烏龜子的手裏，也就立刻是「小鬼見閻王」。這一節，聽的人都赧然了。

　　「你們可看見過殺頭麼？」阿Q説，「咳，好看。殺革命黨。唉，好看好看，⋯⋯」他搖搖頭，將唾沫飛在正對面的趙司晨的臉上。這一節，聽的人都凜然了。但阿Q又四面一看，忽然揚起右手，照着伸長脖子聽得出神的王胡的後項窩上直劈下去道：

　　「嚓！」

　　王胡驚得一跳，同時電光石火似的趕快縮了頭，而聽的人又都悚然而且欣然了。從此王胡瘟頭瘟腦的許多日，並且再

不敢走近阿Q的身邊；別的人也一樣。

　　阿Q這時在未莊人眼睛裏的地位，雖不敢說超過趙太爺，但謂之差不多，大約也就沒有什麼語病的了。

　　然而不多久，這阿Q的大名忽又傳遍了未莊的閨中。雖然未莊只有錢趙兩姓是大屋，此外十之九都是淺閨，但閨中究竟是閨中，所以也算得一件神異。女人們見面時一定說，鄒七嫂在阿Q那裏買了一條藍綢裙，舊固然是舊的，但只化了九角錢。還有趙白眼的母親，——一說是趙司晨的母親，待考，——也買了一件孩子穿的大紅洋紗衫，七成新，只用三百大錢九二串。於是伊們都眼巴巴的想見阿Q，缺綢裙的想問他買綢裙，要洋紗衫的想問他買洋紗衫，不但見了不逃避，有時阿Q已經走過了，也還要追上去叫住他，問道：

　　「阿Q，你還有綢裙麼？沒有？紗衫也要的，有罷？」

　　後來這終於從淺閨傳進深閨裏去了。因為鄒七嫂得意之餘，將伊的綢裙請趙太太去鑑賞，趙太太又告訴了趙太爺而且着實恭維了一番。趙太爺便在晚飯桌上，和秀才大爺討論，以為阿Q實在有些古怪，我們門窗應該小心些；但他的東西，不知道可還有什麼可買，也許有點好東西罷。加以趙太太也正想買一件價廉物美的皮背心。於是家族決議，便托鄒七嫂即刻去尋阿Q，而且為此新闢了第三種的例外：這晚上也姑且特準點油燈。

　　油燈乾了不少了，阿Q還不到。趙府的全眷都很焦急，打着呵欠，或恨阿Q太飄忽，或怨鄒七嫂不上緊。趙太太還怕他因為春天的條件不敢來，而趙太爺以為不足慮：因為這

是「我」去叫他的。果然，到底趙太爺有見識，阿Q終於跟着鄒七嫂進來了。

「他只說沒有沒有，我說你自己當面說去，他還要說，我說……」鄒七嫂氣喘吁吁的走着說。

「太爺！」阿Q似笑非笑的叫了一聲，在簷下站住了。

「阿Q，聽說你在外面發財，」趙太爺踱開去，眼睛打量着他的全身，一面說。「那很好，那很好的。這個，……聽說你有些舊東西，……可以都拿來看一看，……這也並不是別的，因為我倒要……」

「我對鄒七嫂說過了。都完了。」

「完了？」趙太爺不覺失聲的說，「哪裏會完得這樣快呢？」

「那是朋友的，本來不多。他們買了些，……」

「總該還有一點罷。」

「現在，只剩了一張門幕了。」

「就拿門幕來看看罷。」趙太太慌忙說。

「那麼，明天拿來就是，」趙太爺卻不甚熱心了。「阿Q，你以後有什麼東西的時候，你儘先送來給我們看，……」

「價錢決不會比別家出得少！」秀才說。秀才娘子忙一瞥阿Q的臉，看他感動了沒有。

「我要一件皮背心。」趙太太說。

阿Q雖然答應着，卻懶洋洋的出去了，也不知道他是否放在心上。這使趙太爺很失望，氣憤而且擔心，至於停止了打呵欠。秀才對於阿Q的態度也很不平，於是說，這忘八蛋要

提防，或者不如吩咐地保，不許他住在未莊。但趙太爺以為不然，說這也怕要結怨，況且做這路生意的大概是「老鷹不吃窩下食」，本村倒不必擔心的；只要自己夜裏警醒點就是了。秀才聽了這「庭訓」，非常之以為然，便即刻撤銷了驅逐阿Q的提議，而且叮囑鄒七嫂，請伊千萬不要向人提起這一段話。

　　但第二日，鄒七嫂便將那藍裙去染了皂，又將阿Q可疑之點傳揚出去了，可是確沒有提起秀才要驅逐他這一節。然而這已經於阿Q很不利。最先，地保尋上門了，取了他的門幕去，阿Q說是趙太太要看的，而地保也不還並且要議定每月的孝敬錢。其次，是村人對於他的敬畏忽而變相了，雖然還不敢來放肆，卻很有遠避的神情，而這神情和先前的防他來「嚓」的時候又不同，頗混着「敬而遠之」的分子了。

　　只有一班閒人們卻還要尋根究底的去探阿Q的底細。阿Q也並不諱飾，傲然的說出他的經驗來。從此他們才知道，他不過是一個小腳色，不但不能上牆，並且不能進洞，只站在洞外接東西。有一夜，他剛纔接到一個包，正手再進去，不一會，只聽得裏面大嚷起來，他便趕緊跑，連夜爬出城，逃回未莊來了，從此不敢再去做。然而這故事卻於阿Q更不利，村人對於阿Q的「敬而遠之」者，本因為怕結怨，誰料他不過是一個不敢再偷的偷兒呢？這實在是「斯亦不足畏也矣」。

第七章　革命

　　宣統三年九月十四日 —— 即阿Q將搭連賣給趙白眼的這一天 —— 三更四點，有一隻大烏篷船到了趙府上的河埠頭。

這船從黑魆魆中盪來，鄉下人睡得熟，都沒有知道；出去時將近黎明，卻很有幾個看見的了。據探頭探腦的調查來的結果，知道那竟是舉人老爺的船！

那船便將大不安載給了未莊，不到正午，全村的人心就很動搖。船的使命，趙家本來是很秘密的，但茶坊酒肆裏卻都說，革命黨要進城，舉人老爺到我們鄉下來逃難了。惟有鄒七嫂不以為然，說那不過是幾口破衣箱，舉人老爺想來寄存的，卻已被趙太爺回覆轉去。其實舉人老爺和趙秀才素不相能，在理本不能有「共患難」的情誼，況且鄒七嫂又和趙家是鄰居，見聞較為切近，所以大概該是伊對的。

然而謠言很旺盛，說舉人老爺雖然似乎沒有親到，卻有一封長信，和趙家排了「轉折親」。趙太爺肚裏一輪，覺得於他總不會有壞處，便將箱子留下了，現就塞在太太的牀底下。至於革命黨，有的說是便在這一夜進了城，個個白盔白甲：穿着崇正皇帝的素。

阿Q的耳朵裏，本來早聽到過革命黨這一句話，今年又親眼見過殺掉革命黨。但他有一種不知從那裏來的意見，以為革命黨便是造反，造反便是與他為難，所以一向是「深惡而痛絕之」的。殊不料這卻使百里聞名的舉人老爺有這樣怕，於是他未免也有些「神往」了，況且未莊的一群鳥男女的慌張的神情，也使阿Q更快意。

「革命也好罷，」阿Q想，「革這夥媽媽的的命，太可惡！太可恨！……便是我，也要投降革命黨了。」

阿Q近來用度窘，大約略略有些不平；加以午間喝了兩

碗空肚酒，愈加醉得快，一面想一面走，便又飄飄然起來。不知怎麼一來，忽而似乎革命黨便是自己，未莊人卻都是他的俘虜了。他得意之餘，禁不住大聲的嚷道：

「造反了！造反了！」

未莊人都用了驚懼的眼光對他看。這一種可憐的眼光，是阿Q從來沒有見過的，一見之下，又使他舒服得如六月裏喝了雪水。他更加高興的走而且喊道：

「好，……我要什麼就是什麼，我歡喜誰就是誰。得得，鏘鏘！悔不該，酒醉錯斬了鄭賢弟，悔不該，呀呀呀……得得，鏘鏘，得，鏘令鏘！我手執鋼鞭將你打……」

趙府上的兩位男人和兩個真本家，也正站在大門口論革命。阿Q沒有見，昂了頭直唱過去。

「得得，……」

「老Q，」趙太爺怯怯的迎着低聲的叫。

「鏘鏘，」阿Q料不到他的名字會和「老」字聯結起來，以為是一句別的話，與己無干，只是唱。「得，鏘，鏘令鏘，鏘！」

「老Q。」

「悔不該……」

「阿Q！」秀才只得直呼其名了。

阿Q這才站住，歪着頭問道：「什麼？」

「老Q，……現在……」趙太爺卻又沒有話，「現在……發財麼？」

「發財？自然。要什麼就是什麼……」

「阿……Q哥，像我們這樣窮朋友是不要緊的……」趙白眼惴惴的說，似乎想探革命黨的口風。

「窮朋友？你總比我有錢。」阿Q說着自去了。

大家都憮然，沒有話。趙太爺父子回家，晚上商量到點燈。趙白眼回家，便從腰間扯下搭連來，交給他女人藏在箱底裏。

阿Q飄飄然的飛了一通，回到土穀祠，酒已經醒透了。這晚上，管祠的老頭子也意外的和氣，請他喝茶；阿Q便向他要了兩個餅，吃完之後，又要了一支點過的四兩燭和一個樹燭臺，點起來，獨自躺在自己的小屋裏。他說不出的新鮮而且高興，燭火像元夜似的閃閃的跳，他的思想也迸跳起來了：

「造反？有趣，……來了一陣白盔白甲的革命黨，都拿着板刀，鋼鞭，炸彈，洋炮，三尖兩刃刀，鉤鐮槍，走過土穀祠，叫道，『阿Q！同去同去！』於是一同去。……

「這時未莊的一夥鳥男女才好笑哩，跪下叫道，『阿Q，饒命！』誰聽他！第一個該死的是小D和趙太爺，還有秀才，還有假洋鬼子，……留幾條麼？王胡本來還可留，但也不要了。……

「東西，……直走進去打開箱子來：元寶，洋錢，洋紗衫，……秀才娘子的一張寧式牀先搬到土穀祠，此外便擺了錢家的桌椅，——或者也就用趙家的罷。自己是不動手的了，叫小D來搬，要搬得快，搬得不快打嘴巴。……

「趙司晨的妹子真醜。鄒七嫂的女兒過幾年再說。假洋鬼子的老婆會和沒有辮子的男人睡覺，嚇，不是好東西！秀才

的老婆是眼胞上有疤的。……吳媽長久不見了，不知道在哪裏，——可惜腳太大。」

阿Q沒有想得十分停當，已經發了鼾聲，四兩燭還只點去了小半寸，紅焰焰的光照着他張開的嘴。

「荷荷！」阿Q忽而大叫起來，抬了頭倉皇的四顧，待到看見四兩燭，卻又倒頭睡去了。

第二天他起得很遲，走出街上看時，樣樣都照舊。他也仍然肚餓，他想着，想不起什麼來；但他忽而似乎有了主意了，慢慢的跨開步，有意無意的走到靜修庵。

庵和春天時節一樣靜，白的牆壁和漆黑的門。他想了一想，前去打門，一隻狗在裏面叫。他急急拾了幾塊斷磚，再上去較為用力的打，打到黑門上生出許多麻點的時候，才聽得有人來開門。

阿Q連忙捏好磚頭，擺開馬步，準備和黑狗來開戰。但庵門只開了一條縫，並無黑狗從中衝出，望進去只有一個老尼姑。

「你又來什麼事？」伊大吃一驚的説。

「革命了……你知道？……」阿Q説得很含糊。

「革命革命，革過一革的，……你們要革得我們怎麼樣呢？」老尼姑兩眼通紅的説。

「什麼？……」阿Q詫異了。

「你不知道，他們已經來革過了！」

「誰？……」阿Q更其詫異了。

「那秀才和洋鬼子！」

　　阿Q很出意外，不由的一錯愕；老尼姑見他失了銳氣，便飛速的關了門，阿Q再推時，牢不可開，再打時，沒有回答了。

　　那還是上午的事。趙秀才消息靈，一知道革命黨已在夜間進城，便將辮子盤在頂上，一早去拜訪那歷來也不相能的錢洋鬼子。這是「咸與維新」的時候了，所以他們便談得很投機，立刻成了情投意合的同志，也相約去革命。他們想而又想，才想出靜修庵裏有一塊「皇帝萬歲萬萬歲」的龍牌，是應該趕緊革掉的，於是又立刻同到庵裏去革命。因為老尼姑來阻擋，說了三句話，他們便將伊當作滿政府，在頭上很給了不少的棍子和栗鑿。尼姑待他們走後，定了神來檢點，龍牌固然已經碎在地上了，而且又不見了觀音娘娘座前的一個宣德爐。

　　這事阿Q後來才知道。他頗悔自己睡着，但也深怪他們不來招呼他。他又退一步想道：

　　「難道他們還沒有知道我已經投降了革命黨麼？」

第八章　不准革命

　　未莊的人心日見其安靜了。據傳來的消息，知道革命黨雖然進了城，倒還沒有什麼大異樣。知縣大老爺還是原官，不過改稱了什麼，而且舉人老爺也做了什麼 —— 這些名目，未莊人都說不明白 —— 官，帶兵的也還是先前的老把總。只有一件可怕的事是另有幾個不好的革命黨夾在裏面搗亂，第二天便動手剪辮子，聽說那鄰村的航船七斤便着了道兒，弄得不像人樣了。但這卻還不算大恐怖，因為未莊人本來少上

城，即使偶有想進城的，也就立刻變了計，碰不着這危險。阿Q本也想進城去尋他的老朋友，一得這消息，也只得作罷了。

但未莊也不能說是無改革。幾天之後，將辮子盤在頂上的逐漸增加起來了，早經說過，最先自然是茂才公，其次便是趙司晨和趙白眼，後來是阿Q。倘在夏天，大家將辮子盤在頭頂上或者打一個結，本不算什麼稀奇事，但現在是暮秋，所以這「秋行夏令」的情形，在盤辮家不能不說是萬分的英斷，而在未莊也不能說無關於改革了。

趙司晨腦後空蕩蕩的走來，看見的人大嚷說，

「豁，革命黨來了！」

阿Q聽到了很羨慕。他雖然早知道秀才盤辮的大新聞，但總沒有想到自己可以照樣做，現在看見趙司晨也如此，才有了學樣的意思，定下實行的決心。他用一支竹筷將辮子盤在頭頂上，遲疑多時，這才放膽的走去。

他在街上走，人也看他，然而不說什麼話，阿Q當初很不快，後來便很不平。他近來很容易鬧脾氣了；其實他的生活，倒也並不比造反之前反艱難，人見他也客氣，店舖也不說要現錢。而阿Q總覺得自己太失意：既然革了命，不應該只是這樣的。況且有一回看見小D，愈使他氣破肚皮了。

小D也將辮子盤在頭頂上了，而且也居然用一支竹筷。阿Q萬料不到他也敢這樣做，自己也決不准他這樣做！小D是什麼東西呢？他很想即刻揪住他，拗斷他的竹筷，放下他的辮子，並且批他幾個嘴巴，聊且懲罰他忘了生辰八字，也敢來做革命黨的罪。但他終於饒放了，單是怒目而視的吐一口

唾沫道「呸！」

這幾日裏，進城去的只有一個假洋鬼子。趙秀才本也想靠着寄存箱子的淵源，親身去拜訪舉人老爺的，但因為有剪辮的危險，所以也中止了。他寫了一封「黃傘格」的信，托假洋鬼子帶上城，而且托他給自己紹介紹介，去進自由黨。假洋鬼子回來時，向秀才討還了四塊洋錢，秀才便有一塊銀桃子掛在大襟上了；未莊人都驚服，說這是柿油黨的頂子，抵得一個翰林；趙太爺因此也驟然大闊，遠過於他兒子初雋秀才的時候，所以目空一切，見了阿Q，也就很有些不放在眼裏了。

阿Q正在不平，又時時刻刻感着冷落，一聽得這銀桃子的傳說，他立即悟出自己之所以冷落的原因了：要革命，單說投降，是不行的；盤上辮子，也不行的；第一着仍然要和革命黨去結識。他生平所知道的革命黨只有兩個，城裏的一個早已「嚓」的殺掉了，現在只剩了一個假洋鬼子。他除卻趕緊去和假洋鬼子商量之外，再沒有別的道路了。

錢府的大門正開着，阿Q便怯怯的躄進去。他一到裏面，很吃了驚，只見假洋鬼子正站在院子的中央，一身烏黑的大約是洋衣，身上也掛着一塊銀桃子，手裏是阿Q曾經領教過的棍子，已經留到一尺多長的辮子都拆開了披在肩背上，蓬頭散髮的像一個劉海仙。對面挺直的站着趙白眼和三個閒人，正在必恭必敬的聽說話。

阿Q輕輕的走近了，站在趙白眼的背後，心裏想招呼，卻不知道怎麼說才好：叫他假洋鬼子固然是不行的了，洋人也

不妥，革命黨也不妥，或者就應該叫洋先生了罷。

洋先生卻沒有見他，因為白着眼睛講得正起勁：

「我是性急的，所以我們見面，我總是說：洪哥！我們動手罷！他卻總說道 No！——這是洋話，你們不懂的。否則早已成功了。然而這正是他做事小心的地方。他再三再四的請我上湖北，我還沒有肯。誰願意在這小縣城裏做事情。……」

「唔，……這個……」阿Q候他略停，終於用十二分的勇氣開口了，但不知道因為什麼，又並不叫他洋先生。

聽着說話的四個人都吃驚的回顧他。洋先生也才看見：

「什麼？」

「我……」

「出去！」

「我要投……」

「滾出去！」洋先生揚起哭喪棒來了。

趙白眼和閒人們便都吆喝道：「先生叫你滾出去，你還不聽麼！」

阿Q將手向頭上一遮，不自覺的逃出門外；洋先生倒也沒有追。他快跑了六十多步，這才慢慢的走，於是心裏便湧起了憂愁：洋先生不准他革命，他再沒有別的路；從此決不能望有白盔白甲的人來叫他，他所有的抱負，志向，希望，前程，全被一筆勾銷了。至於閒人們傳揚開去，給小D王胡等輩笑話，倒是還在其次的事。

他似乎從來沒有經驗過這樣的無聊。他對於自己的盤辮子，彷彿也覺得無意味，要侮蔑；為報仇起見，很想立刻放

下辮子來，但也沒有竟放。他遊到夜間，賒了兩碗酒，喝下肚去，漸漸的高興起來了，思想裏才又出現白盔白甲的碎片。

有一天，他照例的混到夜深，待酒店要關門，才踱回土穀祠去。

拍，吧～～！

他忽而聽得一種異樣的聲音，又不是爆竹。阿Q本來是愛看熱鬧，愛管閒事的，便在暗中直尋過去。似乎前面有些腳步聲；他正聽，猛然間一個人從對面逃來了。阿Q一看見，便趕緊翻身跟着逃。那人轉彎，阿Q也轉彎，那人站住了，阿Q也站住。他看後面並無什麼，看那人便是小D。

「什麼？」阿Q不平起來了。

「趙……趙家遭搶了！」小D氣喘吁吁的說。

阿Q的心怦怦的跳了。小D說了便走；阿Q卻逃而又停的兩三回。但他究竟是做過「這路生意」，格外膽大，於是躄出路角，仔細的聽，似乎有些嚷嚷，又仔細的看，似乎許多白盔白甲的人，絡繹的將箱子抬出了，器具抬出了，秀才娘子的寧式牀也抬出了，但是不分明，他還想上前，兩隻腳卻沒有動。

這一夜沒有月，未莊在黑暗裏很寂靜，寂靜到像羲皇時候一般太平。阿Q站着看到自己發煩，也似乎還是先前一樣，在那裏來來往往的搬，箱子抬出了，器具抬出了，秀才娘子的寧式牀也抬出了，……抬得他自己有些不信他的眼睛了。但他決計不再上前，卻回到自己的祠裏去了。

土穀祠裏更漆黑；他關好大門，摸進自己的屋子裏。他躺了好一會，這才定了神，而且發出關於自己的思想來：白

盔白甲的人明明到了，並不來打招呼，搬了許多好東西，又沒有自己的份，—— 這全是假洋鬼子可惡，不准我造反，否則，這次何至於沒有我的份呢？阿Q越想越氣，終於禁不住滿心痛恨起來，毒毒的點一點頭：「不准我造反，只准你造反？媽媽的假洋鬼子，—— 好，你造反！造反是殺頭的罪名呵，我總要告一狀，看你抓進縣裏去殺頭，—— 滿門抄斬，—— 嚓！嚓！」

第九章　大團圓

趙家遭搶之後，未莊人大抵很快意而且恐慌，阿Q也很快意而且恐慌。但四天之後，阿Q在半夜裏忽被抓進縣城裏去了。那時恰是暗夜，一隊兵，一隊團丁，一隊員警，五個偵探，悄悄地到了未莊，乘昏暗圍住土穀祠，正對門架好機關槍；然而阿Q不衝出。許多時沒有動靜，把總焦急起來了，懸了二十千的賞，才有兩個團丁冒了險，逾垣進去，裏應外合，一擁而入，將阿Q抓出來；直待擒出祠外面的機關槍左近，他才有些清醒了。

到進城，已經是正午，阿Q見自己被攙進一所破衙門，轉了五六個彎，便推在一間小屋裏。他剛剛一蹌踉，那用整株的木料做成的柵欄門便跟着他的腳跟闔上了，其餘的三面都是牆壁，仔細看時，屋角上還有兩個人。

阿Q雖然有些忐忑，卻並不很苦悶，因為他那土穀祠裏的臥室，也並沒有比這間屋子更高明。那兩個也彷彿是鄉下人，漸漸和他兜搭起來了，一個說是舉人老爺要追他祖父欠下來

的陳租，一個不知道為了什麼事。他們問阿Q，阿Q爽利的答道，「因為我想造反。」

他下半天便又被抓出柵欄門去了，到得大堂，上面坐着一個滿頭剃得精光的老頭子。阿Q疑心他是和尚，但看見下面站着一排兵，兩旁又站着十幾個長衫人物，也有滿頭剃得精光像這老頭子的，也有將一尺來長的頭髮披在背後像那假洋鬼子的，都是一臉橫肉，怒目而視的看他；他便知道這人一定有些來歷，膝關節立刻自然而然的寬鬆，便跪了下去了。

「站着說！不要跪！」長衫人物都吆喝說。

阿Q雖然似乎懂得，但總覺得站不住，身不由己的蹲了下去，而且終於趁勢改為跪下了。

「奴隸性！……」長衫人物又鄙夷似的說，但也沒有叫他起來。

「你從實招來罷，免得吃苦。我早都知道了。招了可以放你。」那光頭的老頭子看定了阿Q的臉，沉靜的清楚的說。

「招罷！」長衫人物也大聲說。

「我本來要……來投……」阿Q糊裏糊塗的想了一通，這才斷斷續續的說。

「那麼，為什麼不來的呢？」老頭子和氣的問。

「假洋鬼子不准我！」

「胡說！此刻說，也遲了。現在你的同黨在那裏？」

「什麼？……」

「那一晚打劫趙家的一夥人。」

「他們沒有來叫我。他們自己搬走了。」阿Q提起來便憤

憤。

「走到那裏去了呢？説出來便放你了。」老頭子更和氣了。

「我不知道，……他們沒有來叫我……」

然而老頭子使了一個眼色，阿Q便又被抓進柵欄門裏了。他第二次抓出柵欄門，是第二天的上午。

大堂的情形都照舊。上面仍然坐着光頭的老頭子，阿Q也仍然下了跪。

老頭子和氣的問道，「你還有什麼話説麼？」

阿Q一想，沒有話，便回答説，「沒有。」

於是一個長衫人物拿了一張紙，並一支筆送到阿Q的面前，要將筆塞在他手裏。阿Q這時很吃驚，幾乎「魂飛魄散」了：因為他的手和筆相關，這回是初次。他正不知怎樣拿；那人卻又指着一處地方教他畫花押。

「我……我……不認得字。」阿Q一把抓住了筆，惶恐而且慚愧的説。

「那麼，便宜你，畫一個圓圈！」

阿Q要畫圓圈了，那手捏着筆卻只是抖。於是那人替他將紙鋪在地上，阿Q伏下去，使盡了平生的力氣畫圓圈。他生怕被人笑話，立志要畫得圓，但這可惡的筆不但很沉重，並且不聽話，剛剛一抖一抖的幾乎要合縫，卻又向外一聳，畫成瓜子模樣了。

阿Q正羞愧自己畫得不圓，那人卻不計較，早已掣了紙筆去，許多人又將他第二次抓進柵欄門。

他第二次進了柵欄，倒也並不十分懊惱。他以為人生天

地之間，大約本來有時要抓進抓出，有時要在紙上畫圓圈的，惟有圈而不圓，卻是他「行狀」上的一個汙點。但不多時也就釋然了，他想：孫子才畫得很圓的圓圈呢。於是他睡着了。

然而這一夜，舉人老爺反而不能睡：他和把總嘔了氣了。舉人老爺主張第一要追贓，把總主張第一要示眾。把總近來很不將舉人老爺放在眼裏了，拍案打凳的說道，「懲一儆百！你看，我做革命黨還不上二十天，搶案就是十幾件，全不破案，我的面子在那裏？破了案，你又來迂。不成！這是我管的！」舉人老爺窘急了，然而還堅持，說是倘若不追贓，他便立刻辭了幫辦民政的職務。而把總卻道，「請便罷！」於是舉人老爺在這一夜竟沒有睡，但幸第二天倒也沒有辭。

阿Q第三次抓出柵欄門的時候，便是舉人老爺睡不着的那一夜的明天的上午了。他到了大堂，上面還坐着照例的光頭老頭子；阿Q也照例的下了跪。

老頭子很和氣的問道，「你還有什麼話麼？」

阿Q一想，沒有話，便回答說，「沒有。」

許多長衫和短衫人物，忽然給他穿上一件洋布的白背心，上面有些黑字。阿Q很氣苦：因為這很像是帶孝，而帶孝是晦氣的。然而同時他的兩手反縛了，同時又被一直抓出衙門外去了。

阿Q被抬上了一輛沒有蓬的車，幾個短衣人物也和他同坐在一處。這車立刻走動了，前面是一班背着洋炮的兵們和團丁，兩旁是許多張着嘴的看客，後面怎樣，阿Q沒有見。但他突然覺到了：這豈不是去殺頭麼？他一急，兩眼發黑，耳

朵裏嗖的一聲，似乎發昏了。然而他又沒有全發昏，有時雖然着急，有時卻也泰然；他意思之間，似乎覺得人生天地間，大約本來有時也未免要殺頭的。

他還認得路，於是有些詫異了：怎麼不向着法場走呢？他不知道這是在遊街，在示眾。但即使知道也一樣，他不過便以為人生天地間，大約本來有時也未免要遊街要示眾罷了。

他省悟了，這是繞到法場去的路，這一定是「嚓」的去殺頭。他惘惘的向左右看，全跟着螞蟻似的人，而在無意中，卻在路旁的人叢中發見了一個吳媽。很久違，伊原來在城裏做工了。阿Q忽然很羞愧自己沒志氣：竟沒有唱幾句戲。他的思想彷彿旋風似的在腦裏一迴旋：《小孤孀上墳》欠堂皇，《龍虎鬥》裏的「悔不該……」也太乏，還是「手執鋼鞭將你打」罷。他同時想手一揚，才記得這兩手原來都捆着，於是「手執鋼鞭」也不唱了。

「過了二十年又是一個……」阿Q在百忙中，「無師自通」的說出半句從來不說的話。

「好！！！」從人叢裏，便發出豺狼的嗥叫一般的聲音來。

車子不住的前行，阿Q在喝采聲中，輪轉眼睛去看吳媽，似乎伊一向並沒有見他，卻只是出神的看着兵們背上的洋炮。

阿Q於是再看那些喝采的人們。

這剎那中，他的思想又彷彿旋風似的在腦裏一迴旋了。四年之前，他曾在山腳下遇見一隻餓狼，永是不近不遠的跟定他，要吃他的肉。他那時嚇得幾乎要死，幸而手裏有一柄斫柴刀，才得仗這壯了膽，支持到未莊；可是永遠記得那狼

眼睛，又兇又怯，閃閃的像兩顆鬼火，似乎遠遠的來穿透了他的皮肉。而這回他又看見從來沒有見過的更可怕的眼睛了，又鈍又鋒利，不但已經咀嚼了他的話，並且還要咀嚼他皮肉以外的東西，永是不近不遠的跟他走。

這些眼睛們似乎連成一氣，已經在那裏咬他的靈魂。

「救命，……」

然而阿Q沒有說。他早就兩眼發黑，耳朵裏嗡的一聲，覺得全身彷彿微塵似的迸散了。

至於當時的影響，最大的倒反在舉人老爺，因為終於沒有追贓，他全家都號咷了。其次是趙府，非特秀才因為上城去報官，被不好的革命黨剪了辮子，而且又破費了二十千的賞錢，所以全家也號咷了。從這一天以來，他們便漸漸的都發生了遺老的氣味。

至於輿論，在未莊是無異議，自然都說阿Q壞，被槍斃便是他的壞的證據：不壞又何至於被槍斃呢？而城裏的輿論卻不佳，他們多半不滿足，以為槍斃並無殺頭這般好看；而且那是怎樣的一個可笑的死囚呵，遊了那麼久的街，竟沒有唱一句戲：他們白跟一趟了。

一九二一年十二月。

祝福

　　舊曆的年底畢竟最像年底，村鎮上不必説，就在天空中也顯出將到新年的氣象來。灰白色的沉重的晚雲中間時時發出閃光，接着一聲鈍響，是送竈的爆竹；近處燃放的可就更強烈了，震耳的大音還沒有息，空氣裏已經散滿了幽微的火藥香。我是正在這一夜回到我的故鄉魯鎮的。雖説故鄉，然而已沒有家，所以只得暫寓在魯四老爺的宅子裏。他是我的本家，比我長一輩，應該稱之曰「四叔」，是一個講理學的老監生。他比先前並沒有什麼大改變，單是老了些，但也還未留胡子，一見面是寒暄，寒暄之後説我「胖了」，説我「胖了」之後即大罵其新黨。但我知道，這並非借題在罵我：因為他所罵的還是康有為。但是，談話是總不投機的了，於是不多久，我便一個人剩在書房裏。

　　第二天我起得很遲，午飯之後，出去看了幾個本家和朋友；第三天也照樣。他們也都沒有什麼大改變，單是老了些；家中卻一律忙，都在準備着「祝福」。這是魯鎮年終的大典，致敬盡禮，迎接福神，拜求來年一年中的好運氣的。殺雞，宰鵝，買豬肉，用心細細的洗，女人的臂膊都在水裏浸得通紅，有的還帶着絞絲銀鐲子。煮熟之後，橫七豎八的插些筷子在

這類東西上，可就稱為「福禮」了，五更天陳列起來，並且點上香燭，恭請福神們來享用，拜的卻只限於男人，拜完自然仍然是放爆竹。年年如此，家家如此，——只要買得起福禮和爆竹之類的——今年自然也如此。天色愈陰暗了，下午竟下起雪來，雪花大的有梅花那麼大，滿天飛舞，夾着煙靄和忙碌的氣色，將魯鎮亂成一團糟。我回到四叔的書房裏時，瓦楞上已經雪白，房裏也映得較光明，極分明的顯出壁上掛着的朱拓的大「壽」字，陳摶老祖寫的，一邊的對聯已經脫落，鬆鬆的捲了放在長桌上，一邊的還在，道是「事理通達心氣和平」。我又無聊賴的到窗下的案頭去一翻，只見一堆似乎未必完全的《康熙字典》，一部《近思錄集註》和一部《四書襯》。無論如何，我明天決計要走了。

況且，一直到昨天遇見祥林嫂的事，也就使我不能安住。那是下午，我到鎮的東頭訪過一個朋友，走出來，就在河邊遇見她；而且見她瞪着的眼睛的視線，就知道明明是向我走來的。我這回在魯鎮所見的人們中，改變之大，可以說無過於她的了：五年前的花白的頭髮，即今已經全白，全不像四十上下的人；臉上瘦削不堪，黃中帶黑，而且消盡了先前悲哀的神色，彷彿是木刻似的；只有那眼珠間或一輪，還可以表示她是一個活物。她一手提着竹籃，內中一個破碗，空的；一手拄着一支比她更長的竹竿，下端開了裂：她分明已經純乎是一個乞丐了。

我就站住，豫備她來討錢。

「你回來了？」她先這樣問。

「是的。」

「這正好。你是識字的，又是出門人，見識得多。我正要問你一件事——」她那沒有精采的眼睛忽然發光了。

我萬料不到她卻說出這樣的話來，詫異的站着。

「就是——」她走近兩步，放低了聲音，極秘密似的切切的說，「一個人死了之後，究竟有沒有魂靈的？」

我很悚然，一見她的眼釘着我的，背上也就遭了芒刺一般，比在學校裏遇到不及豫防的臨時考，教師又偏是站在身旁的時候，惶急得多了。對於魂靈的有無，我自己是向來毫不介意的；但在此刻，怎樣回答她好呢？我在極短期的躊躇中，想，這裏的人照例相信鬼，然而她，卻疑惑了，——或者不如說希望：希望其有，又希望其無……。人何必增添末路的人的苦惱，一為她起見，不如說有罷。

「也許有罷，——我想。」我於是吞吞吐吐的說。

「那麼，也就有地獄了？」

「啊！地獄？」我很吃驚，只得支吾着，「地獄？——論理，就該也有。——然而也未必，……誰來管這等事……。」

「那麼，死掉的一家的人，都能見面的？」

「唉唉，見面不見面呢？……」這時我已知道自己也還是完全一個愚人，什麼躊躇，什麼計劃，都擋不住三句問，我即刻膽怯起來了，便想全翻過先前的話來，「那是，……實在，我說不清……。其實，究竟有沒有魂靈，我也說不清。」

我乘她不再緊接的問，邁開步便走，勿勿的逃回四叔的家中，心裏很覺得不安逸。自己想，我這答話怕於她有些危險。

她大約因為在別人的祝福時候，感到自身的寂寞了，然而會不會含有別的什麼意思的呢？——或者是有了什麼豫感了？倘有別的意思，又因此發生別的事，則我的答話委實該負若干的責任……。但隨後也就自笑，覺得偶爾的事，本沒有什麼深意義，而我偏要細細推敲，正無怪教育家要說是生着神經病；而況明明說過「說不清」，已經推翻了答話的全局，即使發生什麼事，於我也毫無關係了。

「說不清」是一句極有用的話。不更事的勇敢的少年，往往敢於給人解決疑問，選定醫生，萬一結果不佳，大抵反成了怨府，然而一用這說不清來作結束，便事事逍遙自在了。我在這時，更感到這一句話的必要，即使和討飯的女人說話，也是萬不可省的。

但是我總覺得不安，過了一夜，也仍然時時記憶起來，彷彿懷着什麼不祥的豫感，在陰沉的雪天裏，在無聊的書房裏，這不安愈加強烈了。不如走罷，明天進城去。福興樓的清燉魚翅，一元一大盤，價廉物美，現在不知增價了否？往日同遊的朋友，雖然已經雲散，然而魚翅是不可不吃的，即使只有我一個……。無論如何，我明天決計要走了。

我因為常見些但願不如所料，以為未畢竟如所料的事，卻每每恰如所料的起來，所以很恐怕這事也一律。果然，特別的情形開始了。傍晚，我竟聽到有些人聚在內室裏談話，彷彿議論什麼事似的，但不一會，說話聲也就止了，只有四叔且走而且高聲的說：

「不早不遲，偏偏要在這時候——這就可見是一個謬

種！」

　　我先是詫異，接着是很不安，似乎這話於我有關係。試望門外，誰也沒有。好容易待到晚飯前他們的短工來沖茶，我才得了打聽消息的機會。

　　「剛才，四老爺和誰生氣呢？」我問。

　　「還不是和祥林嫂？」那短工簡捷的說。

　　「祥林嫂？怎麼了？」我又趕緊的問。

　　「老了。」

　　「死了？」我的心突然緊縮，幾乎跳起來，臉上大約也變了色，但他始終沒有擡頭，所以全不覺。我也就鎮定了自己，接着問：

　　「什麼時候死的？」

　　「什麼時候？——昨天夜裏，或者就是今天罷。——我說不清。」

　　「怎麼死的？」

　　「怎麼死的？——還不是窮死的？」他淡然的回答，仍然沒有擡頭向我看，出去了。

　　然而我的驚惶卻不過暫時的事，隨着就覺得要來的事，已經過去，並不必仰仗我自己的「說不清」和他之所謂「窮死的」的寬慰，心地已經漸漸輕鬆；不過偶然之間，還似乎有些負疚。晚飯擺出來了，四叔儼然的陪着。我也還想打聽些關於祥林嫂的消息，但知道他雖然讀過「鬼神者二氣之良能也」，而忌諱仍然極多，當臨近祝福時候，是萬不可提起死亡疾病之類的話的，倘不得已，就該用一種替代的隱語，可惜我又不

知道，因此屢次想問，而終於中止了。我從他儼然的臉色上，
又忽而疑他正以為我不早不遲，偏要在這時候來打攪他，也
是一個謬種，便立刻告訴他明天要離開魯鎮，進城去，趁早放
寬了他的心。他也不很留。這樣悶悶的吃完了一餐飯。

　　冬季日短，又是雪天，夜色早已籠罩了全市鎮。人們都
在燈下匆忙，但窗外很寂靜。雪花落在積得厚厚的雪褥上面，
聽去似乎瑟瑟有聲，使人更加感得沉寂。我獨坐在發出黃光
的菜油燈下，想，這百無聊賴的祥林嫂，被人們棄在塵芥堆中
的，看得厭倦了的陳舊的玩物，先前還將形骸露在塵芥裏，從
活得有趣的人們看來，恐怕要怪訝她何以還要存在，現在總
算被無常打掃得於乾淨淨了。魂靈的有無，我不知道；然而
在現世，則無聊生者不生，即使厭見者不見，為人為己，也還
都不錯。我靜聽着窗外似乎瑟瑟作響的雪花聲，一面想，反
而漸漸的舒暢起來。

　　然而先前所見所聞的她的半生事跡的斷片，至此也聯成
一片了。

　　她不是魯鎮人。有一年的冬初，四叔家裏要換女工，做中
人的衛老婆子帶她進來了，頭上紮着白頭繩，烏裙，藍夾襖，
月白背心，年紀大約二十六七，臉色青黃，但兩頰卻還是紅
的。衛老婆子叫她祥林嫂，説是自己母家的鄰舍，死了當家
人，所以出來做工了。四叔皺了皺眉，四嬸已經知道了他的
意思，是在討厭她是一個寡婦。但是她模樣還周正，手腳都
壯大，又只是順着眼，不開一句口，很像一個安分耐勞的人，
便不管四叔的皺眉，將她留下了。試工期內，她整天的做，似

乎閒着就無聊，又有力，簡直抵得過一個男子，所以第三天就定局，每月工錢五百文。

大家都叫她祥林嫂；沒問她姓什麼，但中人是衛家山人，既說是鄰居，那大概也就姓衛了。她不很愛說話，別人問了才回答，答的也不多。直到十幾天之後，這才陸續的知道她家裏還有嚴厲的婆婆，一個小叔子，十多歲，能打柴了；她是春天沒了丈夫的；他本來也打柴為生，比她小十歲：大家所知道的就只是這一點。

日子很快的過去了，她的做工卻絲毫沒有懈，食物不論，力氣是不惜的。人們都說魯四老爺家裏僱着了女工，實在比勤快的男人還勤快。到年底，掃塵，洗地，殺雞，宰鵝，徹夜的煮福禮，全是一人擔當，竟沒有添短工。然而她反滿足，口角邊漸漸的有了笑影，臉上也白胖了。

新年才過，她從河邊淘米回來時，忽而失了色，說剛才遠遠地看見幾個男人在對岸徘徊，很像夫家的堂伯，恐怕是正在尋她而來的。四嬸很驚疑，打聽底細，她又不說。四叔一知道，就皺一皺眉，道：

「這不好。恐怕她是逃出來的。」

她誠然是逃出來的，不多久，這推想就證實了。

此後大約十幾天，大家正已漸漸忘卻了先前的事，衛老婆子忽而帶了一個三十多歲的女人進來了，說那是祥林嫂的婆婆。那女人雖是山裏人模樣，然而應酬很從容，說話也能幹，寒暄之後，就賠罪，說她特來叫她的兒媳回家去，因為開春事務忙，而家中只有老的和小的，人手不夠了。

「既是她的婆婆要她回去，那有什麼話可説呢。」四叔説。

於是算清了工錢，一共一千七百五十文，她全存在主人家，一文也還沒有用，便都交給她的婆婆。那女人又取了衣服，道過謝，出去了。其時已經是正午。

「阿呀，米呢？祥林嫂不是去淘米的麼？……」好一會，四嬸這才驚叫起來。她大約有些餓，記得午飯了。

於是大家分頭尋淘籮。她先到廚下，次到堂前，後到臥房，全不見淘籮的影子。四叔踱出門外，也不見，一直到河邊，才見平平正正的放在岸上，旁邊還有一株菜。

看見的人報告説，河裏面上午就泊了一只白篷船，篷是全蓋起來的，不知道什麼人在裏面，但事前也沒有人去理會他。待到祥林嫂出來淘米，剛剛要跪下去，那船裏便突然跳出兩個男人來，像是山裏人，一個抱住她，一個幫着，拖進船去了。祥林嫂還哭喊了幾聲，此後便再沒有什麼聲息，大約給用什麼堵住了罷。接着就走上兩個女人來，一個不認識，一個就是衛婆子。窺探艙裏，不很分明，她像是捆了躺在船板上。

「可惡！然而……。」四叔説。

這一天是四嬸自己煮中飯；他們的兒子阿牛燒火。

午飯之後，衛老婆子又來了。

「可惡！」四叔説。

「你是什麼意思？虧你還會再來見我們。」四嬸洗着碗，一見面就憤憤的説，「你自己薦她來，又合夥劫她去，鬧得沸反盈天的，大家看了成個什麼樣子？你拿我們家裏開玩笑麼？」

「阿呀阿呀，我真上當。我這回，就是為此特地來説説清楚的。她來求我薦地方，我哪裏料得到是瞞着她的婆婆的呢。對不起，四老爺，四太太。總是我老發昏不小心，對不起主顧。幸而府上是向來寬洪大量，不肯和小人計較的。這回我一定薦一個好的來折罪⋯⋯。」

「然而⋯⋯。」四叔説。

於是祥林嫂事件便告終結，不久也就忘卻了。

只有四嫂，因為後來僱用的女工，大抵非懶即饞，或者饞而且懶，左右不如意，所以也還提起祥林嫂。每當這些時候，她往往自言自語的説，「她現在不知道怎麼樣了？」意思是希望她再來。但到第二年的新正，她也就絕了望。

新正將盡，衞老婆子來拜年了，已經喝得醉醺醺的，自説因為回了一趟衞家山的娘家，住下幾天，所以來得遲了。她們問答之間，自然就談到祥林嫂。

「她麼？」衞老婆子高興的説，「現在是交了好運了。她婆婆來抓她回去的時候，是早已許給了賀家墺的賀老六的，所以回家之後不幾天，也就裝在花轎裏擡去了。」

「阿呀，這樣的婆婆！⋯⋯」四嬸驚奇的説。

「阿呀，我的太太！你真是大戶人家的太太的話。我們山裏人，小戶人家，這算得什麼？她有小叔子，也得娶老婆。不嫁了她，哪有這一注錢來做聘禮？他的婆婆倒是精明強幹的女人呵，很有打算，所以就將她嫁到裏山去。倘許給本村人，財禮就不多；惟獨肯嫁進深山野坳裏去的女人少，所以她就到手了八十千。現在第二個兒子的媳婦也娶進了，財禮花了

五十，除去辦喜事的費用，還剩十多千。嚇，你看，這多麼好打算？……」

「祥林嫂竟肯依？……」

「這有什麼依不依。——鬧是誰也總要鬧一鬧的，只要用繩子一捆，塞在花轎裏，擡到男家，捺上花冠，拜堂，關上房門，就完事了。可是祥林嫂真出格，聽說那時實在鬧得利害，大家還都説大約因為在念書人家做過事，所以與眾不同呢。太太，我們見得多了：回頭人出嫁，哭喊的也有，説要尋死覓活的也有，擡到男家鬧得拜不成天地的也有，連花燭都砸了的也有。祥林嫂可是異乎尋常，他們説她一路只是嚎，罵，擡到賀家墺，喉嚨已經全啞了。拉出轎來，兩個男人和她的小叔子使勁的擒住她也還拜不成天地。他們一不小心，一鬆手，阿呀，阿彌陀佛，她就一頭撞在香案角上，頭上碰了一個大窟窿，鮮血直流，用了兩把香灰，包上兩塊紅布還止不住血呢。直到七手八腳的將她和男人反關在新房裏，還是罵，阿呀呀，這真是……。」她搖一搖頭，順下眼睛，不説了。

「後來怎麼樣呢？」四嬸還問。

「聽説第二天也沒有起來。」她擡起眼來説。

「後來呢？」

「後來？——起來了。她到年底就生了一個孩子，男的，新年就兩歲了。我在娘家這幾天，就有人到賀家墺去，回來説看見他們娘兒倆，母親也胖，兒子也胖；上頭又沒有婆婆，男人所有的是力氣，會做活；房子是自家的。——唉唉，她真是交了好運了。」

　　從此之後，四嬸也就不再提起祥林嫂。

　　但有一年的秋季，大約是得到祥林嫂好運的消息之後的又過了兩個新年，她竟又站在四叔家的堂前了。桌上放着一個荸薺式的圓籃，簷下一個小鋪蓋。她仍然頭上紮着白頭繩，烏裙，藍夾襖，月白背心，臉色青黃，只是兩頰上已經消失了血色，順着眼，眼角上帶些淚痕，眼光也沒有先前那樣精神了。而且仍然是衛老婆子領着，顯出慈悲模樣，絮絮的對四嬸說：

　　「……這實在是叫作『天有不測風雲』，她的男人是堅實人，誰知道年紀青青，就會斷送在傷寒上？本來已經好了的，吃了一碗冷飯，復發了。幸虧有兒子；她又能做，打柴摘茶養蠶都來得，本來還可以守着，誰知道那孩子又會給狼銜去的呢？春天快完了，村上倒反來了狼，誰料到？現在她只剩了一個光身了。大伯來收屋，又趕她。她真是走投無路了，只好來求老主人。好在她現在已經再沒有什麼牽掛，太太家裏又湊巧要換人，所以我就領她來。——我想，熟門熟路，比生手實在好得多……。」

　　「我真傻，真的，」祥林嫂擡起她沒有神采的眼睛來，接着說。「我單知道下雪的時候野獸在山坳裏沒有食吃，會到村裏來；我不知道春天也會有。我一清早起來就開了門，拿小籃盛了一籃豆，叫我們的阿毛坐在門檻上剝豆去。他是很聽話的，我的話句句聽；他出去了。我就在屋後劈柴，淘米，米下了鍋，要蒸豆。我叫阿毛，沒有應，出去一看，只見豆撒得一地，沒有我們的阿毛了。他是不到別家去玩的；各處去一

問，果然沒有。我急了，央人出去尋。直到下半天，尋來尋去尋到山坳裏，看見刺柴上掛着一隻他的小鞋。大家都說，糟了，怕是遭了狼了。再進去；他果然躺在草窩裏，肚裏的五臟已經都給吃空了，手上還緊緊的捏着那隻小籃呢。……」她接着但是嗚咽，説不出成句的話來。

四嬸起刻還躊躇，待到聽完她自己的話，眼圈就有些紅了。她想了一想，便教拿圓籃和鋪蓋到下房去。衛老婆子彷彿卸了一肩重擔似的噓一口氣，祥林嫂比初來時候神氣舒暢些，不待指引，自己馴熟的安放了鋪蓋。她從此又在魯鎮做女工了。

大家仍然叫她祥林嫂。

然而這一回，她的境遇卻改變得非常大。上工之後的兩三天，主人們就覺得她手腳已沒有先前一樣靈活，記性也壞得多，死屍似的臉上又整日沒有笑影，四嬸的口氣上，已頗有些不滿了。當她初到的時候，四叔雖然照例皺過眉，但鑑於向來僱用女工之難，也就並不大反對，只是暗暗地告誡四嬸説，這種人雖然似乎很可憐，但是敗壞風俗的，用她幫忙還可以，祭祀時候可用不着她沾手，一切飯菜，只好自已做，否則，不乾不淨，祖宗是不吃的。

四叔家裏最重大的事件是祭祀，祥林嫂先前最忙的時候也就是祭祀，這回她卻清閒了。桌子放在堂中央，繫上桌幃，她還記得照舊的去分配酒杯和筷子。

「祥林嫂，你放着罷！我來擺。」四嬸慌忙的説。

她訕訕的縮了手，又去取燭臺。

「祥林嫂，你放着罷！我來拿。」四嬸又慌忙的説。

她轉了幾個圓圈，終於沒有事情做，只得疑惑的走開。她在這一天可做的事是不過坐在竈下燒火。

鎮上的人們也仍然叫她祥林嫂，但音調和先前很不同；也還和她講話，但笑容卻冷冷的了。她全不理會那些事，只是直着眼睛，和大家講她自己日夜不忘的故事：

「我真傻，真的，」她説，「我單知道雪天是野獸在深山裏沒有食吃，會到村裏來；我不知道春天也會有。我一大早起來就開了門，拿小籃盛了一籃豆，叫我們的阿毛坐在門檻上剝豆去。他是很聽話的孩子，我的話句句聽；他就出去了。我就在屋後劈柴，淘米，米下了鍋，打算蒸豆。我叫，『阿毛！』沒有應。出去一看，只見豆撒得滿地，沒有我們的阿毛了。各處去一問，都沒有。我急了，央人去尋去。直到下半天，幾個人尋到山坳裏，看見刺柴上掛着一隻他的小鞋。大家都説，完了，怕是遭了狼了；再進去；果然，他躺在草窩裏，肚裏的五臟已經都給吃空了，可憐他手裏還緊緊的捏着那隻小籃呢。……」她於是淌下眼淚來，聲音也嗚咽了。

這故事倒頗有效，男人聽到這裏，往往斂起笑容，沒趣的走了開去；女人們卻不獨寬恕了她似的，臉上立刻改換了鄙薄的神氣，還要陪出許多眼淚來。有些老女人沒有在街頭聽到她的話，便特意尋來，要聽她這一段悲慘的故事。直到她説到嗚咽，她們也就一齊流下那停在眼角上的眼淚，嘆息一番，滿足的去了，一面還紛紛的評論着。

她就只是反複的向人説她悲慘的故事，常常引住了三五

個人來聽她。但不久，大家也都聽得純熟了，便是最慈悲的念佛的老太太們，眼裏也再不見有一點淚的痕跡。後來全鎮的人們幾乎都能背誦她的話，一聽到就煩厭得頭痛。

「我真傻，真的，」她開首說。

「是的，你是單知道雪天野獸在深山裏沒有食吃，才會到村裏來的。」他們立即打斷她的話，走開去了。

她張着口怔怔的站着，直着眼睛看他們，接着也就走了，似乎自己也覺得沒趣。但她還妄想，希圖從別的事，如小籃，豆，別人的孩子上，引出她的阿毛的故事來。倘一看見兩三歲的小孩子，她就說：

「唉唉，我們的阿毛如果還在，也就有這麼大了……」

孩子看見她的眼光就吃驚，牽着母親的衣襟催她走。於是又只剩下她一個，終於沒趣的也走了，後來大家又都知道了她的脾氣，只要有孩子在眼前，便似笑非笑的先問她，道：

「祥林嫂，你們的阿毛如果還在，不是也就有這麼大了麼？」

她未必知道她的悲哀經大家咀嚼賞鑑了許多天，早已成為渣滓，只值得煩厭和唾棄；但從人們的笑影上，也彷彿覺得這又冷又尖，自己再沒有開口的必要了。她單是一瞥他們，並不回答一句話。

魯鎮永遠是過新年，臘月二十以後就火起來了。四叔家裏這回須僱男短工，還是忙不過來，另叫柳媽做幫手，殺雞，宰鵝；然而柳媽是善女人，吃素，不殺生的，只肯洗器皿。祥林嫂除燒火之外，沒有別的事，卻閒着了，坐着只看柳媽洗器

皿。微雪點點的下來了。

「唉唉，我真傻，」祥林嫂看了天空，嘆息着，獨語似的說。

「祥林嫂，你又來了。」柳媽不耐煩的看着她的臉，說。「我問你：你額角上的傷痕，不就是那時撞壞的麼？」

「唔唔。」她含胡的回答。

「我問你：你那時怎麼後來竟依了呢？」

「我麼？……」

「你呀。我想：這總是你自己願意了，不然……。」

「阿阿，你不知道他力氣多麼大呀。」

「我不信。我不信你這麼大的力氣，真會拗他不過。你後來一定是自己肯了，倒推說他力氣大。」

「阿阿，你……你倒自己試試着。」她笑了。

柳媽的打皺的臉也笑起來，使她蹙縮得像一個核桃，乾枯的小眼睛一看祥林嫂的額角，又釘住她的眼。祥林嫂似很侷促了，立刻斂了笑容，旋轉眼光，自去看雪花。

「祥林嫂，你實在不合算。」柳媽詭秘的說。「再一強，或者索性撞一個死，就好了。現在呢，你和你的第二個男人過活不到兩年，倒落了一件大罪名。你想，你將來到陰司去，那兩個死鬼的男人還要爭，你給了誰好呢？閻羅大王只好把你鋸開來，分給他們。我想，這真是……」

她臉上就顯出恐怖的神色來，這是在山村裏所未曾知道的。

「我想，你不如及早抵當。你到土地廟裏去捐一條門檻，當作你的替身，給千人踏，萬人跨，贖了這一世的罪名，免得

死了去受苦。」

　　她當時並不回答什麼話，但大約非常苦悶了，第二天早上起來的時候，兩眼上便都圍着大黑圈。早飯之後，她便到鎮的西頭的土地廟裏去求捐門檻，廟祝起初執意不允許，直到她急得流淚，才勉強答應了。價目是大錢十二千。

　　她久已不和人們交口，因為阿毛的故事是早被大家厭棄了的；但自從和柳媽談了天，似乎又即傳揚開去，許多人都發生了新趣味，又來逗她說話了。至於題目，那自然是換了一個新樣，專在她額上的傷疤。

　　「祥林嫂，我問你：你那時怎麼竟肯了？」一個說。

　　「唉，可惜，白撞了這一下。」一個看着她的疤，應和道。

　　她大約從他們的笑容和聲調上，也知道是在嘲笑她，所以總是瞪着眼睛，不說一句話，後來連頭也不回了。她整日緊閉了嘴唇，頭上帶着大家以為恥辱的記號的那傷痕，默默的跑街，掃地，洗菜，淘米。快夠一年，她才從四嬸手裏支取了歷來積存的工錢，換算了十二元鷹洋，請假到鎮的西頭去。但不到一頓飯時候，她便回來，神氣很舒暢，眼光也分外有神，高興似的對四嬸說，自己已經在土地廟捐了門檻了。

　　冬至的祭祖時節，她做得更出力，看四嬸裝好祭品，和阿牛將桌子擡到堂屋中央，她便坦然的去拿酒杯和筷子。

　　「你放着罷，祥林嫂！」四嬸慌忙大聲說。

　　她像是受了炮烙似的縮手，臉色同時變作灰黑，也不再去取燭臺，只是失神的站着。直到四叔上香的時候，教她走開，她才走開。這一回她的變化非常大，第二天，不但眼睛窈

陷下去，連精神也更不濟了。而且很膽怯，不獨怕暗夜，怕黑影，即使看見人，雖是自己的主人，也總惴惴的，有如在白天出穴遊行的小鼠，否則呆坐着，直是一個木偶人。不半年，頭髮也花白起來了，記性尤其壞，甚而至於常常忘卻了去淘米。

「祥林嫂怎麼這樣了？倒不如那時不留她。」四嬸有時當面就這樣說，似乎是警告她。

然而她總如此，全不見有伶俐起來的希望。他們於是想打發她走了，教她回到衛老婆子那裏去。但當我還在魯鎮的時候，不過單是這樣說；看現在的情狀，可見後來終於實行了。然而她是從四叔家出去就成了乞丐的呢，還是先到衛老婆子家然後再成乞丐的呢？那我可不知道。

我給那些因為在近旁而極響的爆竹聲驚醒，看見豆一般大的黃色的燈火光，接着又聽得畢畢剝剝的鞭炮，是四叔家正在「祝福」了；知道已是五更將近時候。我在朦朧中，又隱約聽到遠處的爆竹聲連綿不斷，似乎合成一天音響的濃雲，夾着團團飛舞的雪花，擁抱了全市鎮。我在這繁響的擁抱中，也懶散而且舒適，從白天以至初夜的疑慮，全給祝福的空氣一掃而空了，只覺得天地聖眾歆享了牲醴和香煙，都醉醺醺的在空中蹣跚，豫備給魯鎮的人們以無限的幸福。

一九二四年二月七日

孔乙己

　　魯鎮的酒店的格局，是和別處不同的：都是當街一個曲尺形的大櫃台，櫃裏面預備着熱水，可以隨時溫酒。做工的人，傍午傍晚散了工，每每花四文銅錢，買一碗酒，——這是二十多年前的事，現在每碗要漲到十文，——靠櫃外站着，熱熱的喝了休息；倘肯多花一文，便可以買一碟鹽煮筍，或者茴香豆，做下酒物了，如果出到十幾文，那就能買一樣葷菜，但這些顧客，多是短衣幫，大抵沒有這樣闊綽。只有穿長衫的，纔踱進店面隔壁的房子裏，要酒要菜，慢慢地坐喝。

　　我從十二歲起，便在鎮口的咸亨酒店裏當夥計，掌櫃説，樣子太傻，怕侍候不了長衫主顧，就在外面做點事罷。外面的短衣主顧，雖然容易説話，但嘮嘮叨叨纏夾不清的也很不少。他們往往要親眼看着黃酒從罈子裏舀出，看過壺子底裏有水沒有，又親看將壺子放在熱水裏，然後放心：在這嚴重監督下，羼水也很為難。所以過了幾天，掌櫃又説我幹不了這事。幸虧薦頭的情面大，辭退不得，便改為專管溫酒的一種無聊職務了。

　　我從此便整天的站在櫃臺裏，專管我的職務。雖然沒有什麼失職，但總覺得有些單調，有些無聊。掌櫃是一副兇臉

孔，主顧也沒有好聲氣，教人活潑不得；只有孔乙己到店，纔可以笑幾聲，所以至今還記得。

孔乙己是站着喝酒而穿長衫的唯一的人。他身材很高大；青白臉色，皺紋間時常夾些傷痕；一部亂蓬蓬的花白的鬍子。穿的雖然是長衫，可是又髒又破，似乎十多年沒有補，也沒有洗。他對人説話，總是滿口之乎者也，教人半懂不懂的。因為他姓孔，別人便從描紅紙上的「上大人孔乙己」這半懂不懂的話裏，替他取下一個綽號，叫作孔乙己。孔乙己一到店，所有喝酒的人便都看着他笑，有的叫道，「孔乙己，你臉上又添上新傷疤了！」他不回答，對櫃裏説，「溫兩碗酒，要一碟茴香豆。」便排出九文大錢。他們又故意的高聲嚷道，「你一定又偷了人家的東西了！」孔乙己睜大眼睛説，「你怎麼這樣憑空污人清白……」「什麼清白？我前天親眼見你偷了何家的書，吊着打。」孔乙己便漲紅了臉，額上的青筋條條綻出，爭辯道，「竊書不能算偷……竊書！……讀書人的事，能算偷麼？」接連便是難懂的話，什麼「君子固窮」，什麼「者乎」之類，引得眾人都鬨笑起來：店內外充滿了快活的空氣。

聽人家背地裏談論，孔乙己原來也讀過書，但終於沒有進學，又不會營生；於是愈過愈窮，弄到將要討飯了。幸而寫得一筆好字，便替人家鈔鈔書，換一碗飯喫。可惜他又有一樣壞脾氣，便是好喝懶做。坐不到幾天，便連人和書籍紙張筆硯，一齊失蹤。如是幾次，叫他鈔書的人也沒有了。孔乙己沒有法，便免不了偶然做些偷竊的事。但他在我們店裏，品行卻比別人都好，就是從不拖欠；雖然間或沒有現錢，暫

時記在粉板上，但不出一月，定然還清，從粉板上拭去了孔乙己的名字。

孔乙己喝過半碗酒，漲紅的臉色漸漸復了原，旁人便又問道，「孔乙己，你當真認識字麼？」孔乙己看着問他的人，顯出不屑置辯的神氣。他們便接着說道，「你怎的連半個秀才也撈不到呢？」孔乙己立刻顯出頹唐不安模樣，臉上籠上了一層灰色，嘴裏說些話；這回可是全是之乎者也之類，一些不懂了。在這時候，眾人也都鬨笑起來：店內外充滿了快活的空氣。

在這些時候，我可以附和着笑，掌櫃是決不責備的。而且掌櫃見了孔乙己，也每每這樣問他，引人發笑。孔乙己自己知道不能和他們談天，便只好向孩子說話。有一回對我說道，「你讀過書麼？」我略略點一點頭。他說，「讀過書，……我便考你一考。茴香豆的茴字，怎樣寫的？」我想，討飯一樣的人，也配考我麼？便回過臉去，不再理會。孔乙己等了許久，很懇切的說道，「不能寫罷？……我教給你，記着！這些字應該記着。將來做掌櫃的時候，寫賬要用。」我暗想我和掌櫃的等級還很遠呢，而且我們掌櫃也從不將茴香豆上賬；又好笑，又不耐煩，嬾嬾的答他道，「誰要你教，不是草頭底下一個來回的回字麼？」孔乙己顯出極高興的樣子，將兩個指頭的長指甲敲着櫃臺，點頭說，「對呀對呀！……回字有四樣寫法，你知道麼？」我愈不耐煩了，努着嘴走遠。孔乙己剛用指甲蘸了酒，想在櫃上寫字，見我毫不熱心，便又歎一口氣，顯出極惋惜的樣子。

有幾回，鄰舍孩子聽得笑聲，也趕熱鬧，圍住了孔乙己。

他便給他們茴香豆喫，一人一顆。孩子喫完豆，仍然不散，眼睛都望着碟子。孔乙己着了慌，伸開五指將碟子罩住，彎腰下去說道，「不多了，我已經不多了。」直起身又看一看豆，自己搖頭說，「不多不多！多乎哉？不多也。」於是這一羣孩子都在笑聲裏走散了。

孔乙己是這樣的使人快活，可是沒有他，別人也便這麼過。

有一天，大約是中秋前的兩三天，掌櫃正在慢慢的結賬，取下粉板，忽然說，「孔乙己長久沒有來了。還欠十九個錢呢！」我纔也覺得他的確長久沒有來了。一個喝酒的人說道，「他怎麼會來？……他打折了腿了。」掌櫃說，「哦！」「他總仍舊是偷。這一回，是自己發昏，竟偷到丁舉人家裏去了。他家的東西，偷得的麼？」「後來怎麼樣？」「怎麼樣？先寫服辯，後來是打，打了大半夜，再打折了腿。」「後來呢？」「後來打折了腿了。」「打折了怎樣呢？」「怎樣？……誰曉得？許是死了。」掌櫃也不再問，仍然慢慢的算他的賬。

中秋之後，秋風是一天涼比一天，看看將近初冬；我整天的靠着火，也須穿上棉襖了。一天的下半天，沒有一個顧客，我正合了眼坐着。忽然間聽得一個聲音，「溫一碗酒。」這聲音雖然極低，卻很耳熟。看時又全沒有人。站起來向外一望，那孔乙己便在櫃臺下對了門檻坐着。他臉上黑而且瘦，已經不成樣子；穿一件破夾襖，盤着兩腿，下面墊一個蒲包，用草繩在肩上掛住；見了我，又說道，「溫一碗酒。」掌櫃也伸出頭去，一面說，「孔乙己麼？你還欠十九個錢呢！」孔乙己

很頹唐的仰面答道，「這……下回還清罷。這一回是現錢，酒要好。」掌櫃仍然同平常一樣，笑着對他說，「孔乙己，你又偷了東西了！」但他這回卻不十分分辯，單說了一句「不要取笑！」「取笑？要是不偷，怎麼會打斷腿？」孔乙己低聲說道，「跌斷，跌，跌……」他的眼色，很像懇求掌櫃，不要再提。此時已經聚集了幾個人，便和掌櫃都笑了。我溫了酒，端出去，放在門檻上。他從破衣袋裏摸出四文大錢，放在我手裏，見他滿手是泥，原來他便用這手走來的。不一會，他喝完酒，便又在旁人的說笑聲中，坐着用這手慢慢走去了。

自此以後，又長久沒有看見孔乙己。到了年關，掌櫃取下粉板說，「孔乙己還欠十九個錢呢！」到第二年的端午，又說「孔乙己還欠十九個錢呢！」到中秋可是沒有說，再到年關也沒有看見他。

我到現在終於沒有見 —— 大約孔乙己的確死了。

一九一九年三月

藥

一

秋天的後半夜，月亮下去了，太陽還沒有出，只剩下一片烏藍的天；除了夜遊的東西，什麼都睡着。華老栓忽然坐起身，擦着火柴，點上遍身油膩的燈盞，茶館的兩間屋子裏，便彌滿了青白的光。

「小栓的爹，你就去麼？」是一個老女人的聲音。裏邊的小屋子裏，也發出一陣咳嗽。

「唔。」老栓一面聽，一面應，一面扣上衣服；伸手過去說，「你給我罷。」

華大媽在枕頭底下掏了半天，掏出一包洋錢，交給老栓，老栓接了，抖抖的裝入衣袋，又在外面按了兩下；便點上燈籠，吹熄燈盞，走向裏屋子去了。那屋子裏面，正在窸窸窣窣的響，接着便是一通咳嗽。老栓候他平靜下去，才低低的叫道，「小栓……你不要起來。……店麼？你娘會安排的。」

老栓聽得兒子不再説話，料他安心睡了；便出了門，走到街上。街上黑沉沉的一無所有，只有一條灰白的路，看得分明。燈光照着他的兩腳，一前一後的走。有時也遇到幾隻狗，可是一隻也沒有叫。天氣比屋子裏冷多了；老栓倒覺爽快，

彷彿一旦變了少年，得了神通，有給人生命的本領似的，跨步格外高遠。而且路也愈走愈分明，天也愈走愈亮了。

老栓正在專心走路，忽然吃了一驚，遠遠裏看見一條丁字街，明明白白橫着。他便退了幾步，尋到一家關着門的鋪子，蹩進簷下，靠門立住了。好一會，身上覺得有些發冷。

「哼，老頭子。」

「倒高興……。」

老栓又喫一驚，睜眼看時，幾個人從他面前過去了。一個還回頭看他，樣子不甚分明，但很像久餓的人見了食物一般，眼裏閃出一種攫取的光。老栓看看燈籠，已經熄了。按一按衣袋，硬硬的還在。仰起頭兩面一望，只見許多古怪的人，三三兩兩，鬼似的在那裏徘徊；定睛再看，卻也看不出什麼別的奇怪。

沒有多久，又見幾個兵，在那邊走動；衣服前後的一個大白圓圈，遠地裏也看得清楚，走過面前的，並且看出號衣上暗紅的鑲邊。——一陣腳步聲響，一眨眼，已經擁過了一大簇人。那三三兩兩的人，也忽然合作一堆，潮一般向前趕；將到丁字街口，便突然立住，簇成一個半圓。

老栓也向那邊看，卻只見一堆人的後背；頸項都伸得很長，彷彿許多鴨，被無形的手捏住了的，向上提着。靜了一會，似乎有點聲音，便又動搖起來，轟的一聲，都向後退；一直散到老栓立着的地方，幾乎將他擠倒了。

「喂！一手交錢，一手交貨！」一個渾身黑色的人，站在老栓面前，眼光正像兩把刀，刺得老栓縮小了一半。那人一

隻大手，向他攤着；一隻手卻撮着一個鮮紅的饅頭，那紅的還是一點一點的往下滴。

老栓慌忙摸出洋錢，抖抖的想交給他，卻又不敢去接他的東西。那人便焦急起來，嚷道，「怕什麼？怎的不拿！」老栓還躊躇着；黑的人便搶過燈籠，一把扯下紙罩，裹了饅頭，塞與老栓；一手抓過洋錢，捏一捏，轉身去了。嘴裏哼着説，「這老東西……。」

「這給誰治病的呀？」老栓也似乎聽得有人問他，但他並不答應；他的精神，現在只在一個包上，彷彿抱着一個十世單傳的嬰兒，別的事情，都已置之度外了。他現在要將這包裏的新的生命，移植到他家裏，收穫許多幸福。太陽也出來了；在他面前，顯出一條大道，直到他家中，後面也照見丁字街頭破匾上「古口亭口」這四個黯淡的金字。

二

老栓走到家，店面早經收拾乾淨，一排一排的茶桌，滑溜溜的發光。但是沒有客人；只有小栓坐在裏排的桌前吃飯，大粒的汗，從額上滾下，夾襖也貼住了脊心，兩塊肩胛骨高高凸出，印成一個陽文的「八字」。老栓見這樣子，不免皺一皺展開的眉心。他的女人，從竈下急急走出，睜着眼睛，嘴唇有些發抖。

「得了麼？」

「得了。」

兩個人一齊走進竈下，商量了一會；華大媽便出去了，不

多時，挈着一片老荷葉回來，攤在桌上。老栓也打開燈籠罩，用荷葉重新包了那紅的饅頭。小栓也吃完飯，他的母親慌忙説：「小栓 —— 你坐着，不要到這裏來。」一面整頓了竈火，老栓便把一個碧綠的包，一個紅紅白白的破燈籠，一同塞在竈裏；一陣紅黑的火焰過去時，店屋裏散滿了一種奇怪的香味。

「好香！你們吃什麼點心呀？」這是駝背五少爺到了。這人每天總在茶館裏過日，來得最早，去得最遲，此時恰恰踅到臨街的壁角的桌邊，便坐下問話，然而沒有人答應他。「炒米粥麼？」仍然沒有人應。老栓匆匆走出，給他泡上茶。

「小栓進來罷！」華大媽叫小栓進了裏面的屋子，中間放好一條凳，小栓坐了。他的母親端過一碟烏黑的圓東西，輕輕説：——

「喫下去罷，—— 病便好了。」

小栓撮起這黑東西，看了一會，似乎挈着自己的性命一般，心裏説不出的奇怪。十分小心的拗開了，焦皮裏面竄出一道白氣，白氣散了，是兩半個白麵的饅頭。—— 不多工夫，已經全在肚裏了，卻全忘了什麼味；面前只剩下一張空盤。他的旁邊，一面立着他的父親，一面立着他的母親，兩人的眼光，都彷彿要在他身裏注進什麼又要取出什麼似的；便禁不住心跳起來，按着胸腔，又是一陣咳嗽。

「睡一會罷，—— 便好了。」

小栓依他母親的話，咳着睡了。華大媽候他喘氣平靜，才輕輕的給他蓋上了滿幅補釘的夾被。

三

店裏坐着許多人，老栓也忙了，提着大銅壺，一趙一趙的給客人沖茶；兩個眼眶，都圍着一圈黑線。

「老栓，你有些不舒服麼？——你生病麼？」一個花白鬍子的人說。

「沒有。」

「沒有？——我想笑嘻嘻的，原也不像……」花白鬍子便取消了自己的話。

「老栓只是忙。要是他的兒子……」駝背五少爺話還未完，突然闖進了一個滿臉橫肉的人，披一件玄色布衫，散着紐扣，用很寬的玄色腰帶，胡亂捆在腰間。剛進門，便對老栓嚷道：

「吃了麼？好了麼？老栓，就是運氣了你！你運氣，要不是我信息靈……。」

老栓一手提了茶壺，一手恭恭敬敬的垂着；笑嘻嘻的聽。滿座的人，也都恭恭敬敬的聽。華大媽也黑着眼眶，笑嘻嘻的送出茶碗茶葉來，加上一個橄欖，老栓便去沖了水。

「這是包好！這是與眾不同的。你想，趁熱的拏來，趁熱吃下。」橫肉的人只是嚷。

「真的呢，要沒有康大叔照顧，怎麼會這樣……」華大媽也很感激的謝他。

「包好，包好！這樣的趁熱吃下。這樣的人血饅頭，什麼癆病都包好！」

華大媽聽到「癆病」這兩個字，變了一點臉色，似乎有些不高興；但又立刻堆上笑，搭訕着走開了。這康大叔卻沒有

覺察，仍然提高了喉嚨只是嚷，嚷得裏面睡着的小栓也合夥咳嗽起來。

「原來你家小栓碰到了這樣的好運氣了。這病自然一定全好；怪不得老栓整天的笑着呢。」花白鬍子一面說，一面走到康大叔面前，低聲下氣的問道，「康大叔 —— 聽說今天結果的一個犯人，便是夏家的孩子，那是誰的孩子？究竟是什麼事？」

「誰的？不就是夏四奶奶的兒子麼？那個小傢伙！」康大叔見眾人都聳起耳朵聽他，便格外高興，橫肉塊塊飽綻，越發大聲說，「這小東西不要命，不要就是了。我可是這一回一點沒有得到好處；連剝下來的衣服，都給管牢的紅眼睛阿義拿去了。—— 第一要算我們栓叔運氣；第二是夏三爺賞了二十五兩雪白的銀子，獨自落腰包，一文不花。」

小栓慢慢的從小屋子裏走出，兩手按了胸口，不住的咳嗽；走到竈下，盛出一碗冷飯，泡上熱水，坐下便吃。華大媽跟着他走，輕輕的問道，「小栓，你好些麼？ —— 你仍舊只是肚餓？……」

「包好，包好！」康大叔瞥了小栓一眼，仍然回過臉，對眾人說，「夏三爺真是乖角兒，要是他不先告官，連他滿門抄斬。現在怎樣？銀子！ —— 這小東西也真不成東西！關在牢裏，還要勸牢頭造反。」

「阿呀，那還了得。」坐在後排的一個二十多歲的人，很現出氣憤模樣。

「你要曉得紅眼睛阿義是去盤盤底細的，他卻和他攀談

了。他說：這大清的天下是我們大家的。你想：這是人話麼？紅眼睛原知道他家裏只有一個老娘，可是沒有料到他竟會那麼窮，搾不出一點油水，已經氣破肚皮了。他還要老虎頭上搔癢，便給他兩個嘴巴！」

「義哥是一手好拳棒，這兩下，一定夠他受用了。」壁角的駝背忽然高興起來。

「他這賤骨頭打不怕，還要說可憐可憐哩。」

花白鬍子的人說，「打了這種東西，有什麼可憐呢？」

康大叔顯出看他不上的樣子，冷笑着說，「你沒有聽清我的話；看他神氣，是說阿義可憐哩！」

聽着的人的眼光，忽然有些板滯；話也停頓了。小栓已經吃完飯，吃得滿身流汗，頭上都冒出蒸氣來。

「阿義可憐 —— 瘋話，簡直是發了瘋了。」花白鬍子恍然大悟似的說。

「發了瘋了。」二十多歲的人也恍然大悟的說。

店裏的坐客，便又現出活氣，談笑起來。小栓也趁着熱鬧，拚命咳嗽；康大叔走上前，拍他肩膀說：

「包好！小栓 —— 你不要這麼咳。包好！」

「瘋了。」駝背五少爺點着頭說。

四

西關外靠着城根的地面，本是一塊官地；中間歪歪斜斜一條細路，是貪走便道的人，用鞋底造成的，但卻成了自然的界限。路的左邊，都埋着死刑和瘐斃的人，右邊是窮人的叢

塚。兩面都已埋到層層疊疊，宛然闊人家裏祝壽時候的饅頭。

這一年的清明，分外寒冷；楊柳才吐出半粒米大的新芽。天明未久，華大媽已在右邊的一坐新墳前面，排出四碟菜，一碗飯，哭了一場。化過紙，呆呆的坐在地上；彷彿等候什麼似的，但自己也說不出等候什麼。微風起來，吹動她短髮，確乎比去年白得多了。

小路上又來了一個女人，也是半白頭髮，襤褸的衣裙；提一個破舊的朱漆圓籃，外掛一串紙錠，三步一歇的走。忽然見華大媽坐在地上看她，便有些躊躇，慘白的臉上，現出些羞愧的顏色；但終於硬着頭皮，走到左邊的一坐墳前，放下了籃子。

那墳與小栓的墳，一字兒排着，中間只隔一條小路。華大媽看她排好四碟菜，一碗飯，立着哭了一通，化過紙錠；心裏暗暗地想，「這墳裏的也是兒子了。」那老女人徘徊觀望了一回，忽然手腳有些發抖，蹌蹌踉踉退下幾步，瞪着眼只是發怔。

華大媽見這樣子，生怕她傷心到快要發狂了；便忍不住立起身，跨過小路，低聲對他說，「你這位老奶奶不要傷心了，——我們還是回去罷。」

那人點一點頭，眼睛仍然向上瞪着；也低聲吃吃的說道，「你看，——看這是什麼呢？」

華大媽跟了她指頭看去，眼光便到了前面的墳，這墳上草根還沒有全合，露出一塊一塊的黃土，煞是難看。再往上仔細看時，卻不覺也吃一驚；——分明有一圈紅白的花，圍着那尖圓的墳頂。

她們的眼睛都已老花多年了，但望這紅白的花，卻還能

明白看見。花也不很多，圓圓的排成一個圈，不很精神，倒也整齊。華大媽忙看她兒子和別人的墳，卻只有不怕冷的幾點青白小花，零星開着；便覺得心裏忽然感到一種不足和空虛，不願意根究。那老女人又走近幾步，細看了一遍，自言自語的說，「這沒有根，不像自己開的。——這地方有誰來呢？孩子不會來玩；——親戚本家早不來了。——這是怎麼一回事呢？」她想了又想，忽又流下淚來，大聲說道：

「瑜兒，他們都冤枉了你，你還是忘不了，傷心不過，今天特意顯點靈，要我知道麼？」她四面一看，只見一隻烏鴉，站在一株沒有葉的樹上，便接着說，「我知道了。——瑜兒，可憐他們坑了你，他們將來總有報應，天都知道；你閉了眼睛就是了。——你如果真在這裏，聽到我的話，——便教這烏鴉飛上你的墳頂，給我看罷。」

微風早經停息了；枯草支支直立，有如銅絲。一絲發抖的聲音，在空氣中愈顫愈細，細到沒有，周圍便都是死一般靜。兩人站在枯草叢裏，仰面看那烏鴉；那烏鴉也在筆直的樹枝間，縮着頭，鐵鑄一般站着。

許多的工夫過去了；上墳的人漸漸增多，幾個老的小的，在土墳間出沒。

華大媽不知怎的，似乎卸下了一挑重擔，便想到要走；一面勸着說，「我們還是回去罷。」

那老女人嘆一口氣，無精打采的收起飯菜；又遲疑了一刻，終於慢慢地走了。嘴裏自言自語的說，「這是怎麼一回事呢？……」

　　他們走不上二三十步遠，忽聽得背後「啞——」的一聲大叫；兩個人都竦然的回過頭，只見那烏鴉張開兩翅，一挫身，直向着遠處的天空，箭也似的飛去了。

（一九一九年四月）

故鄉

　　我冒了嚴寒，回到相隔二千餘里，別了二十餘年的故鄉去。

　　時候既然是深冬；漸近故鄉時，天氣又陰晦了，冷風吹進船艙中，嗚嗚的響，從蓬隙向外一望，蒼黃的天底下，遠近橫着幾個蕭索的荒村，沒有一些活氣。我的心禁不住悲涼起來了。

　　阿！這不是我二十年來時時記得的故鄉？

　　我所記得的故鄉全不如此。我的故鄉好得多了。但要我記起他的美麗，說出他的佳處來，卻又沒有影像，沒有言辭了。彷彿也就如此。於是我自己解釋說：故鄉本也如此，——雖然沒有進步，也未必有如我所感的悲涼，這只是我自己心情的改變罷了，因為我這次回鄉，本沒有什麼好心緒。

　　我這次是專為了別他而來的。我們多年聚族而居的老屋，已經公同賣給別姓了，交屋的期限，只在本年，所以必須趕在正月初一以前，永別了熟識的老屋，而且遠離了熟識的故鄉，搬家到我在謀食的異地去。

　　第二日清早晨我到了我家的門口了。瓦楞上許多枯草的斷莖當風抖着，正在說明這老屋難免易主的原因。幾房的本家大約已經搬走了，所以很寂靜。我到了自家的房外，我的

母親早已迎着出來了，接着便飛出了八歲的姪兒宏兒。

　　我的母親很高興，但也藏着許多淒涼的神情，教我坐下，歇息，喝茶，且不談搬家的事。宏兒沒有見過我，遠遠的對面站着只是看。

　　但我們終於談到搬家的事。我說外間的寓所已經租定了，又買了幾件傢具，此外須將家裏所有的木器賣去，再去增添。母親也說好，而且行李也略已齊集，木器不便搬運的，也小半賣去了，只是收不起錢來。

　　「你休息一兩天，去拜望親戚本家一回，我們便可以走了。」母親說。

　　「是的。」

　　「還有閏土，他每到我家來時，總問起你，很想見你一回面。我已經將你到家的大約日期通知他，他也許就要來了。」

　　這時候，我的腦裏忽然閃出一幅神異的圖畫來：深藍的天空中掛着一輪金黃的圓月，下面是海邊的沙地，都種着一望無際的碧綠的西瓜，其間有一個十一二歲的少年，項帶銀圈，手捏一柄鋼叉，向一匹猹盡力的刺去，那猹卻將身一扭，反從他的胯下逃走了。

　　這少年便是閏土。我認識他時，也不過十多歲，離現在將有三十年了；那時我的父親還在世，家景也好，我正是一個少爺。那一年，我家是一件大祭祀的值年。這祭祀，說是三十多年才能輪到一回，所以很鄭重；正月裏供祖像，供品很多，祭器很講究，拜的人也很多，祭器也很要防偷去。我家只有一個忙月（我們這裏給人做工的分三種：整年給一定人家

做工的叫長工；按日給人做工的叫短工；自己也種地，只在過年過節以及收租時候來給一定人家做工的稱忙月），忙不過來，他便對父親說，可以叫他的兒子閏土來管祭器的。

我的父親允許了；我也很高興，因為我早聽到閏土這名字，而且知道他和我彷彿年紀，閏月生的，五行缺土，所以他的父親叫他閏土。他是能裝弶捉小鳥雀的。

我於是日日盼望新年，新年到，閏土也就到了。好容易到了年末，有一日，母親告訴我，閏土來了，我便飛跑的去看。他正在廚房裏，紫色的圓臉，頭戴一頂小氊帽，頸上套一個明晃晃的銀項圈，這可見他的父親十分愛他，怕他死去，所以在神佛面前許下願心，用圈子將他套住了。他見人很怕羞，只是不怕我，沒有旁人的時候，便和我說話，於是不到半日，我們便熟識了。

我們那時候不知道談些什麼，只記得閏土很高興，說是上城之後，見了許多沒有見過的東西。

第二日，我便要他捕鳥。他說：

「這不能。須大雪下了才好。我們沙地上，下了雪，我掃出一塊空地來，用短棒支起一個大竹匾，撒下秕穀，看鳥雀來吃時，我遠遠地將縛在棒上的繩子只一拉，那鳥雀就罩在竹匾下了。什麼都有：稻雞，角雞，鵓鴣，藍背⋯⋯」

我於是又很盼望下雪。

閏土又對我說：

「現在太冷，你夏天到我們這裏來。我們日裏到海邊撿貝殼去，紅的綠的都有，鬼見怕也有，觀音手也有。晚上我和爹

管西瓜去，你也去。」

「管賊麼？」

「不是。走路的人口渴了摘一個瓜吃，我們這裏是不算偷的。要管的是獾豬，刺蝟，猹。月亮底下，你聽，啦啦的響了，猹在咬瓜了。你便捏了胡叉，輕輕地走去……」

我那時並不知道這所謂猹的是怎麼一件東西──便是現在也沒有知道──只是無端的覺得狀如小狗而很兇猛。

「她不咬人麼？」

「有胡叉呢。走到了，看見猹了，你便刺。這畜生很伶俐，倒向你奔來，反從胯下竄了。牠的皮毛是油一般的滑……」

我素不知道天下有這許多新鮮事：海邊有如許五色的貝殼；西瓜有這樣危險的經歷，我先前單知道它在水果店裏出賣罷了。

「我們沙地裏，潮汛要來的時候，就有許多跳魚兒只是跳，都有青蛙似的兩個腳……」

阿！閏土的心裏有無窮無盡的希奇的事，都是我往常的朋友所不知道的。他們不知道一些事，閏土在海邊時，他們都和我一樣只看見院子裏高牆上的四角的天空。

可惜正月過去了，閏土須回家裏去，我急得大哭，他也躲到廚房裏，哭着不肯出門，但終於被他父親帶走了。他後來還托他的父親帶給我一包貝殼和幾支很好看的鳥毛，我也曾送他一兩次東西，但從此沒有再見面。

現在我的母親提起了他，我這兒時的記憶，忽而全都閃電似的蘇生過來，似乎看到了我的美麗的故鄉了。我應聲說：

「這好極！他，——怎樣？……」

「他？……他景況也很不如意……」母親説着，便向房外看，「這些人又來了。説是買木器，順手也就隨便拿走的，我得去看看。」

母親站起身，出去了。門外有幾個女人的聲音。我便招宏兒走近面前，和他閒話：問他可會寫字，可願意出門。

「我們坐火車去麼？」

「我們坐火車去。」

「船呢？」

「先坐船，……」

「哈！這模樣了！鬍子這麼長了！」一種尖利的怪聲突然大叫起來。

我吃了一嚇，趕忙抬起頭，卻見一個凸顴骨，薄嘴唇，五十歲上下的女人站在我面前，兩手搭在髀間，沒有繫裙，張着兩腳，正像一個畫圖儀器裏細腳伶仃的圓規。

我愕然了。

「不認識了麼？我還抱過你咧！」

我愈加愕然了。幸而我的母親也就進來，從旁説：

「他多年出門，統忘卻了。你該記得罷，」便向着我説，「這是斜對門的楊二嫂，……開豆腐店的。」

哦，我記得了。我孩子時候，在斜對門的豆腐店裏確乎終日坐着一個楊二嫂，人都叫伊「豆腐西施」。但是擦着白粉，顴骨沒有這麼高，嘴唇也沒有這麼薄，而且終日坐着，我也從沒有見過這圓規式的姿勢。那時人説：因為伊，這豆腐店的

買賣非常好。但這大約因為年齡的關係，我卻並未蒙着一毫感化，所以竟完全忘卻了。然而圓規很不平，顯出鄙夷的神色，彷彿嗤笑法國人不知道拿破崙，美國人不知道華盛頓似的，冷笑說：

「忘了？這真是貴人眼高……」

「那有這事……我……」我惶恐着，站起來說。

「那麼，我對你說。迅哥兒，你闊了，搬動又笨重，你還要什麼這些破爛木器，讓我拿去罷。我們小戶人家，用得着。」

「我並沒有闊哩。我須賣了這些，再去……」

「阿呀呀，你放了道台了，還說不闊？你現在有三房姨太太；出門便是八抬的大轎，還說不闊？嚇，什麼都瞞不過我。」

我知道無話可說了，便閉了口，默默的站着。

「阿呀阿呀，真是愈有錢，便愈是一毫不肯放鬆，愈是一毫不肯放鬆，便愈有錢……」圓規一面憤憤的迴轉身，一面絮絮的說，慢慢向外走，順便將我母親的一副手套塞在褲腰裏，出去了。

此後又有近處的本家和親戚來訪問我。我一面應酬，偷空便收拾些行李，這樣的過了三四天。

一日是天氣很冷的午後，我吃過午飯，坐着喝茶，覺得外面有人進來了，便回頭去看。我看時，不由的非常出驚，慌忙站起身，迎着走去。

這來的便是閏土。雖然我一見便知道是閏土，但又不是我這記憶上的閏土了。他身材增加了一倍；先前的紫色的圓臉，已經變作灰黃，而且加上了很深的皺紋；眼睛也像他父親

一樣，周圍都腫得通紅，這我知道，在海邊種地的人，終日吹着海風，大抵是這樣的。他頭上是一頂破氈帽，身上只一件極薄的棉衣，渾身瑟索着；手裏提着一個紙包和一支長煙管，那手也不是我所記得的紅活圓實的手，卻又粗又笨而且開裂，像是松樹皮了。

　　我這時很興奮，但不知道怎麼説才好，只是説：

　　「阿！閏土哥，——你來了？……」

　　我接着便有許多話，想要連珠一般湧出：角雞，跳魚兒，貝殼，猹，……但又總覺得被什麼擋着似的，單在腦裏面迴旋，吐不出口外去。

　　他站住了，臉上現出歡喜和凄涼的神情；動着嘴唇，卻沒有作聲。他的態度終於恭敬起來了，分明的叫道：

　　「老爺！……」

　　我似乎打了一個寒噤；我就知道，我們之間已經隔了一層可悲的厚障壁了。我也説不出話。

　　他回過頭去説，「水生，給老爺磕頭。」便拖出躲在背後的孩子來，這正是一個廿年前的閏土，只是黃瘦些，頸子上沒有銀圈罷了。「這是第五個孩子，沒有見過世面，躲躲閃閃……」

　　母親和宏兒下樓來了，他們大約也聽到了聲音。

　　「老太太。信是早收到了。我實在喜歡的不得了，知道老爺回來……」閏土説。

　　「阿，你怎的這樣客氣起來。你們先前不是哥弟稱呼麼？還是照舊：迅哥兒。」母親高興的説。

「阿呀，老太太真是……這成什麼規矩。那時是孩子，不懂事……」閏土説着，又叫水生上來打拱，那孩子卻害羞，緊緊的只貼在他背後。

「他就是水生？第五個？都是生人，怕生也難怪的；還是宏兒和他去走走。」母親説。

宏兒聽得這話，便來招水生，水生卻鬆鬆爽爽同他一路出去了。母親叫閏土坐，他遲疑了一回，終於就了坐，將長煙管靠在桌旁，遞過紙包來，説：

「冬天沒有什麼東西了。這一點乾青豆倒是自家曬在那裏的，請老爺……」

我問問他的景況。他只是搖頭。

「非常難。第六個孩子也會幫忙了，卻總是吃不夠……又不太平……什麼地方都要錢，沒有規定……收成又壞。種出東西來，挑去賣，總要捐幾回錢，折了本；不去賣，又只能爛掉……」

他只是搖頭；臉上雖然刻着許多皺紋，卻全然不動，彷彿石像一般。他大約只是覺得苦，卻又形容不出，沉默了片時，便拿起煙管來默默的吸煙了。

母親問他，知道他的家裏事務忙，明天便得回去；又沒有吃過午飯，便叫他自己到廚下炒飯吃去。

他出去了；母親和我都嘆息他的景況：多子，饑荒，苛稅，兵，匪，官，紳，都苦得他像一個木偶人了。母親對我説，凡是不必搬走的東西，盡可以送他，可以聽他自己去揀擇。

下午，他揀好了幾件東西：兩條長桌，四個椅子，一副香

爐和燭臺，一桿抬秤。他又要所有的草灰（我們這裏煮飯是燒稻草的，那灰，可以做沙地的肥料），待我們啟程的時候，他用船來載去。

夜間，我們又談些閒天，都是無關緊要的話；第二天早晨，他就領了水生回去了。

又過了九日，是我們啟程的日期。閏土早晨便到了，水生沒有同來，卻只帶着一個五歲的女兒管船隻。我們終日很忙碌，再沒有談天的工夫。來客也不少，有送行的，有拿東西的，有送行兼拿東西的。待到傍晚我們上船的時候，這老屋裏的所有破舊大小粗細東西，已經一掃而空了。

我們的船向前走，兩岸的青山在黃昏中，都裝成了深黛顏色，連着退向船後梢去。

宏兒和我靠着船窗，同看外面模糊的風景，他忽然問道：

「大伯！我們甚麼時候回來？」

「回來？你怎麼還沒有走就想回來了。」

「可是，水生約我到他家玩去咧……」他睜着大的黑眼睛，癡癡的想。

我和母親也都有些惘然，於是又提起閏土來。母親說，那豆腐西施的楊二嫂，自從我家收拾行李以來，本是每日必到的，前天伊在灰堆裏，掏出十多個碗碟來，議論之後，便定說是閏土埋着的，他可以在運灰的時候，一齊搬回家裏去；楊二嫂發見了這件事，自己很以為功，便拿了那狗氣殺（這是我們這裏養雞的器具，木盤上面有着柵欄，內盛食料，雞可以伸進頸子去啄，狗卻不能，只能看着氣死），飛也似的跑了，

虧伊裝着這麼高底的小腳，竟跑得這樣快。

老屋離我愈遠了；故鄉的山水也都漸漸遠離了我，但我卻並不感到怎樣的留戀。我只覺得我四面有看不見的高牆，將我隔成孤身，使我非常氣悶；那西瓜地上的銀項圈的小英雄的影像，我本來十分清楚，現在卻忽地模糊了，又使我非常的悲哀。

母親和宏兒都睡着了。

我躺着，聽船底潺潺的水聲，知道我在走我的路。我想：我竟與閏土隔絕到這地步了，但我們的後輩還是一氣，宏兒不是正在想念水生麼。我希望他們不再像我，又大家隔膜起來……然而我又不願意他們因為要一氣，都如我的辛苦輾轉而生活，也不願意他們都如閏土的辛苦麻木而生活，也不願意都如別人的辛苦恣睢而生活。他們應該有新的生活，為我們所未經生活過的。

我想到希望，忽然害怕起來了。閏土要香爐和燭臺的時候，我還暗地裏笑他，以為他總是崇拜偶像，什麼時候都不忘卻。現在我所謂希望，不也是我自己手製的偶像麼？只是他的願望切近，我的願望茫遠罷了。

我在朦朧中，眼前展開一片海邊碧綠的沙地來，上面深藍的天空中掛着一輪金黃的圓月。我想：希望本是無所謂有，無所謂無的。這正如地上的路；其實地上本沒有路，走的人多了，也便成了路。

一九二一年一月

在酒樓上

　　我從北地向東南旅行，繞道訪了我的家鄉，就到 S 城。這城離我的故鄉不過三十里，坐了小船，小半天可到，我曾在這裏的學校裏當過一年的教員。深冬雪後，風景淒清，懶散和懷舊的心緒聯結起來，我竟暫寓在 S 城的洛思旅館裏了；這旅館是先前所沒有的。城圈本不大，尋訪了幾個以為可以會見的舊同事，一個也不在，早不知散到那裏去了，經過學校的門口，也改換了名稱和模樣，於我很生疏。不到兩個時辰，我的意興早已索然，頗悔此來為多事了。

　　我所住的旅館是租房不賣飯的，飯菜必須另外叫來，但又無味，入口如嚼泥土。窗外只有漬痕班駁的牆壁，帖着枯死的莓苔；上面是鉛色的天，白皚皚的絕無精采，而且微雪又飛舞起來了。我午餐本沒有飽，又沒有可以消遣的事情，便很自然的想到先前有一家很熟識的小酒樓，叫一石居的，算來離旅館並不遠。我於是立即鎖了房門，出街向那酒樓去。其實也無非想姑且逃避客中的無聊，並不專為買醉。一石居是在的，狹小陰濕的店面和破舊的招牌都依舊；但從掌櫃以至堂倌卻已沒有一個熟人，我在這一石居中也完全成了生客。然而我終於跨上那走熟的屋角的扶梯去了，由此徑到小樓上。

上面也依然是五張小板桌；獨有原是木櫺的後窗卻換嵌了玻璃。

「一斤紹酒。——菜？十個油豆腐，辣醬要多！」

我一面説給跟我上來的堂倌聽，一面向後窗走，就在靠窗的一張桌旁坐下了。樓上「空空如也」，任我揀得最好的坐位：可以眺望樓下的廢園。這園大概是不屬於酒家的，我先前也曾眺望過許多回，有時也在雪天裏。但現在從慣於北方的眼睛看來，卻很值得驚異了：幾株老梅竟鬥雪開着滿樹的繁花，彷彿毫不以深冬為意；倒塌的亭子邊還有一株山茶樹，從晴綠的密葉裏顯出十幾朵紅花來，赫赫的在雪中明得如火，憤怒而且傲慢，如蔑視遊人的甘心於遠行。我這時又忽地想到這裏積雪的滋潤，着物不去，晶瑩有光，不比朔雪的粉一般乾，大風一吹，便飛得滿空如煙霧。……

「客人，酒。……」

堂倌懶懶的説着，放下杯，筷，酒壺和碗碟，酒到了。我轉臉向了板桌，排好器具，斟出酒來。覺得北方固不是我的舊鄉，但南來又只能算一個客子，無論那邊的乾雪怎樣紛飛，這裏的柔雪又怎樣的依戀，於我都沒有什麼關係了。我略帶些哀愁，然而很舒服的呷一口酒。酒味很純正；油豆腐也煮得十分好；可惜辣醬太淡薄，本來 S 城人是不懂得吃辣的。

大概是因為正在下午的緣故罷，這會説是酒樓，卻毫無酒樓氣，我已經喝下三杯酒去了，而我以外還是四張空板桌。我看着廢園，漸漸的感到孤獨，但又不願有別的酒客上來。偶然聽得樓梯上腳步響，便不由的有些懊惱，待到看見是堂倌，

才又安心了，這樣的又喝了兩杯酒。

我想，這回定是酒客了，因為聽得那腳步聲比堂倌的要緩得多。約略料他走完了樓梯的時候，我便害怕似的抬頭去看這無干的同伴，同時也就吃驚的站起來。我竟不料在這裏意外的遇見朋友了，——假如他現在還許我稱他為朋友。那上來的分明是我的舊同窗，也是做教員時代的舊同事，面貌雖然頗有些改變，但一見也就認識，獨有行動卻變得格外迂緩，很不像當年敏捷精悍的呂緯甫了。

「阿，——緯甫，是你麼？我萬想不到會在這裏遇見你。」

「阿阿，是你？我也萬想不到……」

我就邀他同坐，但他似乎略略躊躇之後，方纔坐下來。我起先很以為奇，接着便有些悲傷，而且不快了。細看他相貌，也還是亂蓬蓬的鬚髮；蒼白的長方臉，然而衰瘦了。精神很沉靜，或者卻是頹唐，又濃又黑的眉毛底下的眼睛也失了精采，但當他緩緩的四顧的時候，卻對廢園忽地閃出我在學校時代常常看見的射人的光來。

「我們，」我高興的，然而頗不自然的說，「我們這一別，怕有十年了罷。我早知道你在濟南，可是實在懶得太難，終於沒有寫一封信。……」

「彼此都一樣。可是現在我在太原了，已經兩年多，和我的母親。我回來接她的時候，知道你早搬走了，搬得很乾淨。」

「你在太原做什麼呢？」我問。

「教書，在一個同鄉的家裏。」

「這以前呢？」

「這以前麼？」他從衣袋裏掏出一支煙捲來，點了火銜在嘴裏，看着噴出的煙霧，沉思似的說：「無非做了些無聊的事情，等於什麼也沒有做。」

他也問我別後的景況；我一面告訴他一個大概，一面叫堂倌先取杯筷來，使他先喝着我的酒，然後再去添二斤。其間還點菜，我們先前原是毫不客氣的，但此刻卻推讓起來了，終於說不清那一樣是誰點的，就從堂倌的口頭報告上指定了四樣菜：茴香豆，凍肉，油豆腐，青魚乾。

「我一回來，就想到我可笑。」他一手擎着煙捲，一隻手扶着酒杯，似笑非笑的向我說。「我在少年時，看見蜂子或蠅子停在一個地方，給什麼來一嚇，即刻飛去了，但是飛了一個小圈子，便又回來停在原地點，便以為這實在很可笑，也可憐。可不料現在我自己也飛回來了，不過繞了一點小圈子。又不料你也回來了。你不能飛得更遠些麼？」

「這難說，大約也不外乎繞點小圈子罷。」我也似笑非笑的說。「但是你為什麼飛回來的呢？」

「也還是為了無聊的事。」他一口喝乾了一杯酒，吸幾口煙，眼睛略為張大了。「無聊的。——但是我們就談談罷。」

堂倌搬上新添的酒菜來，排滿了一桌，樓上又添了煙氣和油豆腐的熱氣，彷彿熱鬧起來了；樓外的雪也越加紛紛的下。

「你也許本來知道，」他接着說，「我曾經有一個小兄弟，是三歲上死掉的，就葬在這鄉下。我連他的模樣都記不清楚了，但聽母親說，是一個很可愛念的孩子，和我也很相投，至今她提起來還似乎要下淚。今年春天，一個堂兄就來了一

封信，説他的墳邊已經漸漸的浸了水，不久怕要陷入河裏去了，須得趕緊去設法。母親一知道就很着急，幾乎幾夜睡不着，——她又自己能看信的。然而我能有什麼法子呢？沒有錢，沒有工夫：當時什麼法也沒有。」

「一直挨到現在，趁着年假的閒空，我才得回南給他來遷葬。」他又喝乾一杯酒，看説窗外，説，「這在那邊哪裏能如此呢？積雪裏會有花，雪地下會不凍。就在前天，我在城裏買了一口小棺材，——因為我豫料那地下的應該早已朽爛了，——帶着棉絮和被褥，僱了四個土工，下鄉遷葬去。我當時忽而很高興，願意掘一回墳，願意一見我那曾經和我很親睦的小兄弟的骨殖：這些事我生平都沒有經歷過。到得墳地，果然，河水只是咬進來，離墳已不到二尺遠。可憐的墳，兩年沒有培土，也平下去了。我站在雪中，決然的指着它對土工説，『掘開來！』我實在是一個庸人，我這時覺得我的聲音有些希奇，這命令也是一個在我一生中最為偉大的命令。但土工們卻毫不駭怪，就動手掘下去了。待到掘着壙穴，我便過去看，果然，棺木已經快要爛盡了，只剩下一堆木絲和小木片。我的心顫動着，自去拔開這些，很小心的，要看一看我的小兄弟，然而出乎意外！被褥，衣服，骨骼，什麼也沒有。我想，這些都消盡了，向來聽説最難爛的是頭髮，也許還有罷。我便伏下去，在該是枕頭所在的泥土裏仔仔細細的看，也沒有。蹤影全無！」

我忽而看見他眼圈微紅了，但立即知道是有了酒意。他總不很吃菜，單是把酒不停的喝，早喝了一斤多，神情和舉動

都活潑起來，漸近於先前所見的呂緯甫了，我叫堂倌再添二斤酒，然後迴轉身，也拿着酒杯，正對面默默的聽着。

「其實，這本已可以不必再遷，只要平了土，賣掉棺材；就此完事了的。我去賣棺材雖然有些離奇，但只要價錢極便宜，原舖子就許要，至少總可以撈回幾文酒錢來。但我不這樣，我仍然鋪好被褥，用棉花裹了些他先前身體所在的地方的泥土，包起來，裝在新棺材裏，運到我父親埋着的墳地上，在他墳旁埋掉了。因為外面用磚墩，昨天又忙了我大半天：監工。但這樣總算完結了一件事，足夠去騙騙我的母親，使她安心些。——阿阿，你這樣的看我，你怪我何以和先前太不相同了麼？是的，我也還記得我們同到城隍廟裏去拔掉神像的鬍子的時候，連日議論些改革中國的方法以至於打起來的時候。但我現在就是這樣子，敷敷衍衍，模模糊糊。我有時自己也想到，倘若先前的朋友看見我，怕會不認我做朋友了。——然而我現在就是這樣。」

他又掏出一支煙捲來，銜在嘴裏，點了火。

「看你的神情，你似乎還有些期望我，——我現在自然麻木得多了，但是有些事也還看得出。這使我很感激，然而也使我很不安：怕我終於辜負了至今還對我懷着好意的老朋友。……」他忽而停住了，吸幾口煙，才又慢慢的説，「正在今天，剛在我到這一石居來之前，也就做了一件無聊事，然而也是我自己願意做的。我先前的東邊的鄰居叫長富，是一個船戶。他有一個女兒叫阿順，你那時到我家裏來，也許見過的，但你一定沒有留心，因為那時她還小。後來她也長得並不

好看，不過是平常的瘦瘦的瓜子臉，黃臉皮；獨有眼睛非常大，睫毛也很長，眼白又青得如夜的晴天，而且是北方的無風的晴天，這裏的就沒有那麼明淨了。她很能幹，十多歲沒了母親，招呼兩個小弟妹都靠她，又得服侍父親，事事都周到；也經濟，家計倒漸漸的穩當起來了。鄰居幾乎沒有一個不誇獎她，連長富也時常說些感激的活。這一次我動身回來的時候，我的母親又記得她了，老年人記性真長久。她說她曾經知道順姑因為看見誰的頭上戴着紅的剪絨花，自己也想一朵，弄不到，哭了，哭了小半夜，就捱了她父親的一頓打，後來眼眶還紅腫了兩三天。這種剪絨花是外省的東西，S城裏尚且買不出，她那裏想得到手呢？趁我這一次回南的便，便叫我買兩朵去送她。

「我對於這差使倒並不以為煩厭，反而很喜歡；為阿順，我實在還有些願意出力的意思的。前年，我回來接我母親的時候，有一天，長富正在家，不知怎的我和他閒談起來了。他便要請我吃點心，蕎麥粉，並且告訴我所加的是白糖。你想，家裏能有白糖的船戶，可見決不是一個窮船戶了，所以他也吃得很闊綽。我被勸不過，答應了，但要求只要用小碗。他也很識世故，便囑咐阿順說，『他們文人，是不會吃東西的。你就用小碗，多加糖！』然而等到調好端來的時候，仍然使我吃一嚇，是一大碗，足夠我吃一天。但是和長富吃的一碗比起來，我的也確乎算小碗。我生平沒有吃過蕎麥粉，這回一嚐，實在不可口，卻是非常甜。我漫然的吃了幾口，就想不吃了，然而無意中，忽然間看見阿順遠遠的站在屋角裏，就使我立

刻消失了放下碗筷的勇氣。我看她的神情，是害怕而且希望，大約怕自己調得不好，願我們吃得有味，我知道如果剩下大半碗來，一定要使她很失望，而且很抱歉。我於是同時決心，放開喉嚨灌下去了，幾乎吃得和長富一樣快。我由此才知道硬吃的苦痛，我只記得還做孩子時候的吃盡一碗拌着驅除蛔蟲藥粉的沙糖才有這樣難。然而我毫不抱怨，因為她過來收拾空碗時候的忍着的得意的笑容，已盡夠賠償我的苦痛而有餘了。所以我這一夜雖然飽脹得睡不穩，又做了一大串惡夢，也還是祝贊她一生幸福，願世界為她變好。然而這些意思也不過是我的那些舊日的夢的痕跡，即刻就自笑，接着也就忘卻了。」

「我先前並不知道她曾經為了一朵剪絨花捱打，但因為母親一說起，便也記得了蕎麥粉的事，意外的勤快起來了。我先在太原城裏搜求了一遍，都沒有；一直到濟南……」

窗外沙沙的一陣聲響，許多積雪從被它壓彎了的一枝山茶樹上滑下去了，樹枝筆挺的伸直，更顯出烏油油的肥葉和血紅的花來。天空的鉛色來得更濃，小鳥雀啾唧的叫着，大概黃昏將近，地面又全罩了雪，尋不出什麼食糧，都趕早回巢來休息了。

「一直到了濟南，」他向窗外看了一回，轉身喝乾一杯酒，又吸幾口煙，接着說。「我才買到剪絨花。我也不知道使她捱打的是不是這一種，總之是絨做的罷了。我也不知道她喜歡深色還是淺色，就買了一朵大紅的，一朵粉紅的，都帶到這裏來。」

「就是今天午後，我一吃完飯，便去看長富，我為此特地耽擱了一天。他的家倒還在，只是看去很有些晦氣色了，但這恐怕不過是我自己的感覺。他的兒子和第二個女兒——阿昭，都站在門口，大了。阿昭長得全不像她姊姊，簡直像一個鬼，但是看見我走向她家，便飛奔的逃進屋裏去。我就問那小子，知道長富不在家。『你的大姊呢？』他立刻瞪起眼睛，連聲問我尋她什麼事，而且惡狠狠的似乎就要撲過來，咬我。我支吾着退走了，我現在是敷敷衍衍……」

「你不知道，我可是比先前更怕去訪人了。因為我已經深知道自己之討厭，連自己也討厭，又何必明知故犯的去使人暗暗地不快呢？然而這回的差使是不能不辦妥的，所以想了一想，終於回到就在斜對門的柴店裏。店主的母親，老發奶奶，倒也還在，而且也還認識我，居然將我邀進店裏坐去了。我們寒暄幾句之後，我就說明了回到 S 城和尋長富的緣故。不料她嘆息說：

『可惜順姑沒有福氣戴這剪絨花了。』」

「她於是詳細的告訴我，說是『大約從去年春天以來，她就見得黃瘦，後來忽而常常下淚了，問她緣故又不說；有時還整夜的哭，哭得長富也忍不住生氣，罵她年紀大了，發了瘋。可是一到秋初，起先不過小傷風，終於躺倒了，從此就起不來。直到嚥氣的前幾天，才肯對長富說，她早就像她母親一樣，不時的吐紅和流夜汗。但是瞞着，怕他因此要擔心，有一夜，她的伯伯長庚又來硬借錢，——這是常有的事，——她不給，長庚就冷笑着說：你不要驕氣，你的男人比我還不如！

她從此就發了愁，又怕羞，不好問，只好哭。長富趕緊將她的男人怎樣的掙氣的話説給她聽，那裏還來得及？況且她也不信，反而説：好在我已經這樣，什麼也不要緊了。』」

「她還説，『如果她的男人真比長庚不如，那就真可怕呵！比不上一個偷雞賊，那是什麼東西呢？然而他來送殮的時候，我是親眼看見他的，衣服很乾淨，人也體面；還眼淚汪汪的説，自己撐了半世小船，苦熬苦省的積起錢來聘了一個女人，偏偏又死掉了。可見他實在是一個好人，長庚説的全是誑。只可惜順姑竟會相信那樣的賊骨頭的誑話，白送了性命。── 但這也不能去怪誰，只能怪順姑自己沒有這一份好福氣。』」

「那倒也罷，我的事情又完了。但是帶在身邊的兩朵剪絨花怎麼辦呢？好，我就托她送了阿昭。這阿昭一見我就飛跑，大約將我當作一隻狼或是什麼，我實在不願意去送她。── 但是我也就送了她，母親只要説阿順見了喜歡的了不得就是。這些無聊的事算什麼？只要模模糊糊。模模糊糊的過了新年，仍舊教我的『子曰詩云』去。」

「你教的是『子曰詩云』麼？」我覺得奇異，便問。

「自然。你還以為教的是 ABCD 麼？我先是兩個學生，一個讀《詩經》，一個讀《孟子》。新近又添了一個，女的，讀《女兒經》。連算學也不教，不是我不教，他們不要教。」

「我實在料不到你倒去教這類的書，……」

「他們的老子要他們讀這些，我是別人，無乎不可的。這些無聊的事算什麼？只要隨隨便便，……」

他滿臉已經通紅，似乎很有些醉，但眼光卻又消沉下去了。我微微的嘆息，一時沒有話可說。樓梯上一陣亂響，擁上幾個酒客來：當頭的是矮子，擁腫的圓臉；第二個是長的，在臉上很惹眼的顯出一個紅鼻子；此後還有人，一疊連的走得小樓都發抖。我轉眼去看呂緯甫，他也正轉眼來看我，我就叫堂倌算酒賬。

「你藉此還可以支持生活麼？」我一面準備走，一面問。

「是的。——我每月有二十元，也不大能夠敷衍。」

「那麼，你以後預備怎麼辦呢？」

「以後？——我不知道。你看我們那時預想的事可有一件如意？我現在什麼也不知道，連明天怎樣也不知道，連後一分……」

堂倌送上賬來，交給我；他也不像初到時候的謙虛了，只向我看了一眼，便吸煙，聽憑我付了賬。

我們一同走出店門，他所住的旅館和我的方向正相反，就在門口分別了。我獨自向着自己的旅館走，寒風和雪片撲在臉上，倒覺得很爽快。見天色已是黃昏，和屋宇和街道都織在密雪的純白而不定的羅網裏。

一九二四年二月一六日

鑄劍

　　眉間尺剛和他的母親睡下，老鼠便出來咬鍋蓋，使他聽得發煩。他輕輕地叱了幾聲，最初還有些效驗，後來是簡直不理牠了，格支格支地徑自咬。他又不敢大聲趕，怕驚醒了白天做得勞乏，晚上一躺就睡着了的母親。

　　許多時光之後，平靜了；他也想睡去。忽然，撲通一聲，驚得他又睜開眼。同時聽到沙沙地響，是爪子抓着瓦器的聲音。

　　「好！該死！」他想着，心裏非常高興，一面就輕輕地坐起來。

　　他跨下牀，借着月光走向門背後，摸到鑽火傢伙，點上松明，向水甕裏一照。果然，一匹很大的老鼠落在那裏面了；但是，存水已經不多，爬不出來，只沿着水甕內壁，抓着，團團地轉圈子。

　　「活該！」他一想到夜夜咬家具，鬧得他不能安穩睡覺的便是牠們，很覺得暢快。他將松明插在土牆的小孔裏，賞玩着；然而那圓睜的小眼睛，又使他發生了憎恨，伸手抽出一根蘆柴，將牠直按到水底去。過了一會，才放手，那老鼠也隨着浮了上來，還是抓着甕壁轉圈子。只是抓勁已經沒有先前

似的有力，眼睛也淹在水裏面，單露出一點尖尖的通紅的小鼻子，咻咻地急促地喘氣。

他近來很有點不大喜歡紅鼻子的人。但這回見了這尖尖的小紅鼻子，卻忽然覺得牠可憐了，就又用那蘆柴，伸到牠的肚下去，老鼠抓着，歇了一回力，便沿着蘆幹爬了上來。待到他看見全身，——濕淋淋的黑毛，大的肚子，蚯蚓似的尾巴，——便又覺得可恨可憎得很，慌忙將蘆柴一抖，撲通一聲，老鼠又落在水甕裏，他接着就用蘆柴在牠頭上搗了幾下，叫牠趕快沉下去。

換了六回松明之後，那老鼠已經不能動彈，不過沉浮在水中間，有時還向水面微微一跳。眉間尺又覺得很可憐，隨即折斷蘆柴，好容易將牠夾了出來，放在地面上。老鼠先是絲毫不動，後來才有一點呼吸；又許多時，四隻腳運動了，一翻身，似乎要站起來逃走。這使眉間尺大吃一驚，不覺提起左腳，一腳踏下去。只聽得吱的一聲，他蹲下去仔細看時，只見口角上微有鮮血，大概是死掉了。

他又覺得很可憐，彷彿自己作了大惡似的，非常難受。他蹲着，呆看着，站不起來。

「尺兒，你在做什麼？」他的母親已經醒來了，在牀上問。

「老鼠……。」他慌忙站起，回轉身去，卻只答了兩個字。

「是的，老鼠。這我知道。可是你在做什麼？殺牠呢，還是在救牠？」

他沒有回答。松明燒盡了；他默默地立在暗中，漸看見月光的皎潔。

「唉！」他的母親嘆息說，「一交子時，你就是十六歲了，性情還是那樣，不冷不熱地，一點也不變。看來，你的父親的仇是沒有人報的了。」

他看見他的母親坐在灰白色的月影中，彷彿身體都在顫動；低微的聲音裏，含着無限的悲哀，使他冷得毛骨悚然，而一轉眼間，又覺得熱血在全身中忽然騰沸。

「父親的仇？父親有什麼仇呢？」他前進幾步，驚急地問。

「有的。還要你去報。我早想告訴你的了；只因為你太小，沒有說。現在你已經成人了，卻還是那樣的性情。這教我怎麼辦呢？你似的性情，能行大事的麼？」

「能。說罷，母親。我要改過……。」

「自然。我也只得說。你必須改過……。那麼，走過來罷。」

他走過去；他的母親端坐在牀上，在暗白的月影裏，兩眼發出閃閃的光芒。

「聽哪！」她嚴肅地說，「你的父親原是一個鑄劍的名工，天下第一。他的工具，我早已都賣掉了來救了窮了，你已經看不見一點遺跡；但他是一個世上無二的鑄劍的名工。二十年前，王妃生下了一塊鐵，聽說是抱了一回鐵柱之後受孕的，是一塊純青透明的鐵。大王知道是異寶，便決計用來鑄一把劍，想用它保國，用它殺敵，用它防身。不幸你的父親那時偏偏入了選，便將鐵捧回家裏來，日日夜夜地鍛煉，費了整三年的精神，煉成兩把劍。

當最末次開爐的那一日，是怎樣地駭人的景象呵！嘩拉

地騰上一道白氣的時候，地面也覺得動搖。那白氣到天半便變成白雲，罩住了這處所，漸漸現出緋紅顏色，映得一切都如桃花。我家的漆黑的爐子裏，是躺着通紅的兩把劍。你父親用井華水慢慢地滴下去，那劍嘶嘶地吼着，慢慢轉成青色了。這樣地七日七夜，就看不見了劍，仔細看時，卻還在爐底裏，純青的，透明的，正像兩條冰。」

「大歡喜的光采，便從你父親的眼睛裏四射出來；他取起劍，拂拭着，拂拭着。然而悲慘的皺紋，卻也從他的眉頭和嘴角出現了。他將那兩把劍分裝在兩個匣子裏。」

「你只要看這幾天的景象，就明白無論是誰，都知道劍已煉就的了。」他悄悄地對我說。「一到明天，我必須去獻給大王。但獻劍的一天，也就是我命盡的日子。怕我們從此要長別了。」

「你……。」我很駭異，猜不透他的意思，不知怎麼說的好。我只是這樣地說：「你這回有了這麼大的功勞……。」

「唉！你怎麼知道呢！」他說。「大王是向來善於猜疑，又極殘忍的。這回我給他煉成了世間無二的劍，他一定要殺掉我，免得我再去給別人煉劍，來和他匹敵，或者超過他。」

「我掉淚了。」

「你不要悲哀。這是無法逃避的。眼淚決不能洗掉運命。我可是早已有準備在這裏了！」他的眼裏忽然發出電火似的光芒，將一個劍匣放在我膝上。「這是雄劍。」他說。「你收着。明天，我只將這雌劍獻給大王去。倘若我一去竟不回來了呢，那是我一定不再在人間了。你不是懷孕已經五六個月了麼？

不要悲哀；待生了孩子，好好地撫養。一到成人之後，你便交給他這雄劍，教他砍在大王的頸子上，給我報仇！」

「那天父親回來了沒有呢？」眉間尺趕緊問。

「沒有回來！」她冷靜地説。「我四處打聽，也杳無消息。後來聽得人説，第一個用血來飼你父親自己煉成的劍的人，就是他自己 —— 你的父親。還怕他鬼魂作怪，將他的身首分埋在前門和後苑了！」

眉間尺忽然全身都如燒着猛火，自己覺得每一枝毛髮上都彷彿閃出火星來。他的雙拳，在暗中捏得格格地作響。

他的母親站起了，揭去牀頭的木板，下牀點了松明，到門背後取過一把鋤，交給眉間尺道：「掘下去！」

眉間尺心跳着，但很沉靜的一鋤一鋤輕輕地掘下去。掘出來的都是黃土，約到五尺多深，土色有些不同了，似乎是爛掉的材木。

「看罷！要小心！」他的母親説。

眉間尺伏在掘開的洞穴旁邊，伸手下去，謹慎小心地撮開爛樹，待到指尖一冷，有如觸着冰雪的時候，那純青透明的劍也出現了。他看清了劍靶，捏着，提了出來。

窗外的星月和屋裏的松明似乎都驟然失了光輝，惟有青光充塞宇內。那劍便溶在這青光中，看去好像一無所有。眉間尺凝神細視，這才彷彿看見長五尺餘，卻並不見得怎樣鋒利，劍口反而有些渾圓，正如一片韭葉。

「你從此要改變你的優柔的性情，用這劍報仇去！」他的母親説。

「我已經改變了我的優柔的性情，要用這劍報仇去！」

「但願如此。你穿了青衣，背上這劍，衣劍一色，誰也看不分明的。衣服我已經做在這裏，明天就上你的路去罷。不要記念我！」她向牀後的破衣箱一指，說。

眉間尺取出新衣，試去一穿，長短正很合式。他便重行疊好，裹了劍，放在枕邊，沉靜地躺下。他覺得自己已經改變了優柔的性情；他決心要並無心事一般，倒頭便睡，清晨醒來，毫不改變常態，從容地去尋他不共戴天的仇讎。但他醒着。他翻來覆去，總想坐起來。他聽到他母親的失望的輕輕的長歎。他聽到最初的雞鳴；他知道已交子時，自己是上了十六歲了。

二

當眉間尺腫着眼眶，頭也不回的跨出門外，穿着青衣，背着青劍，邁開大步，徑奔城中的時候，東方還沒有露出陽光。杉樹林的每一片葉尖，都掛着露珠，其中隱藏着夜氣。但是，待到走到樹林的那一頭，露珠裏卻閃出各樣的光輝，漸漸幻成曉色了。遠望前面，便依稀看見灰黑色的城牆和雉堞。

和挑蔥賣菜的一同混入城裏，街市上已經很熱鬧。男人們一排一排的呆站着；女人們也時時從門裏探出頭來。她們大半也腫着眼眶；蓬着頭；黃黃的臉，連脂粉也不及塗抹。

眉間尺預覺到將有巨變降臨，他們便都是焦躁而忍耐地等候着這巨變的。

他徑自向前走；一個孩子突然跑過來，幾乎碰着他背上

的劍尖，使他嚇出了一身汗。轉出北方，離王宮不遠，人們就擠得密密層層，都伸着脖子。人叢中還有女人和孩子哭嚷的聲音。他怕那看不見的雄劍傷了人，不敢擠進去；然而人們卻又在背後擁上來。他只得宛轉地退避；面前只看見人們的背脊和伸長的脖子。

　　忽然，前面的人們都陸續跪倒了；遠遠地有兩匹馬並着跑過來。此後是拿着木棍，戈，刀，弓弩，旌旗的武人，走得滿路黃塵滾滾。又來了一輛四匹馬拉的大車，上面坐着一隊人，有的打鐘擊鼓，有的嘴上吹着不知道叫什麼名目的勞什子。此後又是車，裏面的人都穿畫衣，不是老頭子，便是矮胖子，個個滿臉油汗。接着又是一隊拿刀槍劍戟的騎士。跪着的人們便都伏下去了。這時眉間尺正看見一輛黃蓋的大車馳來，正中坐着一個畫衣的胖子，花白鬍子，小腦袋；腰間還依稀看見佩着和他背上一樣的青劍。

　　他不覺全身一冷，但立刻又灼熱起來，像是猛火焚燒着。他一面伸手向肩頭捏住劍柄，一面提起腳，便從伏着的人們的脖子的空處跨出去。

　　但他只走得五六步，就跌了一個倒栽蔥，因為有人突然捏住了他的一隻腳。這一跌又正壓在一個乾癟臉的少年身上；他正怕劍尖傷了他，吃驚地起來看的時候，肋下就捱了很重的兩拳。他也不暇計較，再望路上，不但黃蓋車已經走過，連擁護的騎士也過去了一大陣了。

　　路旁的一切人們也都爬起來。乾癟臉的少年卻還扭住了眉間尺的衣領，不肯放手，說被他壓壞了貴重的丹田，必須保

險，倘若不到八十歲便死掉了，就得抵命。閒人們又即刻圍上來，呆看着，但誰也不開口；後來有人從旁笑罵了幾句，卻全是附和乾癟臉少年的。眉間尺遇到了這樣的敵人，真是怒不得，笑不得，只覺得無聊，卻又脫身不得。這樣地經過了煮熟一鍋小米的時光，眉間尺早已焦躁得渾身發火，看的人卻仍不見減，還是津津有味似的。

前面的人圈子動搖了，擠進一個黑色的人來，黑鬚黑眼睛，瘦得如鐵。他並不言語，只向眉間尺冷冷地一笑，一面舉手輕輕地一撥乾癟臉少年的下巴，並且看定了他的臉。那少年也向他看了一會，不覺慢慢地鬆了手，溜走了；那人也就溜走了；看的人們也都無聊地走散。只有幾個人還來問眉間尺的年紀，住址，家裏可有姊姊。眉間尺都不理他們。

他向南走着；心裏想，城市中這麼熱鬧，容易誤傷，還不如在南門外等候他回來，給父親報仇罷，那地方是地曠人稀，實在很便於施展。這時滿城都議論着國王的遊山，儀仗，威嚴，自己得見國王的榮耀，以及俯伏得有怎麼低，應該採作國民的模範等等，很像蜜蜂的排衙。直至將近南門，這才漸漸地冷靜。

他走出城外，坐在一株大桑樹下，取出兩個饅頭來充了飢；吃着的時候忽然記起母親來，不覺眼鼻一酸，然而此後倒也沒有什麼。周圍是一步一步地靜下去了，他至於很分明地聽到自己的呼吸。

天色愈暗，他也愈不安，盡目力望着前方，毫不見有國王回來的影子。上城賣菜的村人，一個個挑着空擔出城回家去

了。

　　人跡絕了許久之後，忽然從城裏閃出那一個黑色的人來。「走罷，眉間尺！國王在捉你了！」他説，聲音好像鴟鴞。

　　眉間尺渾身一顫，中了魔似的，立即跟着他走；後來是飛奔。他站定了喘息許多時，才明白已經到了杉樹林邊。後面遠處有銀白的條紋，是月亮已從那邊出現；前面卻僅有兩點磷火一般的那黑色人的眼光。

　　「你怎麼認識我？……」他極其惶駭地問。

　　「哈哈！我一向認識你。」那人的聲音説。「我知道你背着雄劍，要給你的父親報仇，我也知道你報不成。豈但報不成；今天已經有人告密，你的仇人早從東門還宮，下令捕拿你了。」

　　眉間尺不覺傷心起來。

　　「唉唉，母親的嘆息是無怪的。」他低聲説。

　　「但她只知道一半。她不知道我要給你報仇。」

　　「你麼？你肯給我報仇麼，義士？」

　　「阿，你不要用這稱呼來冤枉我。」

　　「那麼，你同情於我們孤兒寡婦？……」

　　「唉，孩子，你再不要提這些受了污辱的名稱。」他嚴冷地説，「仗義，同情，那些東西，先前曾經乾淨過，現在卻都成了放鬼債的資本。我的心裏全沒有你所謂的那些。我只不過要給你報仇！」

　　「好。但你怎麼給我報仇呢？」

　　「只要你給我兩件東西。」兩粒磷火下的聲音説。「哪兩

件麼？你聽着：一是你的劍，二是你的頭！」

眉間尺雖然覺得奇怪，有些狐疑，卻並不吃驚。他一時開不得口。

「你不要疑心我將騙取你的性命和寶貝。」暗中的聲音又嚴冷地說。「這事全由你。你信我，我便去；你不信，我便住。」

「但你為什麼給我去報仇的呢？你認識我的父親麼？」

「我一向認識你的父親，也如一向認識你一樣。但我要報仇，卻並不為此。聰明的孩子，告訴你罷。你還不知道麼，我怎麼地善於報仇。你的就是我的；他也就是我。我的魂靈上是有這麼多的，人我所加的傷，我已經憎惡了我自己！」

暗中的聲音剛剛停止，眉間尺便舉手向肩頭抽取青色的劍，順手從後項窩向前一削，頭顱墜在地面的青苔上，一面將劍交給黑色人。

「呵呵！」他一手接劍，一手捏着頭髮，提起眉間尺的頭來，對着那熱的死掉的嘴唇，接吻兩次，並且冷冷地尖利地笑。

笑聲即刻散佈在杉樹林中，深處隨着有一群磷火似的眼光閃動，倏忽臨近，聽到啾啾的餓狼的喘息。第一口撕盡了眉間尺的青衣，第二口便身體全都不見了，血痕也頃刻舐盡，只微微聽得咀嚼骨頭的聲音。

最先頭的一匹大狼就向黑色人撲過來。他用青劍一揮，狼頭便墜在地面的青苔上。別的狼們第一口撕盡了牠的皮，第二口便身體全都不見了，血痕也頃刻舐盡，只微微聽得咀嚼骨頭的聲音。

他已經拏起地上的青衣，包了眉間尺的頭，和青劍都背在背脊上，回轉身，在暗中向王城揚長地走去。

狼們站定了，聳着肩，伸出舌頭，咻咻地喘着，放着綠的眼光看他揚長地走。

他在暗中向王城揚長地走去，發出尖利的聲音唱着歌：

哈哈愛兮愛乎愛乎！

愛青劍兮一個仇人自屠。

夥頤連翩兮多少一夫。

一夫愛青劍兮嗚呼不孤。

頭換頭兮兩個仇人自屠。

一夫則無兮愛乎嗚呼！

愛乎嗚呼兮嗚呼阿呼，

阿呼嗚呼兮嗚呼嗚呼！

三

遊山並不能使國王覺得有趣；加上了路上將有刺客的密報，更使他掃興而還。那夜他很生氣，説是連第九個妃子的頭髮，也沒有昨天那樣的黑得好看了。幸而她撒嬌坐在他的御膝上，特別扭了七十多回，這才使龍眉之間的皺紋漸漸地舒展。

午後，國王一起身，就又有些不高興，待到用過午膳，簡直現出怒容來。

「唉唉！無聊！」他打一個大呵欠之後，高聲説。上自王后，下至弄臣，看見這情形，都不覺手足無措。白鬚老臣的講

道，矮胖侏儒的打諢，王是早已聽厭的了；近來便是走索，緣竿，拋丸，倒立，吞刀，吐火等等奇妙的把戲，也都看得毫無意味。他常常要發怒；一發怒，便按着青劍，總想尋點小錯處，殺掉幾個人。

偷空在宮外閒遊的兩個小宦官，剛剛回來，一看見宮裏面大家的愁苦的情形，便知道又是照例的禍事臨頭了，一個嚇得面如土色；一個卻像是大有把握一般，不慌不忙，跑到國王的面前，俯伏着，說道：

「奴才剛才訪得一個異人，很有異術，可以給大王解悶，因此特來奏聞。」

「什麼？！」王說。他的話是一向很短的。

「那是一個黑瘦的，乞丐似的男子。穿一身青衣，背着一個圓圓的青包裹；嘴裏唱着胡謅的歌。人問他。他說善於玩把戲，空前絕後，舉世無雙，人們從來就沒有看見過；一見之後，便即解煩釋悶，天下太平。但大家要他玩，他卻又不肯。說是第一須有一條金龍，第二須有一個金鼎。……」

「金龍？我是的。金鼎？我有。」

「奴才也正是這樣想。……」

「傳進來！」

話聲未絕，四個武士便跟着那小宦官疾趨而出。上自王后，下至弄臣，個個喜形於色。他們都願意這把戲玩得解愁釋悶，天下太平；即使玩不成，這回也有了那乞丐似的黑瘦男子來受禍，他們只要能捱到傳了進來的時候就好了。

並不要許多工夫，就望見六個人向金階趨進。先頭是宦

官，後面是四個武士，中間夾着一個黑色人。待到近來時，那人的衣服卻是青的，鬚眉頭髮都黑；瘦得顴骨，眼圈骨，眉棱骨都高高地突出來。他恭敬地跪着俯伏下去時，果然看見背上有一個圓圓的小包袱，青色布，上面還畫上一些暗紅色的花紋。

「奏來！」王暴躁地説。他見他傢伙簡單，以為他未必會玩什麼好把戲。

「臣名叫宴之敖者；生長汶汶鄉。少無職業；晚遇明師，教臣把戲，是一個孩子的頭。這把戲一個人玩不起來，必須在金龍之前，擺一個金鼎，注滿清水，用獸炭煎熬。於是放下孩子的頭去，一到水沸，這頭便隨波上下，跳舞百端，且發妙音，歡喜歌唱。這歌舞為一人所見，便解愁釋悶，為萬民所見，便天下太平。」

「玩來！」王大聲命令説。

並不要許多工夫，一個煮牛的大金鼎便擺在殿外，注滿水，下面堆了獸炭，點起火來。那黑色人站在旁邊，見炭火一紅，便解下包袱，打開，兩手捧出孩子的頭來，高高舉起。那頭是秀眉長眼，皓齒紅唇；臉帶笑容；頭髮蓬鬆，正如青煙一陣。黑色人捧着向四面轉了一圈，便伸手擎到鼎上，動着嘴唇説了幾句不知什麼話，隨即將手一鬆，只聽得撲通一聲，墜入水中去了。水花同時濺起，足有五尺多高，此後是一切平靜。

許多工夫，還無動靜。國王首先暴躁起來，接着是王后和妃子，大臣，宦官們也都有些焦急，矮胖的侏儒們則已經開始冷笑了。王一見他們的冷笑，便覺自己受愚，回顧武士，想命

令他們就將那欺君的莠民擲入牛鼎裏去煮殺。

　　但同時就聽得水沸聲；炭火也正旺，映着那黑色人變成紅黑，如鐵的燒到微紅。王剛又回過臉來，他也已經伸起兩手向天，眼光向着無物，舞蹈着，忽地發出尖利的聲音唱起歌來：

　　哈哈愛兮愛乎愛乎！

　　愛兮血兮兮誰乎獨無。

　　民萌冥行兮一夫壺盧。

　　彼用百頭顱，千頭顱兮用萬頭顱！

　　我用一頭顱兮而無萬夫。

　　愛一頭顱兮血乎嗚呼！

　　血乎嗚呼兮嗚呼阿呼，

　　阿呼嗚呼兮嗚呼嗚呼！

　　隨着歌聲，水就從鼎口湧起，上尖下廣，像一座小山，但自水尖至鼎底，不住地迴旋運動。那頭即似水上上下下，轉着圈子，一面又滴溜溜自己翻筋斗，人們還可以隱約看見他玩得高興的笑容。過了些時，突然變了逆水的游泳，打旋子夾着穿梭，激得水花向四面飛濺，滿庭灑下一陣熱雨來。一個侏儒忽然叫了一聲，用手摸着自己的鼻子。他不幸被熱水燙了一下，又不耐痛，終於免不得出聲叫苦了。

　　黑色人的歌聲才停，那頭也就在水中央停住，面向王殿，顏色轉成端莊。這樣的有十餘瞬息之久，才慢慢地上下抖動；從抖動加速而為起伏的游泳，但不很快，態度很雍容。繞着水邊一高一低地遊了三匝，忽然睜大眼睛，漆黑的眼珠顯得

格外精采，同時也開口唱起歌來：

王澤流兮浩洋洋；

克服怨敵，怨敵克服兮，赫兮強！

宇宙有窮止兮萬壽無疆。

幸我來也兮青其光！

青其光兮永不相忘。

異處異處兮堂哉皇！

堂哉皇哉兮嗳嗳唷，

嗟來歸來，嗟來陪來兮青其光！

頭忽然升到水的尖端停住；翻了幾個筋斗之後，上下升
降起來，眼珠向着左右瞥視，十分秀媚，嘴裏仍然唱着歌：

阿呼嗚呼兮嗚呼嗚呼，

愛乎嗚呼兮嗚呼阿呼！

血一頭顱兮愛乎嗚呼。

我用一頭顱兮而無萬夫！

彼用百頭顱，千頭顱……

唱到這裏，是沉下去的時候，但不再浮上來了；歌詞也不
能辨別。湧起的水，也隨着歌聲的微弱，漸漸低落，像退潮一
般，終至到鼎口以下，在遠處什麼也看不見。

「怎了？」等了一會，王不耐煩地問。

「大王，」那黑色人半跪着說。「他正在鼎底裏作最神奇
的團圓舞，不臨近是看不見的。臣也沒有法術使他上來，因
為作團圓舞必須在鼎底裏。」

王站起身，跨下金階，冒着炎熱立在鼎邊，探頭去看。只

見水平如鏡，那頭仰面躺在水中間，兩眼正看着他的臉。待到王的眼光射到他臉上時，他便嫣然一笑。這一笑使王覺得似曾相識，卻又一時記不起是誰來。剛在驚疑，黑色人已經擎出了背着的青色的劍，只一揮，閃電般從後項窩直劈下去，撲通一聲，王的頭就落在鼎裏了。

仇人相見，本來格外眼明，況且是相逢狹路。王頭剛到水面，眉間尺的頭便迎上來，狠命在他耳輪上咬了一口。鼎水即刻沸湧，澎湃有聲；兩頭即在水中死戰。約有二十回合，王頭受了五個傷，眉間尺的頭上卻有七處。王又狡猾，總是設法繞到他的敵人的後面去。眉間尺偶一疏忽，終於被他咬住了後項窩，無法轉身。這一回王的頭可是咬定不放了，他只是連連蠶食進去；連鼎外面也彷彿聽到孩子的失聲叫痛的聲音。

上自王后，下至弄臣，駭得凝結着的神色也應聲活動起來，似乎感到暗無天日的悲哀，皮膚上都一粒一粒地起粟；然而又夾着秘密的歡喜，瞪了眼，像是等候着什麼似的。

黑色人也彷彿有些驚慌，但是面不改色。他從從容容地伸開那捏着看不見的青劍的臂膊，如一段枯枝；伸長頸子，如在細看鼎底。臂膊忽然一彎，青劍便驀地從他後面劈下，劍到頭落，墜入鼎中，怦的一聲，雪白的水花向着空中同時四射。

他的頭一入水，即刻直奔王頭，一口咬住了王的鼻子，幾乎要咬下來。王忍不住叫一聲「阿唷」，將嘴一張，眉間尺的頭就乘機掙脫了，一轉臉倒將王的下巴下死勁咬住。他們不

但都不放，還用全力上下一撕，撕得王頭再也合不上嘴。於是他們就如餓雞啄米一般，一頓亂咬，咬得王頭眼歪鼻塌，滿臉鱗傷。先前還會在鼎裏面四處亂滾，後來只能躺着呻吟，到底是一聲不響，只有出氣，沒有進氣了。

黑色人和眉間尺的頭也慢慢地住了嘴，離開王頭，沿鼎壁遊了一匝，看他可是裝死還是真死。待到知道了王頭確已斷氣，便四目相視，微微一笑，隨即合上眼睛，仰面向天，沉到水底裏去了。

四

煙消火滅；水波不興。特別的寂靜倒使殿上殿下的人們驚醒。他們中的一個首先叫了一聲，大家也立刻迭連驚叫起來；一個邁開腿向金鼎走去，大家便爭先恐後地擁上去了。有擠在後面的，只能從人脖子的空隙間向裏面窺探。

熱氣還炙得人臉上發燒。鼎裏的水卻一平如鏡，上面浮着一層油，照出許多人臉孔：王后，王妃，武士，老臣，侏儒，太監。……

「阿呀，天哪！咱們大王的頭還在裏面哪，唉唉唉！」第六個妃子忽然發狂似的哭嚷起來。

上自王后，下至弄臣，也都恍然大悟，倉皇散開，急得手足無措，各自轉了四五個圈子。一個最有謀略的老臣獨又上前，伸手向鼎邊一摸，然而渾身一抖，立刻縮了回來，伸出兩個指頭，放在口邊吹個不住。

大家定了定神，便在殿門外商議打撈辦法。約略費去了

煮熟三鍋小米的工夫，總算得到一種結果，是：到大廚房去
調集了鐵絲勺子，命武士協力撈起來。

　　器具不久就調集了，鐵絲勺，漏勺，金盤，擦桌布，都放
在鼎旁邊。武士們便揎起衣袖，有用鐵絲勺的，有用漏勺的，
一齊恭行打撈。有勺子相觸的聲音，有勺子刮着金鼎的聲音；
水是隨着勺子的攪動而旋繞着。好一會，一個武士的臉色忽
而很端莊了，極小心地兩手慢慢舉起了勺子，水滴從勺孔中
珠子一般漏下，勺裏面便顯出雪白的頭骨來。大家驚叫了一
聲；他便將頭骨倒在金盤裏。

　　「阿呀！我的大王呀！」王后，妃子，老臣，以至太監之
類，都放聲哭起來。但不久就陸續停止了，因為武士又撈起
了一個同樣的頭骨。

　　他們淚眼模胡地四顧，只見武士們滿臉油汗，還在打撈。
此後撈出來的是一團糟的白頭髮和黑頭髮；還有幾勺很短的
東西，似乎是白鬍鬚和黑鬍鬚。此後又是一個頭骨。此後是
三枝簪。

　　直到鼎裏面只剩下清湯，才始住手；將撈出的物件分盛
了三金盤：一盤頭骨，一盤鬚髮，一盤簪。

　　「咱們大王只有一個頭。哪一個是咱們大王的呢？」第九
個妃子焦急地問。

　　「是呵⋯⋯。」老臣們都面面相覷。

　　「如果皮肉沒有煮爛，那就容易辨別了。」一個侏儒跪着
說。

　　大家只得平心靜氣，去細看那頭骨，但是黑白大小，都差

不多，連那孩子的頭，也無從分辨。王后說王的右額上有一個疤，是做太子時候跌傷的，怕骨上也有痕跡。果然，侏儒在一個頭骨上發見了：大家正在歡喜的時候，另外的一個侏儒卻又在較黃的頭骨的右額上看出相仿的瘢痕來。

「我有法子。」第三個王妃得意地說，「咱們大王的龍準是很高的。」

太監們即刻動手研究鼻準骨，有一個確也似乎比較地高，但究竟相差無幾；最可惜的是右額上卻並無跌傷的瘢痕。

「況且，」老臣們向太監說，「大王的後枕骨是這麼尖的麼？」

「奴才們向來就沒有留心看過大王的後枕骨……。」

王后和妃子們也各自回想起來，有的說是尖的，有的說是平的。叫梳頭太監來問的時候，卻一句話也不說。

當夜便開了一個王公大臣會議，想決定那一個是王的頭，但結果還同白天一樣。並且連鬚髮也發生了問題。白的自然是王的，然而因為花白，所以黑的也很難處置。討論了小半夜，只將幾根紅色的鬍子選出；接着因為第九個王妃抗議，說她確曾看見王有幾根通黃的鬍子，現在怎麼能知道決沒有一根紅的呢。於是也只好重行歸併，作為疑案了。

到後半夜，還是毫無結果。大家卻居然一面打呵欠，一面繼續討論，直到第二次雞鳴，這才決定了一個最慎重妥善的辦法，是：只能將三個頭骨都和王的身體放在金棺裏落葬。

七天之後是落葬的日期，合城很熱鬧。城裏的人民，遠處的人民，都奔來瞻仰國王的「大出喪」。天一亮，道上已經擠

滿了男男女女；中間還夾着許多祭桌。待到上午，清道的騎士才緩轡而來。又過了不少工夫，才看見儀仗，什麼旌旗，木棍，戈戟，弓弩，黃鉞之類；此後是四輛鼓吹車。再後面是黃蓋隨着路的不平而起伏着，並且漸漸近來了，於是現出靈車，上載金棺，棺裏面藏着三個頭和一個身體。

百姓都跪下去，祭桌便一列一列地在人叢中出現。幾個義民很忠憤，咽着淚，怕那兩個大逆不道的逆賊的魂靈，此時也和王一同享受祭禮，然而也無法可施。

此後是王后和許多王妃的車。百姓看她們，她們也看百姓，但哭着。此後是大臣，太監，侏儒等輩，都裝着哀戚的顏色。只是百姓已經不看他們，連行列也擠得亂七八糟，不成樣子了。

一九二六年十月作。

兔和貓

　　住在我們後進院子裏的三太太，在夏間買了一對白兔，是給伊的孩子們看的。

　　這一對白兔，似乎離娘並不久，雖然是異類，也可以看出牠們的天真爛漫來。但也豎直了小小的通紅的長耳朵，動着鼻子，眼睛裏頗現些驚疑的神色，大約究竟覺得人地生疏，沒有在老家時候的安心了。這種東西，倘到廟會日期自己出去買，每個至多不過兩吊錢，而三太太卻花了一元，因為是叫小使上店買來的。

　　孩子們自然大得意了，嚷着圍住了看；大人也都圍着看；還有一匹小狗名叫 S 的也跑來，闖過去一嗅，打了一個噴嚏，退了幾步。三太太吆喝道，「 S，聽着，不准你咬牠！」於是在牠頭上打了一拳，S 便退開了，從此並不咬。

　　這一對兔總是關在後窗後面的小院子裏的時候多，聽說是因為太喜歡撕壁紙，也常常啃木器腳。這小院子裏有一株野桑樹，桑子落地，牠們最愛吃，便連餵牠們的菠菜也不吃了。烏鴉喜鵲想要下來時，牠們便躬着身子用後腳在地上使勁的一彈，砉的一聲直跳上來，像飛起了一團雪，鴉鵲嚇得趕緊走，這樣的幾回，再也不敢近來了。三太太説，鴉鵲倒不打

緊，至多也不過搶吃一點食料，可惡的是一匹大黑貓，常在矮牆上惡狠狠的看，這卻要防的，幸而 S 和貓是對頭，或者還不至於有什麼罷。

孩子們時時捉牠們來玩耍；牠們很和氣，豎起耳朵，動着鼻子，馴良的站在小手的圈子裏，但一有空，卻也就溜開去了。牠們夜裏的臥榻是一個小木箱，裏面鋪些稻草，就在後窗的房簷下。

這樣的幾個月之後，牠們忽而自己掘土了，掘得非常快，前腳一抓，後腳一踢，不到半天，已經掘成一個深洞。大家都奇怪，後來仔細看時，原來一個的肚子比別一個的大得多了。牠們第二天便將乾草和樹葉銜進洞裏去，忙了大半天。

大家都高興，說又有小兔可看了；三太太便對孩子們下了戒嚴令，從此不許再去捉。我的母親也很喜歡牠們家族的繁榮，還說待生下來的離了乳，也要去討兩匹來養在自己的窗外面。

牠們從此便住在自造的洞府裏，有時也出來吃些食，後來不見了，可不知道牠們是預先運糧存在裏面呢還是竟不吃。過了十多天，三太太對我說，那兩匹又出來了，大約小兔是生下來又都死掉了，因為雌的一匹的奶非常多，卻並不見有進去哺養孩子的形跡。伊言語之間頗氣憤，然而也沒有法。

有一天，太陽很溫暖，也沒有風，樹葉都不動，我忽聽得許多人在那裏笑，尋聲看時，卻見許多人都靠着三太太的後窗看：原來有一個小兔，在院子裏跳躍了。這比牠的父母買來的時候還小得遠，但也已經能用後腳一彈地，迸跳起來了。

孩子們爭着告訴我說，還看見一個小兔到洞口來探一探頭，但是即刻便縮回去了，那該是牠的弟弟罷。

那小的也撿些草葉吃，然而大的似乎不許牠，往往夾口的搶去了，而自己並不吃。孩子們笑得響，那小的終於吃驚了，便跳着鑽進洞裏去；大的也跟到洞門口，用前腳推着牠的孩子的脊樑，推進之後，又爬開泥土來封了洞。

從此小院子裏更熱鬧，窗口也時時有人窺探了。

然而竟又全不見了那小的和大的。這時是連日的陰天，三太太又慮到遭了那大黑貓的毒手的事去。我說不然，那是天氣冷，當然都躲着，太陽一出，一定出來的。

太陽出來了，他們卻都不見。於是大家就忘卻了。

惟有三太太是常在那裏餵牠們菠菜的，所以常想到。伊有一回走進窗後的小院子去，忽然在牆角發見了一個別的洞，再看舊洞口，卻依稀的還見有許多爪痕。這爪痕倘說是大兔的，爪該不會有這樣大，伊又疑心到那常在牆上的大黑貓去了，伊於是也就不能不定下發掘的決心了。伊終於出來取了鋤子，一路掘下去，雖然疑心，卻也希望着意外的見了小白兔的，但是待到底，卻只見一堆爛草夾些兔毛，怕還是臨蓐時候所鋪的罷，此外是冷清清的，全沒有什麼雪白的小兔的蹤跡，以及他那隻一探頭未出洞外的弟弟了。

氣憤和失望和淒涼，使伊不能不再掘那牆角上的新洞了。一動手，那大的兩匹便先竄出洞外面。伊以為牠們搬了家了，很高興，然而仍然掘，待見底，那裏面也鋪着草葉和兔毛，而上面卻睡着七個很小的兔，遍身肉紅色，細看時，眼睛全都沒

有關。

一切都明白了，三太太先前的預料果不錯。伊為預防危險起見，便將七個小的都裝在木箱中，搬進自己的房裏，又將大的也捺進箱裏面，勒令伊去哺乳。

三太太從此不但深恨黑貓，而且頗不以大兔為然了。據說當初那兩個被害之先，死掉的該還有，因為牠們生一回，決不至於只兩個，但為了哺乳不勻，不能爭食的就先死了。這大概也不錯的，現在七個之中，就有兩個很瘦弱。所以三太太一有閒空，便捉住母兔，將小兔一個一個輪流的擺在肚子上來喝奶，不准有多少。

母親對我說，那樣麻煩的養兔法，伊歷來連聽也未曾聽到過，恐怕是可以收入《無雙譜》的。

白兔的家族更繁榮；大家也又都高興了。

但自此之後，我總覺得淒涼。夜半在燈下坐着想，那兩條小性命，竟是人不知鬼不覺的早在不知什麼時候喪失了，生物史上不着一些痕跡，並 S 也不叫一聲。我於是記起舊事來，先前我住在會館裏，清早起身，只見大槐樹下一片散亂的鴿子毛，這明明是膏於鷹吻的了，上午長班來一打掃，便什麼都不見，誰知道曾有一個生命斷送在這裏呢？我又曾路過西四牌樓，看見一匹小狗被馬車軋得快死，待回來時，什麼也不見了，搬掉了罷，過往行人憧憧的走着，誰知道曾有一個生命斷送在這裏呢？夏夜，窗外面，常聽到蒼蠅的悠長的吱吱的叫聲，這一定是給蠅虎咬住了，然而我向來無所容心於其間，而別人並且不聽到……

假使造物也可以責備，那麼，我以為他實在將生命造得太濫了，毀得太濫了。

嗥的一聲，又是兩條貓在窗外打起架來。

「迅兒！你又在那裏打貓了？」

「不，牠們自己咬。牠哪裏會給我打呢。」

我的母親是素來很不以我的虐待貓為然的，現在大約疑心我要替小兔抱不平，下什麼辣手，便起來探問了。而我在全家的口碑上，卻的確算一個貓敵。我曾經害過貓，平時也常打貓，尤其是在牠們配合的時候。但我之所以打的原因並非因為牠們配合，是因為牠們嚷，嚷到使我睡不着，我以為配合是不必這樣大嚷而特嚷的。

況且黑貓害了小兔，我更是「師出有名」的了。我覺得母親實在太修善，於是不由的就說出模棱的近乎不以為然的答話來。

造物太胡鬧，我不能不反抗牠了，雖然也許是倒是幫牠的忙……

那黑貓是不能久在矮牆上高視闊步的了，我決定的想，於是又不由的一瞥那藏在書箱裏的一瓶青酸鉀。

一九二二年十月

示眾

　　首善之區的西城的一條馬路上，這時候什麼擾攘也沒有。火焰焰的太陽雖然還未直照，但路上的沙土彷彿已是閃爍地生光；酷熱滿和在空氣裏面，到處發揮着盛夏的威力。許多狗都拖出舌頭來，連樹上的烏老鴉也張着嘴喘氣，——但是，自然也有例外的。遠處隱隱有兩個銅盞相擊的聲音，使人憶起酸梅湯，依稀感到涼意，可是那懶懶的單調的金屬音的間作，卻使那寂靜更其深遠了。

　　只有腳步聲，車夫默默地前奔，似乎想趕緊逃出頭上的烈日。

　　「熱的包子咧！剛出屜的……。」

　　十一二歲的胖孩子，細着眼睛，歪了嘴在路旁的店門前叫喊。聲音已經嘶嗄了，還帶些睡意，如給夏天的長日催眠。

　　他旁邊的破舊桌子上，就有二三十個饅頭包子，毫無熱氣，冷冷地坐着。

　　「荷阿！饅頭包子咧，熱的……。」

　　像用力擲在牆上而反撥過來的皮球一般，他忽然飛在馬路的那邊了。在電桿旁，和他對面，正向着馬路，其時也站定了兩個人：一個是淡黃制服的掛刀的面黃肌瘦的巡警，手裏

牽着繩頭，繩的那頭就拴在別一個穿藍布大衫上罩白背心的男人的臂膊上。這男人戴一頂新草帽，帽簷四面下垂，遮住了眼睛的一帶。但胖孩子身體矮，仰起臉來看時，卻正撞見這人的眼睛了。那眼睛也似乎正在看他的腦殼。他連忙順下眼，去看白背心，只見背心上一行一行地寫着些大大小小的什麼字。

剎時間，也就圍滿了大半圈的看客。待到增加了禿頭的老頭子之後，空缺已經不多，而立刻又被一個赤膊的紅鼻子胖大漢補滿了。這胖子過於橫闊，佔了兩人的地位，所以續到的便只能屈在第二層，從前面的兩個脖子之間伸進腦袋去。

禿頭站在白背心的略略正對面，彎了腰，去研究背心上的文字，終於讀起來：

「嗡，都，哼，八，而，……」

胖孩子卻看見那白背心正研究着這發亮的禿頭，他也便跟着去研究，就只見滿頭光油油的，耳朵左近還有一片灰白色的頭髮，此外也不見得有怎樣新奇。但是後面的一個抱着孩子的老媽子卻想乘機擠進來了；禿頭怕失了位置，連忙站直，文字雖然還未讀完，然而無可奈何，只得另看白背心的臉：草帽簷下半個鼻子，一張嘴，尖下巴。

又像用了力擲在牆上而反撥過來的皮球一般，一個小學生飛奔上來，一手按住了自己頭上的雪白的小布帽，向人叢中直鑽進去。但他鑽到第三 —— 也許是第四 —— 層，竟遇見一件不可動搖的偉大的東西了，擡頭看時，藍褲腰上面有一座赤條條的很闊的背脊，背脊上還有汗正在流下來。他知道無

可措手，只得順着褲腰右行，幸而在盡頭發見了一條空處，透着光明。他剛剛低頭要鑽的時候，只聽得一聲「什麼」，那褲腰以下的屁股向右一歪，空處立刻閉塞，光明也同時不見了。

但不多久，小學生卻從巡警的刀旁邊鑽出來了。他詫異地四顧：外面圍着一圈人，上首是穿白背心的，那對面是一個赤膊的胖小孩，胖小孩後面是一個赤膊的紅鼻子胖大漢。他這時隱約悟出先前的偉大的障礙物的本體了，便驚奇而且佩服似的只望着紅鼻子。胖小孩本是注視着小學生的臉的，於是也不禁依了他的眼光，回轉頭去了，在那裏是一個很胖的奶子，奶頭四近有幾枝很長的毫毛。

「他，犯了什麼事啦？……」

大家都愕然看時，是一個工人似的粗人，正在低聲下氣地請教那禿頭老頭子。

禿頭不作聲，單是睜起了眼睛看定他。他被看得順下眼光去，過一會再看時，禿頭還是睜起了眼睛看定他，而且別的人也似乎都睜了眼睛看定他。他於是彷彿自己就犯了罪似的局促起來，終至於慢慢退後，溜出去了。一個挾洋傘的長子就來補了缺；禿頭也旋轉臉去再看白背心。

長子彎了腰，要從垂下的草帽簷下去賞識白背心的臉，但不知道為什麼忽又站直了。於是他背後的人們又須竭力伸長了脖子；有一個瘦子竟至於連嘴都張得很大，像一條死鱸魚。

巡警，突然間，將腳一提，大家又愕然，趕緊都看他的腳；然而他又放穩了，於是又看白背心。長子忽又彎了腰，還要從垂下的草帽簷下去窺測，但即刻也就立直，擎起一隻

手來拚命搔頭皮。

秃頭不高興了，因為他先覺得背後有些不太平，接着耳朵邊就有唧咕唧咕的聲響。他雙眉一鎖，回頭看時，緊挨他右邊，有一隻黑手拿着半個大饅頭正在塞進一個貓臉的人的嘴裏去。他也就不說什麼，自去看白背心的新草帽了。

忽然，就有暴雷似的一擊，連橫闊的胖大漢也不免向前一蹌踉。同時，從他肩膊上伸出一隻胖得不相上下的臂膊來，展開五指，拍的一聲正打在胖孩子的臉頰上。

「好快活！你媽的……」同時，胖大漢後面就有一個彌勒佛似的更圓的胖臉這麼說。

胖孩子也蹌踉了四五步，但是沒有倒，一手按着臉頰，旋轉身，就想從胖大漢的腿旁的空隙間鑽出去。胖大漢趕忙站穩，並且將屁股一歪，塞住了空隙，恨恨地問道：

「什麼？」

胖孩子就像小鼠子落在捕機裏似的，倉皇了一會，忽然向小學生那一面奔去，推開他，衝出去了。小學生也返身跟出去了。

「嚇，這孩子……。」總有五六個人都這樣說。

待到重歸平靜，胖大漢再看白背心的臉的時候，卻見白背心正在仰面看他的胸脯；他慌忙低頭也看自己的胸脯時，只見兩乳之間的窪下的坑裏有一片汗，他於是用手掌拂去了這些汗。

然而形勢似乎總不甚太平了。抱着小孩的老媽子因為在騷擾時四顧，沒有留意，頭上梳着的喜鵲尾巴似的「蘇州俏」

便碰了站在旁邊的車夫的鼻樑。車夫一推，卻正推在孩子上；孩子就扭轉身去，向着圈外，嚷着要回去了。老媽子先也略略一蹌踉，但便即站定，旋轉孩子來使他正對白背心，一手指點着，說道：

「阿，阿，看呀！多麼好看哪！……」

空隙間忽而探進一個戴硬草帽的學生模樣的頭來，將一粒瓜子之類似的東西放在嘴裏，下顎向上一磕，咬開，退出去了。這地方就補上了一個滿頭油汗而黏着灰土的橢圓臉。

挾洋傘的長子也已經生氣，斜下了一邊的肩膊，皺眉疾視着肩後的死鱸魚。大約從這麼大的大嘴裏呼出來的熱氣，原也不易招架的，而況又在盛夏。禿頭正仰視那電桿上釘着的紅牌上的四個白字，彷彿很覺得有趣。胖大漢和巡警都斜了眼研究着老媽子的鉤刀般的鞋尖。

「好！」

什麼地方忽有幾個人同聲喝采。都知道該有什麼事情起來了，一切頭便全數回轉去。連巡警和他牽着的犯人也都有些搖動了。

「剛出屜的包子咧！荷阿，熱的……。」

路對面是胖孩子歪着頭，磕睡似的長呼；路上是車夫們默默地前奔，似乎想趕緊逃出頭上的烈日。大家都幾乎失望了，幸而放出眼光去四處搜索，終於在相距十多家的路上，發見了一輛洋車停放着，一個車夫正在爬起來。

圓陣立刻散開，都錯錯落落地走過去。胖大漢走不到一半，就歇在路邊的槐樹下；長子比禿頭和橢圓臉走得快，接

近了。車上的坐客依然坐着，車夫已經完全爬起，但還在摩自己的膝髁。周圍有五六個人笑嘻嘻地看他們。

「成麼？」車夫要來拉車時，坐客便問。

他只點點頭，拉了車就走；大家就惘惘然目送他。起先還知道那一輛是曾經跌倒的車，後來被別的車一混，知不清了。

馬路上就很清閒，有幾隻狗伸出了舌頭喘氣；胖大漢就在槐陰下看那很快地一起一落的狗肚皮。

老媽子抱了孩子從屋簷陰下躄過去了。胖孩子歪着頭，擠細了眼睛，拖長聲音，磕睡地叫喊 ——「熱的包子咧！荷阿！……剛出屜的……。」

一九二五年三月一八日

奔月

一

聰明的牲口確乎知道人意，剛剛望見宅門，那馬便立刻放緩腳步了，並且和牠背上的主人同時垂了頭，一步一頓，像搗米一樣。

暮靄籠罩了大宅，鄰屋上都騰起濃黑的炊煙，已經是晚飯時候。家將們聽得馬蹄聲，早已迎了出來，都在宅門外垂着手直挺挺地站着。羿在垃圾堆邊懶懶地下了馬，家將們便接過韁繩和鞭子去。他剛要跨進大門，低頭看看掛在腰間的滿壺的簇新的箭和網裏的三匹烏老鴉和一匹射碎了的小麻雀，心裏就非常躊躕。但到底硬着頭皮，大踏步走進去了；箭在壺裏豁朗豁朗地響着。

剛到內院，他便見嫦娥在圓窗裏探了一探頭。他知道她眼睛快，一定早瞧見那幾匹烏鴉的了，不覺一嚇，腳步登時也一停，——但只得往裏走。使女們都迎出來，給他卸了弓箭，解下網兜。他彷彿覺得她們都在苦笑。

「太太……。」他擦過手臉，走進內房去，一面叫。

嫦娥正在看着圓窗外的暮天，慢慢回過頭來，似理不理的向他看了一眼，沒有答應。

這種情形，羿倒久已習慣的了，至少已有一年多。他仍舊走近去，坐在對面的鋪着脫毛的舊豹皮的木榻上，搔着頭皮，支支吾吾地說——

「今天的運氣仍舊不見佳，還是只有烏鴉……。」

「哼！」嫦娥將柳眉一揚，忽然站起來，風似的往外走，嘴裏咕嚕着，「又是烏鴉的炸醬麵，又是烏鴉的炸醬麵！你去問問去，誰家是一年到頭只吃烏鴉肉的炸醬麵的？我真不知道是走了什麼運，竟嫁到這裏來，整年的就吃烏鴉的炸醬麵！」

「太太，」羿趕緊也站起，跟在後面，低聲說，「不過今天倒還好，另外還射了一匹麻雀，可以給你做菜的。女辛！」他大聲地叫使女，「你把那一匹麻雀拿過來請太太看！」

野味已經拿到廚房裏去了，女辛便跑去挑出來，兩手捧着，送在嫦娥的眼前。

「哼！」她瞥了一眼，慢慢地伸手一捏，不高興地說，「一團糟！不是全都粉碎了麼？肉在哪裏？」

「是的，」羿很惶恐，「射碎的。我的弓太強，箭頭太大了。」

「你不能用小一點的箭頭的麼？」

「我沒有小的。自從我射封豕長蛇……。」

「這是封豕長蛇麼？」她說着，一面回轉頭去對着女辛道，「放一碗湯罷！」便又退回房裏去了。

只有羿呆呆地留在堂屋裏，靠壁坐下，聽着廚房裏柴草爆炸的聲音。他回憶當年的封豕是多麼大，遠遠望去就像一坐

小土岡，如果那時不去射殺它，留到現在，足可以吃半年，又何用天天愁飯菜。還有長蛇，也可以做羹喝……。

女乙來點燈了，對面牆上掛着的彤弓，彤矢，盧弓，盧矢，弩機，長劍，短劍，便都在昏暗的燈光中出現。羿看了一眼，就低了頭，嘆一口氣；只見女辛搬進夜飯來，放在中間的案上，左邊是五大碗白麵；右邊兩大碗，一碗湯；中央是一大碗烏鴉肉做的炸醬。

羿吃着炸醬麵，自己覺得確也不好吃；偷眼去看嫦娥，她炸醬是看也不看，只用湯泡了麵，吃了半碗，又放下了。他覺得她臉上彷彿比往常黃瘦些，生怕她生了病。

到二更時，她似乎和氣一些了，默坐在牀沿上喝水。羿就坐在旁邊的木榻上，手摩着脫毛的舊豹皮。

「唉，」他和藹地說，「這西山的文豹，還是我們結婚以前射得的，那時多麼好看，全體黃金光。」他於是回想當年的食物，熊是只吃四個掌，駝留峰，其餘的就都賞給使女和家將們。後來大動物射完了，就吃野豬兔山雞；射法又高強，要多少有多少。「唉，」他不覺嘆息，「我的箭法真太巧妙了，竟射得遍地精光。那時誰料到只剩下烏鴉做菜……。」

「哼。」嫦娥微微一笑。

「今天總還要算運氣的，」羿也高興起來，「居然獵到一隻麻雀。這是遠繞了三十里路才找到的。」

「你不能走得更遠一點的麼？！」

「對。太太。我也這樣想。明天我想起得早些。倘若你醒得早，那就叫醒我。我準備再遠走五十里，看看可有些獐子

兔子。……但是，怕也難。當我射封豕長蛇的時候，野獸是
那麼多。你還該記得罷，丈母的門前就常有黑熊走過，叫我
去射了好幾回……。」

「是麼？」嫦娥似乎不大記得。

「誰料到現在竟至於精光的呢。想起來，真不知道將來怎
麼過日子。我呢，倒不要緊，只要將那道士送給我的金丹吃
下去，就會飛升。但是我第一先得替你打算，……所以我決
計明天再走得遠一點……。」

「哼。」嫦娥已經喝完水，慢慢躺下，合上眼睛了。殘膏
的燈火照着殘妝，粉有些褪了，眼圈顯得微黃，眉毛的黛色也
彷彿兩邊不一樣。但嘴唇依然紅得如火；雖然並不笑，頰上
也還有淺淺的酒窩。

「唉唉，這樣的人，我就整年地只給她吃烏鴉的炸醬
麵……。」羿想着，覺得慚愧，兩頰連耳根都熱起來。

二

過了一夜就是第二天。

羿忽然睜開眼睛，只見一道陽光斜射在西壁上，知道時候
不早了；看看嫦娥，兀自攤開了四肢沉睡着。他悄悄地披上
衣服，爬下豹皮榻，躕出堂前，一面洗臉，一面叫女庚去吩咐
王升備馬。

他因為事情忙，是早就廢止了朝食的；女乙將五個炊餅，
五株蔥和一包辣醬都放在網兜裏，並弓箭一齊替他繫在腰間。
他將腰帶緊了一緊，輕輕地跨出堂外面，一面告訴那正從對

面進來的女庚道——

「我今天打算到遠地方去尋食物去，回來也許晚一些。看太太醒後，用過早點心，有些高興的時候，你便去稟告，說晚飯請她等一等，對不起得很。記得麼？你說：對不起得很。」

他快步出門，跨上馬，將站班的家將們扔在腦後，不一會便跑出村莊了。前面是天天走熟的高粱田，他毫不注意，早知道什麼也沒有的。加上兩鞭，一徑飛奔前去，一氣就跑了六十里上下，望見前面有一簇很茂盛的樹林，馬也喘氣不迭，渾身流汗，自然慢下去了。大約又走了十多里，這才接近樹林，然而滿眼是胡蜂，粉蝶，螞蟻，蚱蜢，哪裏有一點禽獸的蹤跡。他望見這一塊新地方時，本以為至少總可以有一兩匹狐兒兔兒的，現在才知道又是夢想。他只得繞出樹林，看那後面卻又是碧綠的高粱田，遠處散點着幾間小小的土屋。風和日暖，鴉雀無聲。

「倒楣！」他盡量地大叫了一聲，出出悶氣。

但再前行了十多步，他即刻心花怒放了，遠遠地望見一間土屋外面的平地上，的確停着一匹飛禽，一步一啄，像是很大的鴿子。他慌忙拈弓搭箭，引滿弦，將手一放，那箭便流星般出去了。

這是無須遲疑的，向來有發必中；他只要策馬跟着箭路飛跑前去，便可以拾得獵物。誰知道他將要臨近，卻已有一個老婆子捧着帶箭的大鴿子，大聲嚷着，正對着他的馬頭搶過來。

「你是誰哪？怎麼把我家的頂好的黑母雞射死了？你的手

怎的有這麼閒哪？……」

　　羿的心不覺跳了一跳，趕緊勒住馬。

　　「阿呀！雞麼？我只道是一隻鵓鴣。」他惶恐地說。

　　「瞎了你的眼睛！看你也有四十多歲了罷。」

　　「是的。老太太。我去年就有四十五歲了。」

　　「你真是枉長白大！連母雞也不認識，會當作鵓鴣！你究竟是誰哪？」

　　「我就是夷羿。」他說着，看看自己所射的箭，是正貫了母雞的心，當然死了，末後的兩個字便說得不大響亮；一面從馬上跨下來。

　　「夷羿？……誰呢？我不知道。」她看着他的臉，說。

　　「有些人是一聽就知道的。堯爺的時候，我曾經射死過幾匹野豬，幾條蛇……。」

　　「哈哈，騙子！那是逢蒙老爺和別人合夥射死的。也許有你在內罷；但你倒說是你自己了，好不識羞！」

　　「阿阿，老太太。逢蒙那人，不過近幾年時常到我那裏來走走，我並沒有和他合夥，全不相干的。」

　　「說謊。近來常有人說，我一月就聽到四五回。」

　　「那也好。我們且談正經事罷。這雞怎麼辦呢？」

　　「賠。這是我家最好的母雞，天天生蛋。你得賠我兩柄鋤頭，三個紡錘。」

　　「老太太，你瞧我這模樣，是不耕不織的，那裏來的鋤頭和紡錘。我身邊又沒有錢，只有五個炊餅，倒是白麵做的，就拿來賠了你的雞，還添上五株蔥和一包甜辣醬。你以為怎

樣？……」他一隻手去網兜裏掏炊餅，伸出那一隻手去取雞。

老婆子看見白麵的炊餅，倒有些願意了，但是定要十五個。磋商的結果，好容易才定為十個，約好至遲明天正午送到，就用那射雞的箭作抵押。羿這時才放了心，將死雞塞進網兜裏，跨上鞍口，回馬就走，雖然肚餓，心裏卻很喜歡，他們不喝雞湯實在已經有一年多了。

他繞出樹林時，還是下午，於是趕緊加鞭向家裏走；但是馬力乏了，剛到走慣的高粱田近旁，已是黃昏時候。只見對面遠處有人影子一閃，接着就有一枝箭忽地向他飛來。

羿並不勒住馬，任牠跑着，一面卻也拈弓搭箭，只一發，只聽得錚的一聲，箭尖正觸着箭尖，在空中發出幾點火花，兩枝箭便向上擠成一個「人」字，又翻身落在地上了。第一箭剛剛相觸，兩面立刻又來了第二箭，還是錚的一聲，相觸在半空中。那樣地射了九箭，羿的箭都用盡了；但他這時已經看清逢蒙得意地站在對面，卻還有一枝箭搭在弦上正在瞄準他的咽喉。

「哈哈，我以為他早到海邊摸魚去了，原來還在這些地方幹這些勾當，怪不得那老婆子有那些話……。」羿想。

那時快，對面是弓如滿月，箭似流星。颼的一聲，徑向羿的咽喉飛過來。也許是瞄準差了一點了，卻正中了他的嘴；一個筋斗，他帶箭掉下馬去了，馬也就站住。

逢蒙見羿已死，便慢慢地蹩過來，微笑着去看他的死臉，當作喝一杯勝利的白乾。

剛在定睛看時，只見羿張開眼，忽然直坐起來。

「你真是白來了一百多回。」他吐出箭，笑着説，「難道連我的『嚙鏃法』都沒有知道麼？這怎麼行。你鬧這些小玩藝兒是不行的，偷去的拳頭打不死本人，要自己練練才好。」

「即以其人之道，反諸其人之身……。」勝者低聲説。

「哈哈哈！」他一面大笑，一面站了起來，「又是引經據典。但這些話你只可以哄哄老婆子，本人面前搗什麼鬼？俺向來就只是打獵，沒有弄過你似的剪徑的玩藝兒……。」他説着，又看看網兜裏的母雞，倒並沒有壓壞，便跨上馬，徑自走了。

「……你打了喪鐘！……」遠遠地還送來叫罵。

「真不料有這樣沒出息。青青年紀，倒學會了詛咒，怪不得那老婆子會那麼相信他。」羿想着，不覺在馬上絕望地搖了搖頭。

三

還沒有走完高粱田，天色已經昏黑；藍的空中現出明星來，長庚在西方格外燦爛。馬只能認着白色的田塍走，而且早已筋疲力竭，自然走得更慢了。幸而月亮卻在天際漸漸吐出銀白的清輝。

「討厭！」羿聽到自己的肚子裏骨碌骨碌地響了一陣，便在馬上焦躁了起來。「偏是謀生忙，便偏是多碰到些無聊事，白費工夫！」他將兩腿在馬肚子上一磕，催它快走，但馬卻只將後半身一扭，照舊地慢騰騰。

「嫦娥一定生氣了，你看今天多麼晚。」他想。「説不定

要裝怎樣的臉給我看哩。但幸而有這一隻小母雞，可以引她高興。我只要説：太太，這是我來回跑了二百里路才找來的。不，不好，這話似乎太逞能。」

他望見人家的燈火已在前面，一高興便不再想下去了。馬也不待鞭策，自然飛奔。圓的雪白的月亮照着前途，涼風吹臉，真是比大獵回來時還有趣。

馬自然而然地停在垃圾堆邊；羿一看，彷彿覺得異樣，不知怎地似乎家裏亂糬糬。迎出來的也只有一個趙富。

「怎的？王升呢？」他奇怪地問。

「王升到姚家找太太去了。」

「什麼？太太到姚家去了麼？」羿還呆坐在馬上，問。

「喳……。」他一面答應着，一面去接馬韁和馬鞭。羿這才爬下馬來，跨進門，想了一想，又回過頭去問道——

「不是等不迭了，自己上飯館去了麼？」

「喳。三個飯館，小的都去問過了，沒有在。」

羿低了頭，想着，往裏面走，三個使女都惶惑地聚在堂前。他便很詫異，大聲的問道——

「你們都在家麼？姚家，太太一個人不是向來不去的麼？」

她們不回答，只看看他的臉，便來給他解下弓袋和箭壺和裝着小母雞的網兜。羿忽然心驚肉跳起來，覺得嫦娥是因為氣忿尋了短見了，便叫女庚去叫趙富來，要他到後園的池裏樹上去看一遍。但他一跨進房，便知道這推測是不確的了：房裏也很亂，衣箱是開着，向牀裏一看，首先就看出失少了首

飾箱。他這時正如頭上淋了一盆冷水，金珠自然不算什麼，然而那道士送給他的仙藥，也就放在這首飾箱裏的。

羿轉了兩個圓圈，才看見王升站在門外面。

「回老爺，」王升說，「太太沒有到姚家去；他們今天也不打牌。」

羿看了他一眼，不開口。王升就退出去了。

「老爺叫？……」趙富上來，問。

羿將頭一搖，又用手一揮，叫他也退出去。

羿又在房裏轉了幾個圈子，走到堂前，坐下，仰頭看着對面壁上的彤弓，彤矢，盧弓，盧矢，弩機，長劍，短劍，想了些時，才問那呆立在下面的使女們道——

「太太是什麼時候不見的？」

「掌燈時候就不看見了，」女乙說，「可是誰也沒見她走出去。」

「你們可見太太吃了那箱裏的藥沒有？」

「那倒沒有見。但她下午要我倒水喝是有的。」

羿急得站了起來，他似乎覺得，自己一個人被留在地上了。

「你們看見有什麼向天上飛升的麼？」他問。

「哦！」女辛想了一想，大悟似的說，「我點了燈出去的時候，的確看見一個黑影向這邊飛去的，但我那時萬想不到是太太……。」於是她的臉色蒼白了。

「一定是了！」羿在膝上一拍，即刻站起，走出屋外去，回頭問着女辛道，「哪邊？」

女辛用手一指，他跟着看去時，只見那邊是一輪雪白的圓月，掛在空中，其中還隱約現出樓台，樹木；當他還是孩子時候祖母講給他聽的月宮中的美景，他依稀記得起來了。他對着浮游在碧海裏似的月亮，覺得自己的身子非常沉重。

他忽然憤怒了。從憤怒裏又發了殺機，圓睜着眼睛，大聲向使女們叱吒道──

「拿我的射日弓來！和三枝箭！」

女乙和女庚從堂屋中央取下那強大的弓，拂去塵埃，並三枝長箭都交在他手裏。

他一手拈弓，一手捏着三枝箭，都搭上去，拉了一個滿弓，正對着月亮。身子是岩石一般挺立着，眼光直射，閃閃如岩下電，鬚髮開張飄動，像黑色火，這一瞬息，使人彷彿想見他當年射日的雄姿。

颼的一聲，──只一聲，已經連發了三枝箭，剛發便搭，一搭又發，眼睛不及看清那手法，耳朵也不及分別那聲音。本來對面是雖然受了三枝箭，應該都聚在一處的，因為箭箭相銜，不差絲髮。但他為必中起見，這時卻將手微微一動，使箭到時分成三點，有三個傷。

使女們發一聲喊，大家都看見月亮只一抖，以為要掉下來了，──但卻還是安然地懸着，發出和悅的更大的光輝，似乎毫無傷損。

「呔！」羿仰天大喝一聲，看了片刻；然而月亮不理他。他前進三步，月亮便退了三步；他退三步，月亮卻又照數前進了。

他們都默着，各人看各人的臉。

羿懶懶地將射日弓靠在堂門上，走進屋裏去。使女們也一齊跟着他。

「唉，」羿坐下，嘆一口氣，「那麼，你們的太太就永遠一個人快樂了。她竟忍心撇了我獨自飛升？莫非看得我老起來了？但她上月還説：並不算老，若以老人自居，是思想的墮落。」

「這一定不是的。」女乙説，「有人説老爺還是一個戰士。」

「有時看去簡直好像藝術家。」女辛説。

「放屁！——不過烏老鴉的炸醬麵確也不好吃，難怪她忍不住……。」

「那豹皮褲子脱毛的地方，我去剪一點靠牆的腳上的皮來補一補罷，怪不好看的。」女辛就往房裏走。

「且慢，」羿説着，想了一想，「那倒不忙。我實在餓極了，還是趕快去做一盤辣子雞，烙五斤餅來，給我吃了好睡覺。明天再去找那道士要一服仙藥，吃了追上去罷。女庚，你去吩咐王升，叫他量四升白豆餵馬！」

一九二六年十二月

孤獨者

一

　　我和魏連殳相識一場，回想起來倒也別致，竟是以送殮始，以送殮終。

　　那時我在 S 城，就時時聽到人們提起他的名字，都說他很有些古怪：所學的是動物學，卻到中學堂去做歷史教員；對人總是愛理不理的，卻常喜歡管別人的閒事；常說家庭應該破壞，一領薪水卻一定立即寄給他的祖母，一日也不拖延。此外還有許多零碎的話柄；總之，在 S 城裏也算是一個給人當作談助的人。有一年的秋天，我在寒石山的一個親戚家裏閒住；他們就姓魏，是連殳的本家。但他們卻更不明白他，彷彿將他當作一個外國人看待，說是「同我們都異樣的」。

　　這也不足為奇，中國的興學雖說已經二十年了，寒石山卻連小學也沒有。全山村中，只有連殳是出外遊學的學生，所以從村人看來，他確是一個異類；但也很妒羨，說他掙得許多錢。

　　到秋末，山村中痢疾流行了；我也自危，就想回到城中去。那時聽說連殳的祖母就染了病，因為是老年，所以很沉重；山中又沒有一個醫生。所謂他的家屬者，其實就只有一個這祖母，僱一名女工簡單地過活；他幼小失了父母，就由

這祖母撫養成人的。聽說她先前也曾經吃過許多苦，現在可是安樂了。但因為他沒有家小，家中究竟非常寂寞，這大概也就是大家所謂異樣之一端罷。

寒石山離城是旱道一百里，水道七十里，專使人叫連殳去，往返至少就得四天。山村僻陋，這些事便算大家都要打聽的大新聞，第二天便轟傳她病勢已經極重，專差也出發了；可是到四更天竟嚥了氣，最後的話，是：「為什麼不肯給我會一會連殳的呢？……」

族長，近房，他的祖母的母家的親丁，閒人，聚集了一屋子，豫計連殳的到來，應該已是入殮的時候了。壽材壽衣早已做成，都無須籌畫；他們的第一大問題是在怎樣對付這「承重孫」，因為逆料他關於一切喪葬儀式，是一定要改變新花樣的。聚議之後，大概商定了三大條件，要他必行。一是穿白，二是跪拜，三是請和尚道士做法事。總而言之：是全都照舊。

他們既經議妥，便約定在連殳到家的那一天，一同聚在廳前，排成陣勢，互相策應，並力作一回極嚴厲的談判。村人們都嚥着唾沫，新奇地聽候消息；他們知道連殳是「吃洋教」的「新黨」，向來就不講什麼道理，兩面的爭鬥，大約總要開始的，或者還會釀成一種出人意外的奇觀。

傳說連殳的到家是下午，一進門，向他祖母的靈前只是彎了一彎腰。族長們便立刻照豫定計畫進行，將他叫到大廳上，先說過一大篇冒頭，然後引入本題，而且大家此唱彼和，七嘴八舌，使他得不到辯駁的機會。但終於話都說完了，沉默充滿了全廳，人們全數悚然地緊看着他的嘴。只見連殳神色也

不動,簡單地回答道:

「都可以的。」

這又很出於他們的意外,大家的心的重擔都放下了,但又似乎反加重,覺得太「異樣」,倒很有些可慮似的。打聽新聞的村人們也很失望,口口相傳道,「奇怪!他說『都可以』哩!我們看去罷!」都可以就是照舊,本來是無足觀了,但他們也還要看,黃昏之後,便欣欣然聚滿了一堂前。

我也是去看的一個,先送了一份香燭;待到走到他家,已見連殳在給死者穿衣服了。原來他是一個短小瘦削的人,長方臉,蓬鬆的頭髮和濃黑的鬚眉佔了一臉的小半,只見兩眼在黑氣裏發光。那穿衣也穿得真好,井井有條,彷彿是一個大殮的專家,使旁觀者不覺嘆服。寒石山老例,當這些時候,無論如何,母家的親丁是總要挑剔的;他卻只是默默地,遇見怎麼挑剔便怎麼改,神色也不動。站在我前面的一個花白頭髮的老太太,便發出羨慕感嘆的聲音。

其次是拜;其次是哭,凡女人們都念念有詞。其次入棺;其次又是拜;又是哭,直到釘好了棺蓋。沉靜了一瞬間,大家忽而擾動了,很有驚異和不滿的形勢。我也不由的突然覺到:連殳就始終沒有落過一滴淚,只坐在草墊上,兩眼在黑氣裏閃閃地發光。

大殮便在這驚異和不滿的空氣裏面完畢。大家都怏怏地,似乎想走散,但連殳卻還坐在草墊上沉思。忽然,他流下淚來了,接着就失聲,立刻又變成長嚎,像一匹受傷的狼,當深夜在曠野中嗥叫,慘傷裏夾雜着憤怒和悲哀。這模樣,是老

例上所沒有的，先前也未曾豫防到，大家都手足無措了，遲疑了一會，就有幾個人上前去勸止他，愈去愈多，終於擠成一大堆。但他卻只是兀坐着號咷，鐵塔似的動也不動。

大家又只得無趣地散開；他哭着，哭着，約有半點鐘，這才突然停了下來，也不向弔客招呼，徑自往家裏走。接着就有前去窺探的人來報告：他走進他祖母的房裏，躺在牀上，而且，似乎就睡熟了。

隔了兩日，是我要動身回城的前一天，便聽到村人都遭了魔似的發議論，說連殳要將所有的器具大半燒給他祖母，餘下的便分贈生時侍奉，死時送終的女工，並且連房屋也要無期地借給她居住了。親戚本家都說到舌敝唇焦，也終於阻擋不住。

恐怕大半也還是因為好奇心，我歸途中經過他家的門口，便又順便去弔慰。他穿了毛邊的白衣出見，神色也還是那樣，冷冷的。我很勸慰了一番；他卻除了唯唯諾諾之外，只回答了一句話，是：

「多謝你的好意。」

二

我們第三次相見就在這年的冬初，S城的一個書舖子裏，大家同時點了一點頭，總算是認識了。但使我們接近起來的，是在這年底我失了職業之後。從此，我便常常訪問連殳去。一則，自然是因為無聊賴；二則，因為聽人說，他倒很親近失意的人的，雖然素性這麼冷。但是世事升沉無定，失意人也

不會我一投名片，他便接見了。兩間連通的客廳，並無什麼陳設，不過是桌椅之外，排列些書架，大家雖說他是一個可怕的「新黨」，架上卻不很有新書。他已經知道我失了職業；但套話一說就完，主客便只好默默地相對，逐漸沉悶起來。我只見他很快地吸完一枝煙，煙蒂要燒着手指了，才拋在地面上。

「吸煙罷。」他伸手取第二枝煙時，忽然説。

我便也取了一枝，吸着，講些關於教書和書籍的，但也還覺得沉悶。我正想走時，門外一陣喧嚷和腳步聲，四個男女孩子闖進來了。大的八九歲，小的四五歲，手臉和衣服都很髒，而且醜得可以。但是連殳的眼裏卻即刻發出歡喜的光來了，連忙站起，向客廳間壁的房裏走，一面説道：

「大良，二良，都來！你們昨天要的口琴，我已經買來了。」

孩子們便跟着一齊擁進去，立刻又各人吹着一個口琴一擁而出，一出客廳門，不知怎的便打將起來。有一個哭了。

「一人一個，都一樣的。不要爭呵！」他還跟在後面囑咐。

「這麼多的一群孩子都是誰呢？」我問。

「是房主人的。他們都沒有母親，只有一個祖母。」

「房東只一個人麼？」

「是的。他的妻子大概死了三四年了罷，沒有續娶。——否則，便要不肯將餘屋租給我似的單身人。」他説着，冷冷地微笑了。

我很想問他何以至今還是單身，但因為不很熟，終於不好開口。

　　只要和連殳一熟識，是很可以談談的。他議論非常多，而且往往頗奇警。使人不耐的倒是他的有些來客，大抵是讀過《沉淪》的罷，時常自命為「不幸的青年」或是「零餘者」，螃蟹一般懶散而驕傲地堆在大椅子上，一面唉聲嘆氣，一面皺着眉頭吸煙。還有那房主的孩子們，總是互相爭吵，打翻碗碟，硬討點心，亂得人頭昏。但連殳一見他們，卻再不像平時那樣的冷冷的了，看得比自己的性命還寶貴。聽說有一回，三良發了紅斑痧，竟急得他臉上的黑氣愈見其黑了；不料那病是輕的，於是後來便被孩子們的祖母傳作笑柄。

　　「孩子總是好的。他們全是天真……。」他似乎也覺得我有些不耐煩了，有一天特地乘機對我說。

　　「那也不盡然。」我只是隨便回答他。

　　「不。大人的壞脾氣，在孩子們是沒有的。後來的壞，如你平日所攻擊的壞，那是環境教壞的。原來卻並不壞，天真……。我以為中國的可以希望，只在這一點。」

　　「不。如果孩子中沒有壞根苗，大起來怎麼會有壞花果？譬如一粒種子，正因為內中本含有枝葉花果的胚，長大時才能夠發出這些東西來。何嘗是無端……。」我因為閒着無事，便也如大人先生們一下野，就要吃素談禪一樣，正在看佛經。佛理自然是並不懂得的，但竟也不自檢點，一味任意地說。

　　然而連殳氣忿了，只看了我一眼，不再開口。我也猜不出他是無話可說呢，還是不屑辯。但見他又顯出許久不見的冷冷的態度來，默默地連吸了兩枝煙；待到他再取第三枝時，我便只好逃走了。

　　這仇恨是歷了三月之久才消釋的。原因大概是一半因為忘卻，一半則他自己竟也被「天真」的孩子所仇視了，於是覺得我對於孩子的冒瀆的話倒也情有可原。但這不過是我的推測。其時是在我的寓裏的酒後，他似乎微露悲哀模樣，半仰着頭道：

　　「想起來真覺得有些奇怪。我到你這裏來時，街上看見一個很小的小孩，拿了一片蘆葉指着我道：殺！他還不很能走路……。」

　　「這是環境教壞的。」

　　我即刻很後悔我的話。但他卻似乎並不介意，只竭力地喝酒，其間又竭力地吸煙。

　　「我倒忘了，還沒有問你，」我便用別的話來支梧，「你是不大訪問人的，怎麼今天有這興致來走走呢？我們相識有一年多了，你到我這裏來卻還是第一回。」

　　「我正要告訴你呢：你這幾天切莫到我寓裏來看我了。我的寓裏正有很討厭的一大一小在那裏，都不像人！」

　　「一大一小？這是誰呢？」我有些詫異。

　　「是我的堂兄和他的小兒子。哈哈，兒子正如老子一般。」

　　「是上城來看你，帶便玩玩的罷？」

　　「不。說是來和我商量，就要將這孩子過繼給我的。」

　　「呵！過繼給你？」我不禁驚叫了，「你不是還沒有娶親麼？」

　　「他們知道我不娶的了。但這都沒有什麼關系。他們其實是要過繼給我那一間寒石山的破屋子。我此外一無所有，你

是知道的；錢一到手就化完。只有這一間破屋子。他們父子的一生的事業是在逐出那一個借住着的老女工。」

他那詞氣的冷峭，實在又使我悚然。但我還慰解他說：

「我看你的本家也還不至於此。他們不過思想略舊一點罷了。譬如，你那年大哭的時候，他們就都熱心地圍着使勁來勸你……。」

「我父親死去之後，因為奪我屋子，要我在筆據上畫花押，我大哭着的時候，他們也是這樣熱心地圍着使勁來勸我……。」他兩眼向上凝視，彷彿要在空中尋出那時的情景來。

「總而言之：關鍵就全在你沒有孩子。你究竟為什麼老不結婚的呢？」我忽而尋到了轉舵的話，也是久已想問的話，覺得這時是最好的機會了。

他詫異地看着我，過了一會，眼光便移到他自己的膝髁上去了，於是就吸煙，沒有回答。

三

但是，雖在這一種百無聊賴的境地中，也還不給連殳安住。漸漸地，小報上有匿名人來攻擊他，學界上也常有關於他的流言，可是這已經並非先前似的單是話柄，大概是於他有損的了。我知道這是他近來喜歡發表文章的結果，倒也並不介意。S城人最不願意有人發些沒有顧忌的議論，一有，一定要暗暗地來叮他，這是向來如此的，連殳自己也知道。但到春天，忽然聽說他已被校長辭退了。這卻使我覺得有些兀突；其實，這也是向來如此的，不過因為我希望着自己認識

的人能夠倖免，所以就以為兀突罷了，S城人倒並非這一回特別惡。

其時我正忙着自己的生計，一面又在接洽本年秋天到山陽去當教員的事，竟沒有工夫去訪問他。待到有些餘暇的時候，離他被辭退那時大約快有三個月了，可是還沒有發生訪問連殳的意思。有一天，我路過大街，偶然在舊書攤前停留，卻不禁使我覺到震悚，因為在那裏陳列着的一部汲古閣初印本《史記索隱》，正是連殳的書。他喜歡書，但不是藏書家，這種本子，在他是算作貴重的善本，非萬不得已，不肯輕易變賣的。難道他失業剛才兩三月，就一貧至此麼？雖然他向來一有錢即隨手散去，沒有什麼貯蓄。於是我便決意訪問連殳去，順便在街上買了一瓶燒酒，兩包花生米，兩個熏魚頭。

他的房門關閉着，叫了兩聲，不見答應。我疑心他睡着了，更加大聲地叫，並且伸手拍着房門。

「出去了罷！」大良們的祖母，那三角眼的胖女人，從對面的窗口探出她花白的頭來了，也大聲說，不耐煩似的。

「哪裏去了呢？」我問。

「哪裏去了？誰知道呢？——他能到哪裏去呢，你等着就是，一會兒總會回來的。」

我便推開門走進他的客廳去。真是「一日不見，如隔三秋」，滿眼是淒涼和空空洞洞，不但器具所餘無幾了，連書籍也只剩了在S城決沒有人會要的幾本洋裝書。屋中間的圓桌還在，先前曾經常常圍繞着憂鬱慷慨的青年，懷才不遇的奇士和醃髒吵鬧的孩子們的，現在卻見得很閒靜，只在面上蒙

着一層薄薄的灰塵。我就在桌上放了酒瓶和紙包，拖過一把椅子來，靠桌旁對着房門坐下。

的確不過是「一會兒」，房門一開，一個人悄悄地陰影似的進來了，正是連殳。也許是傍晚之故罷，看去彷彿比先前黑，但神情卻還是那樣。

「阿！你在這裏？來得多久了？」他似乎有些喜歡。

「並沒有多久。」我說，「你到哪裏去了？」

「並沒有到哪裏去，不過隨便走走。」

他也拖過椅子來，在桌旁坐下；我們便開始喝燒酒，一面談些關於他的失業的事。但他卻不願意多談這些；他以為這是意料中的事，也是自己時常遇到的事，無足怪，而且無可談的。他照例只是一意喝燒酒，並且依然發些關於社會和歷史的議論。不知怎地我此時看見空空的書架，也記起汲古閣初印本的《史記索隱》，忽而感到一種淡漠的孤寂和悲哀。

「你的客廳這麼荒涼……。近來客人不多了麼？」

「沒有了。他們以為我心境不佳，來也無意味。心境不佳，實在是可以給人們不舒服的。冬天的公園，就沒有人去……。」

他連喝兩口酒，默默地想着，突然，仰起臉來看着我問道，「你在圖謀的職業也還是毫無把握罷？……」

我雖然明知他已經有些酒意，但也不禁憤然，正想發話，只見他側耳一聽，便抓起一把花生米，出去了。門外是大良們笑嚷的聲音。

但他一出去，孩子們的聲音便寂然，而且似乎都走了。他

還追上去，説些話，卻不聽得有回答。他也就陰影似的悄悄地回來，仍將一把花生米放在紙包裏。

「連我的東西也不要吃了。」他低聲，嘲笑似的説。

「連殳，」我很覺得悲涼，卻強裝着微笑，説，「我以為你太自尋苦惱了。你看得人間太壞……。」

他冷冷的笑了一笑。

「我的話還沒有完哩。你對於我們，偶而來訪問你的我們，也以為因為閒着無事，所以來你這裏，將你當作消遣的資料的罷？」

「並不。但有時也這樣想。或者尋些談資。」

「那你可錯誤了。人們其實並不這樣。你實在親手造了獨頭繭，將自己裹在裏面了。你應該將世間看得光明些。」我嘆惜着説。

「也許如此罷。但是，你説：那絲是怎麼來的？—— 自然，世上也盡有這樣的人，譬如，我的祖母就是。我雖然沒有分得她的血液，卻也許會繼承她的運命。然而這也沒有什麼要緊，我早已豫先一起哭過了……。」

我即刻記起他祖母大殮時候的情景來，如在眼前一樣。

「我總不解你那時的大哭……。」於是鶻突地問了。

「我的祖母入殮的時候罷？是的，你不解的。」他一面點燈，一面冷靜地説，「你的和我交往，我想，還正因為那時的哭哩。你不知道，這祖母，是我父親的繼母；他的生母，他三歲時候就死去了。」他想着，默默地喝酒，吃完了一個熏魚頭。

「那些往事，我原是不知道的。只是我從小時候就覺得不

可解。那時我的父親還在，家景也還好，正月間一定要懸掛祖像，盛大地供養起來。看着這許多盛裝的畫像，在我那時似乎是不可多得的眼福。但那時，抱着我的一個女工總指了一幅像說：『這是你自己的祖母。拜拜罷，保佑你生龍活虎似的大得快。』我真不懂得我明明有着一個祖母，怎麼又會有什麼『自己的祖母』來。可是我愛這『自己的祖母』，她不比家裏的祖母一般老；她年青，好看，穿着描金的紅衣服，戴着珠冠，和我母親的像差不多。我看她時，她的眼睛也注視我，而且口角上漸漸增多了笑影：我知道她一定也是極其愛我的。」

「然而我也愛那家裏的，終日坐在窗下慢慢地做針線的祖母。雖然無論我怎樣高興地在她面前玩笑，叫她，也不能引她歡笑，常使我覺得冷冷地，和別人的祖母們有些不同。但我還愛她。可是到後來，我逐漸疏遠她了；這也並非因為年紀大了，已經知道她不是我父親的生母的緣故，倒是看久了終日終年的做針線，機器似的，自然免不了要發煩。但她卻還是先前一樣，做針線；管理我，也愛護我，雖然少見笑容，卻也不加呵斥。直到我父親去世，還是這樣；後來呢，我們幾乎全靠她做針線過活了，自然更這樣，直到我進學堂……。」

燈火銷沉下去了，煤油已經將涸，他便站起，從書架下摸出一個小小的洋鐵壺來添煤油。

「只這一月裏，煤油已經漲價兩次了……。」他旋好了燈頭，慢慢地說。「生活要日見其困難起來。——她後來還是這樣，直到我畢業，有了事做，生活比先前安定些；恐怕還直到她生病，實在打熬不住了，只得躺下的時候罷……。

「她的晚年，據我想，是總算不很辛苦的，享壽也不小了，正無須我來下淚。況且哭的人不是多着麼？連先前竭力欺凌她的人們也哭，至少是臉上很慘然。哈哈！……可是我那時不知怎地，將她的一生縮在眼前了，親手造成孤獨，又放在嘴裏去咀嚼的人的一生。而且覺得這樣的人還很多哩。這些人們，就使我要痛哭，但大半也還是因為我那時太過於感情用事……。」

「你現在對於我的意見，就是我先前對於她的意見。然而我的那時的意見，其實也不對的。便是我自己，從略知世事起，就的確逐漸和她疏遠起來了……。」

他沉默了，指間夾着煙捲，低了頭，想着。燈火在微微地發抖。

「呵，人要使死後沒有一個人為他哭，是不容易的事呵。」

他自言自語似的說；略略一停，便仰起臉來向我道，「想來你也無法可想。我也還得趕緊尋點事情做……。」

「你再沒有可托的朋友了麼？」我這時正是無法可想，連自己。

「那倒大概還有幾個的，可是他們的境遇都和我差不多……。」

我辭別連殳出門的時候，圓月已經升在中天了，是極靜的夜。

四

山陽的教育事業的狀況很不佳。我到校兩月，得不到一

文薪水，只得連煙捲也節省起來。但是學校裏的人們，雖是月薪十五六元的小職員，也沒有一個不是樂天知命的，仗着逐漸打熬成功的銅筋鐵骨，面黃肌瘦地從早辦公一直到夜，其間看見名位較高的人物，還得恭恭敬敬地站起，實在都是不必「衣食足而知禮節」的人民。我每看見這情狀，不知怎的總記起連殳臨別託付我的話來。他那時生計更其不堪了，窘相時時顯露，看去似乎已沒有往時的深沉，知道我就要動身，深夜來訪，遲疑了許久，才吞吞吐吐地說道：

「不知道那邊可有法子想？—— 便是鈔寫，一月二三十塊錢的也可以的。我……。」

我很詫異了，還不料他竟肯這樣的遷就，一時說不出話來。

「我……，我還得活幾天……。」

「那邊去看一看，一定竭力去設法罷。」

這是我當日一口承當的答話，後來常常自己聽見，眼前也同時浮出連殳的相貌，而且吞吞吐吐地說道「我還得活幾天」。到這些時，我便設法向各處推薦一番；但有什麼效驗呢，事少人多，結果是別人給我幾句抱歉的話，我就給他幾句抱歉的信。到一學期將完的時候，那情形就更加壞了起來。那地方的幾個紳士所辦的《學理周報》上，竟開始攻擊我了，自然是決不指名的，但措辭很巧妙，使人一見就覺得我是在挑剔學潮，連推薦連殳的事，也算是呼朋引類。

我只好一動不動，除上課之外，便關起門來躲着，有時連煙捲的煙鑽出窗隙去，也怕犯了挑剔學潮的嫌疑。連殳的事，

自然更是無從說起了。這樣地一直到深冬。

　　下了一天雪，到夜還沒有止，屋外一切靜極，靜到要聽出靜的聲音來。我在小小的燈火光中，閉目枯坐，如見雪花片片飄墜，來增補這一望無際的雪堆；故鄉也準備過年了，人們忙得很；我自己還是一個兒童，在後園的平坦處和一夥小朋友塑雪羅漢。雪羅漢的眼睛是用兩塊小炭嵌出來的，顏色很黑，這一閃動，便變了連殳的眼睛。

　　「我還得活幾天！」仍是這樣的聲音。

　　「為什麼呢？」我無端地這樣問，立刻連自己也覺得可笑了。

　　這可笑的問題使我清醒，坐直了身子，點起一枝煙捲來；推窗一望，雪果然下得更大了。聽得有人叩門；不一會，一個人走進來，但是聽熟的客寓雜役的腳步。他推開我的房門，交給我一封六寸多長的信，字跡很潦草，然而一瞥便認出「魏緱」兩個字，是連殳寄來的。

　　這是從我離開 S 城以後他給我的第一封信。我知道他疏懶，本不以杳無消息為奇，但有時也頗怨他不給一點消息。待到接了這信，可又無端地覺得奇怪了，慌忙拆開來。裏面也用了一樣潦草的字體，寫着這樣的話：

　　「申飛……。」

　　「我稱你什麼呢？我空着。你自己願意稱什麼，你自己添上去罷。我都可以的。」

　　「別後共得三信，沒有覆。這原因很簡單：我連買郵票的錢也沒有。」

「你或者願意知道些我的消息，現在簡直告訴你罷：我失敗了。先前，我自以為是失敗者，現在知道那並不，現在才真是失敗者了。先前，還有人願意我活幾天，我自己也還想活幾天的時候，活不下去；現在，大可以無須了，然而要活下去……。」

「然而就活下去麼？」

「願意我活幾天的，自己就活不下去。這人已被敵人誘殺了。誰殺的呢？誰也不知道。」

「人生的變化多麼迅速呵！這半年來，我幾乎求乞了，實際，也可以算得已經求乞。然而我還有所為，我願意為此求乞，為此凍餒，為此寂寞，為此辛苦。但滅亡是不願意的。你看，有一個願意我活幾天的，那力量就這麼大。然而現在是沒有了，連這一個也沒有了。同時，我自己也覺得不配活下去；別人呢？也不配的。同時，我自己又覺得偏要為不願意我活下去的人們而活下去；好在願意我好好地活下去的已經沒有了，再沒有誰痛心。使這樣的人痛心，我是不願意的。然而現在是沒有了，連這一個也沒有了。快活極了，舒服極了；我已經躬行我先前所憎惡，所反對的一切，拒斥我先前所崇仰，所主張的一切了。我已經真的失敗，——然而我勝利了。」

「你以為我發了瘋麼？你以為我成了英雄或偉人了麼？不，不的。這事情很簡單；我近來已經做了杜師長的顧問，每月的薪水就有現洋八十元了。」

「申飛……。」

「你將以我為什麼東西呢，你自己定就是，我都可以的。」

「你大約還記得我舊時的客廳罷，我們在城中初見和將別時候的客廳。現在我還用着這客廳。這裏有新的賓客，新的饋贈，新的頌揚，新的鑽營，新的磕頭和打拱，新的打牌和猜拳，新的冷眼和噁心，新的失眠和吐血……。」

「你前信說你教書很不如意。你願意也做顧問麼？可以告訴我，我給你辦。其實是做門房也不妨，一樣地有新的賓客和新的饋贈，新的頌揚……。」

「我這裏下大雪了。你那裏怎樣？現在已是深夜，吐了兩口血，使我清醒起來。記得你竟從秋天以來陸續給了我三封信，這是怎樣的可以驚異的事呵。我必須寄給你一點消息，你或者不至於倒抽一口冷氣罷。」

「此後，我大約不再寫信的了，我這習慣是你早已知道的。何時回來呢？倘早，當能相見。—— 但我想，我們大概究竟不是一路的；那麼，請你忘記我罷。我從我的真心感謝你先前常替我籌劃生計。但是現在忘記我罷；我現在已經『好』了。

連殳。十二月十四日。」

這雖然並不使我「倒抽一口冷氣」，但草草一看之後，又細看了一遍，卻總有些不舒服，而同時可又夾雜些快意和高興；又想，他的生計總算已經不成問題，我的擔子也可以放下了，雖然在我這一面始終不過是無法可想。忽而又想寫一封信回答他，但又覺得沒有話說，於是這意思也立即消失了。

我的確漸漸地在忘卻他。在我的記憶中，他的面貌也不再時常出現。但得信之後不到十天，S 城的學理七日報社忽

然接續着郵寄他們的《學理七日報》來了。我是不大看這些東西的，不過既經寄到，也就隨手翻翻。這卻使我記起連殳來，因為裏面常有關於他的詩文，如《雪夜謁連殳先生》，《連殳顧問高齋雅集》等等；有一回，《學理閒譚》裏還津津地敘述他先前所被傳為笑柄的事，稱作「逸聞」，言外大有「且夫非常之人，必能行非常之事」的意思。

不知怎地雖然因此記起，但他的面貌卻總是逐漸模糊；然而又似乎和我日加密切起來，往往無端感到一種連自己也莫明其妙的不安和極輕微的震顫。幸而到了秋季，這《學理七日報》就不寄來了；山陽的《學理周刊》上卻又按期登起一篇長論文：《流言即事實論》。裏面還說，關於某君們的流言，已在公正士紳間盛傳了。這是專指幾個人的，有我在內；我只好極小心，照例連吸煙捲的煙也謹防飛散。小心是一種忙的苦痛，因此會百事俱廢，自然也無暇記得連殳。總之：我其實已經將他忘卻了。

但我也終於敷衍不到暑假，五月底，便離開了山陽。

五

從山陽到歷城，又到太谷，一總轉了大半年，終於尋不出什麼事情做，我便又決計回 S 城去了。到時是春初的下午，天氣欲雨不雨，一切都罩在灰色中；舊寓裏還有空房，仍然住下。在道上，就想起連殳的了，到後，便決定晚飯後去看他。我提着兩包聞喜名產的煮餅，走了許多潮濕的路，讓道給許多攔路高臥的狗，這才總算到了連殳的門前。裏面彷彿特別

明亮似的。我想，一做顧問，連寓裏也格外光亮起來了，不覺在暗中一笑。但仰面一看，門旁卻白白的，分明帖着一張斜角紙。我又想，大良們的祖母死了罷；同時也跨進門，一直向裏面走。

微光所照的院子裏，放着一具棺材，旁邊站一個穿軍衣的兵或是馬弁，還有一個和他談話的，看時卻是大良的祖母；另外還閒站着幾個短衣的粗人。我的心即刻跳起來了。她也轉過臉來凝視我。

「阿呀！您回來了？何不早幾天……。」她忽而大叫起來。

「誰……誰沒有了？」我其實是已經大概知道的了，但還是問。

「魏大人，前天沒有的。」

我四顧，客廳裏暗沉沉的，大約只有一盞燈；正屋裏卻掛着白的孝幃，幾個孩子聚在屋外，就是大良二良們。

「他停在那裏，」大良的祖母走向前，指着說，「魏大人恭喜之後，我把正屋也租給他了；他現在就停在那裏。」

孝幃上沒有別的，前面是一張條桌，一張方桌；方桌上擺着十來碗飯菜。我剛跨進門，當面忽然現出兩個穿白長衫的來攔住了，瞪了死魚似的眼睛，從中發出驚疑的光來，釘住了我的臉。我慌忙說明我和連殳的關係，大良的祖母也來從旁證實，他們的手和眼光這才逐漸弛緩下去，默許我近前去鞠躬。

我一鞠躬，地下忽然有人嗚嗚的哭起來了，定神看時，一個十多歲的孩子伏在草墊上，也是白衣服，頭髮剪得很光的

頭上還絡着一大綹苧麻絲。

　　我和他們寒暄後，知道一個是連殳的從堂兄弟，要算最親的了；一個是遠房姪子。我請求看一看故人，他們卻竭力攔阻，說是「不敢當」的。然而終於被我說服了，將孝幃揭起。

　　這回我會見了死的連殳。但是奇怪！他雖然穿一套皺的短衫褲，大襟上還有血跡，臉上也瘦削得不堪，然而面目卻還是先前那樣的面目，寧靜地閉着嘴，合着眼，睡着似的，幾乎要使我伸手到他鼻子前面，去試探他可是其實還在呼吸着。

　　一切是死一般靜，死的人和活的人。我退開了，他的從堂兄弟卻又來周旋，說「舍弟」正在年富力強，前程無限的時候，竟遽爾「作古」了，這不但是「衰宗」不幸，也太使朋友傷心。言外頗有替連殳道歉之意；這樣地能說，在山鄉中人是少有的。但此後也就沉默了，一切是死一般靜，死的人和活的人。

　　我覺得很無聊，怎樣的悲哀倒沒有，便退到院子裏，和大良們的祖母閒談起來。知道入殮的時候是臨近了，只待壽衣送到；釘棺材釘時，「子午卯酉」四生肖是必須躲避的。她談得高興了，說話滔滔地泉流似的湧出，說到他的病狀，說到他生時的情景，也帶些關於他的批評。

　　「你可知道魏大人自從交運之後，人就和先前兩樣了，臉也擡高起來，氣昂昂的。對人也不再先前那麼迂。你知道，他先前不是像一個啞子，見我是叫老太太的麼？後來就叫『老傢伙』。唉唉，真是有趣。人送他仙居術，他自己是不吃的，就摔在院子裏，——就是這地方，——叫道，『老傢伙，你吃去罷。』他交運之後，人來人往，我把正屋也讓給他住了，

自己便搬在這廂房裏。他也真是一走紅運，就與眾不同，我們就常常這樣說笑。要是你早來一個月，還趕得上看這裏的熱鬧，三日兩頭的猜拳行令，說的說，笑的笑，唱的唱，做詩的做詩，打牌的打牌⋯⋯。

「他先前怕孩子們比孩子們見老子還怕，總是低聲下氣的。近來可也兩樣了，能說能鬧，我們的大良們也很喜歡和他玩，一有空，便都到他的屋裏去。他也用種種方法逗着玩；要他買東西，他就要孩子裝一聲狗叫，或者磕一個響頭。哈哈，真是過得熱鬧。前兩月二良要他買鞋，還磕了三個響頭哩，哪，現在還穿着，沒有破呢。」

一個穿白長衫的人出來了，她就住了口。我打聽連殳的病癥，她卻不大清楚，只說大約是早已瘦了下去的罷，可是誰也沒理會，因為他總是高高興興的。到一個多月前，這才聽到他吐過幾回血，但似乎也沒有看醫生；後來躺倒了；死去的前三天，就啞了喉嚨，說不出一句話。十三大人從寒石山路遠迢迢地上城來，問他可有存款，他一聲也不響。十三大人疑心他裝出來的，也有人說有些生癆病死的人是要說不出話來的，誰知道呢⋯⋯。

「可是魏大人的脾氣也太古怪，」她忽然低聲說，「他就不肯積蓄一點，水似的花錢。十三大人還疑心我們得了什麼好處。有什麼屁好處呢？他就冤裏冤枉糊裡糊塗地花掉了。譬如買東西，今天買進，明天又賣出，弄破，真不知道是怎麼一回事。待到死了下來，什麼也沒有，都糟掉了。要不然，今天也不至於這樣地冷靜⋯⋯。」

「他就是胡鬧，不想辦一點正經事。我是想到過的，也勸過他。這麼年紀了，應該成家；照現在的樣子，結一門親很容易；如果沒有門當戶對的，先買幾個姨太太也可以：人是總應該像個樣子的。可是他一聽到就笑起來，說道，『老傢伙，你還是總替別人惦記着這等事麼？』你看，他近來就浮而不實，不把人的好話當好話聽。要是早聽了我的話，現在何至於獨自冷清清地在陰間摸索，至少，也可以聽到幾聲親人的哭聲……。」

一個店夥背了衣服來了。三個親人便檢出裏衣，走進幃後去。不多久，孝幃揭起了，裏衣已經換好，接着是加外衣。這很出我意外。一條土黃的軍褲穿上了，嵌着很寬的紅條，其次穿上去的是軍衣，金閃閃的肩章，也不知道是什麼品級，那裏來的品級。到入棺，是連殳很不妥帖地躺着，腳邊放一雙黃皮鞋，腰邊放一柄紙糊的指揮刀，骨瘦如柴的灰黑的臉旁，是一頂金邊的軍帽。

三個親人扶着棺沿哭了一場，止哭拭淚；頭上絡麻線的孩子退出去了，三良也避去，大約都是屬「子午卯酉」之一的。

粗人打起棺蓋來，我走近去最後看一看永別的連殳。

他在不妥帖的衣冠中，安靜地躺着，合了眼，閉着嘴，口角間彷彿含着冰冷的微笑，冷笑着這可笑的死屍。

敲釘的聲音一響，哭聲也同時迸出來。這哭聲使我不能聽完，只好退到院子裏；順腳一走，不覺出了大門了。潮濕的路極其分明，仰看太空，濃雲已經散去，掛着一輪圓月，散出冷靜的光輝。

　　我快步走着，彷彿要從一種沉重的東西中衝出，但是不能
夠。耳朵中有什麼掙扎着，久之，久之，終於掙扎出來了，隱
約像是長嗥，像一匹受傷的狼，當深夜在曠野中嗥叫，慘傷裏
夾雜着憤怒和悲哀。

　　我的心地就輕鬆起來，坦然地在潮濕的石路上走，月光底
下。

一九二五年十月十七日畢

散文

父親的病

　　大約十多年前罷，S城中曾經盛傳過一個名醫的故事：

　　他出診原來是一元四角，特拔十元，深夜加倍，出城又加倍。有一夜，一家城外人家的閨女生急病，來請他了，因為他其時已經闊得不耐煩，便非一百元不去。他們只得都依他。待去時，卻只是草草地一看，説道「不要緊的」，開一張方，拿了一百元就走。那病家似乎很有錢，第二天又來請了。他一到門，只見主人笑面承迎，道，「昨晚服了先生的藥，好得多了，所以再請你來複診一回。」仍舊引到房裏，老媽子便將病人的手拉出帳外來。他一按，冷冰冰的，也沒有脈，於是點點頭道，「唔，這病我明白了。」從從容容走到桌前，取了藥方紙，提筆寫道：

　　「憑票付英洋壹百元正。」下面是署名，畫押。

　　「先生，這病看來很不輕了，用藥怕還得重一點罷。」主人在背後説。

　　「可以，」他説。於是另開了一張方：

　　「憑票付英洋貳百元正。」下面仍是署名，畫押。

　　這樣，主人就收了藥方，很客氣地送他出來了。

　　我曾經和這名醫周旋過兩整年，因為他隔日一回，來診我

的父親的病。那時雖然已經很有名，但還不至於鬧得這樣不耐煩；可是診金卻已經是一元四角。現在的都市上，診金一次十元並不算奇，可是那時是一元四角已是巨款，很不容易張羅的了；又何況是隔日一次。他大概的確有些特別，據輿論說，用藥就與眾不同。我不知道藥品，所覺得的，就是「藥引」的難得，新方一換，就得忙一大場。先買藥，再尋藥引。「生薑」兩片，竹葉十片去尖，他是不用的了。起碼是蘆根，須到河邊去掘；一到經霜三年的甘蔗，便至少也得搜尋兩三天。可是說也奇怪，大約後來總沒有購求不到的。

據輿論說，神妙就在這地方。先前有一個病人，百藥無效；待到遇見了什麼葉天士先生，只在舊方上加了一味藥引：梧桐葉。只一服，便霍然而愈了。「醫者，意也。」其時是秋天，而梧桐先知秋氣。其先百藥不投，今以秋氣動之，以氣感氣，所以……。我雖然並不瞭然，但也十分佩服，知道凡有靈藥，一定是很不容易得到的，求仙的人，甚至於還要拼了性命，跑進深山裏去採呢。

這樣有兩年，漸漸地熟識，幾乎是朋友了。父親的水腫是逐日利害，將要不能起牀；我對於經霜三年的甘蔗之流也逐漸失了信仰，採辦藥引似乎再沒有先前一般踴躍了。正在這時候，他有一天來診，問過病狀，便極其誠懇地說：

「我所有的學問，都用盡了。這裏還有一位陳蓮河先生，本領比我高。我薦他來看一看，我可以寫一封信。可是，病是不要緊的，不過經他的手，可以格外好得快……。」

這一天似乎大家都有些不歡，仍然由我恭敬地送他上轎。

進來時，看見父親的臉色很異樣，和大家談論，大意是說自己的病大概沒有希望的了；他因為看了兩年，毫無效驗，臉又太熟了，未免有些難以為情，所以等到危急時候，便薦一個生手自代，和自己完全脫了關係。但另外有什麼法子呢？本城的名醫，除他之外，實在也只有一個陳蓮河了。明天就請陳蓮河。

陳蓮河的診金也是一元四角。但前回的名醫的臉是圓而胖的，他卻長而胖了：這一點頗不同。還有用藥也不同。前回的名醫是一個人還可以辦的，這一回卻是一個人有些辦不妥帖了，因為他一張藥方上，總兼有一種特別的丸散和一種奇特的藥引。

蘆根和經霜三年的甘蔗，他就從來沒有用過。最平常的是「蟋蟀一對」，旁註小字道：「要原配，即本在一窠中者。」似乎昆蟲也要貞節，續弦或再醮，連做藥資格也喪失了。但這差使在我並不為難，走進百草園，十對也容易得，將牠們用線一縛，活活地擲入沸湯中完事。然而還有「平地木十株」呢，這可誰也不知道是什麼東西了，問藥店，問鄉下人，問賣草藥的，問老年人，問讀書人，問木匠，都只是搖搖頭，臨末才記起了那遠房的叔祖，愛種一點花木的老人，跑去一問，他果然知道，是生在山中樹下的一種小樹，能結紅子如小珊瑚珠的，普通都稱為「老弗大」。

「踏破鐵鞋無覓處，得來全不費功夫。」藥引尋到了，然而還有一種特別的丸藥：敗鼓皮丸。這「敗鼓皮丸」就是用打破的舊鼓皮做成；水腫一名鼓脹，一用打破的鼓皮自然就可以克伏它。清朝的剛毅因為憎恨「洋鬼子」，預備打他們，練

了些兵稱作「虎神營」，取虎能食羊，神能伏鬼的意思，也就是這道理。可惜這一種神藥，全城中只有一家出售的，離我家就有五里，但這卻不像平地木那樣，必須暗中摸索了，陳蓮河先生開方之後，就懇切詳細地給我們說明。

「我有一種丹，」有一回陳蓮河先生說，「點在舌上，我想一定可以見效。因為舌乃心之靈苗……。價錢也並不貴，只要兩塊錢一盒……。」

我父親沉思了一會，搖搖頭。

「我這樣用藥還會不大見效，」有一回陳蓮河先生又說，「我想，可以請人看一看，可有什麼冤愆……。醫能醫病，不能醫命，對不對？自然，這也許是前世的事……。」

我的父親沉思了一會，搖搖頭。

凡國手，都能夠起死回生的，我們走過醫生的門前，常可以看見這樣的匾額。現在是讓步一點了，連醫生自己也說道：「西醫長於外科，中醫長於內科。」但是 S 城那時不但沒有西醫，並且誰也還沒有想到天下有所謂西醫，因此無論什麼，都只能由軒轅岐伯的嫡派門徒包辦。軒轅時候是巫醫不分的，所以直到現在，他的門徒就還見鬼，而且覺得「舌乃心之靈苗」。這就是中國人的「命」，連名醫也無從醫治的。

不肯用靈丹點在舌頭上，又想不出「冤愆」來，自然，單吃了一百多天的「敗鼓皮丸」有什麼用呢？依然打不破水腫，父親終於躺在牀上喘氣了。還請一回陳蓮河先生，這回是特拔，大洋十元。他仍舊泰然的開了一張方，但已停止敗鼓皮丸不用，藥引也不很神妙了，所以只消半天，藥就煎好，灌下

去，卻從口角上回了出來。

從此我便不再和陳蓮河先生周旋，只在街上有時看見他坐在三名轎夫的快轎裏飛一般擡過；聽說他現在還康健，一面行醫，一面還做中醫什麼學報，正在和只長於外科的西醫奮鬥哩。

中西的思想確乎有一點不同。聽說中國的孝子們，一到將要「罪孽深重禍延父母」的時候，就買幾斤人參，煎湯灌下去，希望父母多喘幾天氣，即使半天也好。我的一位教醫學的先生卻教給我醫生的職務道：可醫的應該給他醫治，不可醫的應該給他死得沒有痛苦。──但這先生自然是西醫。

父親的喘氣頗長久，連我也聽得很吃力，然而誰也不能幫助他。我有時竟至於電光一閃似的想道：「還是快一點喘完了罷……。」立刻覺得這思想就不該，就是犯了罪；但同時又覺得這思想實在是正當的，我很愛我的父親。便是現在，也還是這樣想。

早晨，住在一門裏的衍太太進來了。她是一個精通禮節的婦人，說我們不應該空等着。於是給他換衣服；又將紙錠和一種什麼《高王經》燒成灰，用紙包了給他捏在拳頭裏……。

「叫呀，你父親要斷氣了。快叫呀！」衍太太說。

「父親！父親！」我就叫起來。

「大聲！他聽不見。還不快叫？！」

「父親！！！父親！！！」

他已經平靜下去的臉，忽然緊張了，將眼微微一睜，彷彿有一些苦痛。

「叫呀！快叫呀！」她催促說。

「父親！！！」

「什麼呢？……不要嚷。……不……。」他低低地說，又較急地喘着氣，好一會，這才復了原狀，平靜下去了。

「父親！！！」我還叫他，一直到他嚥了氣。

我現在還聽到那時的自己的這聲音，每聽到時，就覺得這卻是我對於父親的最大的錯處。

十月七日。

狗・貓・鼠

　　從去年起，彷彿聽得有人説我是仇貓的。那根據自然是在我的那一篇《兔和貓》；這是自畫招供，當然無話可説，——但倒也毫不介意。一到今年，我可很有點擔心了。我是常不免於弄弄筆墨的，寫了下來，印了出去，對於有些人似乎總是搔着癢處的時候少，碰着痛處的時候多。萬一不謹，甚而至於得罪了名人或名教授，或者更甚而至於得罪了「負有指導青年責任的前輩」之流，可就危險已極。為什麼呢？因為這些大腳色是「不好惹」的。怎地「不好惹」呢？就是怕要渾身發熱之後，做一封信登在報紙上，廣告道：「看哪！狗不是仇貓的麼？魯迅先生卻自己承認是仇貓的，而他還説要打『落水狗』！」這「邏輯」的奧義，即在用我的話，來證明我倒是狗，於是而凡有言説，全都根本推翻，即使我説二二得四，三三見九，也沒有一字不錯。這些既然都錯，則紳士口頭的二二得七，三三見千等等，自然就不錯了。

　　我於是就間或留心着查考牠們成仇的「動機」。這也並非敢妄學現下的學者以動機來褒貶作品的那些時髦，不過想給自己預先洗刷洗刷。據我想，這在動物心理學家，是用不着費什麼力氣的，可惜我沒有這學問。後來，在覃哈特博士 (Dr.

O.Dähmhardt) 的《自然史底國民童話》裏，總算發見了那原因了。據說，是這麼一回事：動物們因為要商議要事，開了一個會議，鳥、魚、獸都齊集了，單是缺了象。大家議定，派伙計去迎接牠，拈到了當這差使的鬮的就是狗。「我怎麼找到那象呢？我沒有見過牠，也和牠不認識。」牠問。「那容易，」大眾說，「牠是駝背的。」狗去了，遇見一匹貓，立刻弓起脊樑來，牠便招待，同行，將弓着脊樑的貓介紹給大家道：「象在這裏！」但是大家都嗤笑牠了。從此以後，狗和貓便成了仇家。

日爾曼人走出森林雖然還不很久，學術文藝卻已經很可觀，便是書籍的裝潢，玩具的工致，也無不令人心愛。獨有這一篇童話卻實在不漂亮；結怨也結得沒有意思。貓的弓起脊樑，並不是希圖冒充，故意擺架子的，其咎卻在狗的自己沒眼力。然而原因也總可以算作一個原因。我的仇貓，是和這大大兩樣的。

其實人禽之辨，本不必這樣嚴。在動物界，雖然並不如古人所幻想的那樣舒適自由，可是嚕囌做作的事總比人間少。牠們適性任情，對就對，錯就錯，不說一句分辯話。蟲蛆也許是不乾淨的，但牠們並沒有自鳴清高；鷙禽猛獸以較弱的動物為餌，不妨說是兇殘的罷，但牠們從來就沒有豎過「公理」「正義」的旗子，使犧牲者直到被吃的時候為止，還是一味佩服讚嘆牠們。人呢，能直立了，自然是一大進步；能說話了，自然又是一大進步；能寫字作文了，自然又是一大進步。然而也就墮落，因為那時也開始了說空話。說空話尚無不可，

甚至於連自己也不知道說着違心之論，則對於只能嗥叫的動物，實在免不得「顏厚有忸怩」。假使真有一位一視同仁的造物主，高高在上，那麼，對於人類的這些小聰明，也許倒以為多事，正如我們在萬生園裏，看見猴子翻筋鬥，母象請安，雖然往往破顏一笑，但同時也覺得不舒服，甚至於感到悲哀，以為這些多餘的聰明，倒不如沒有的好罷。然而，既經為人，便也只好「黨同伐異」，學着人們的說話，隨俗來談一談，——辯一辯了。

　　現在說起我仇貓的原因來，自己覺得是理由充足，而且光明正大的。一、牠的性情就和別的猛獸不同，凡捕食雀、鼠，總不肯一口咬死，定要盡情玩弄，放走，又捉住，捉住，又放走，直待自己玩厭了，這才吃下去，頗與人們的幸災樂禍，慢慢地折磨弱者的壞脾氣相同。二、牠不是和獅虎同族的麼？可是有這麼一副媚態！但這也許是限於天分之故罷，假使牠的身材比現在大十倍，那就真不知道牠所取的是怎麼一種態度。然而，這些口實，彷彿又是現在提起筆來的時候添出來的，雖然也像是當時湧上心來的理由。要說得可靠一點，或者倒不如說不過因為牠們配合時候的嗥叫，手續竟有這麼繁重，鬧得別人心煩，尤其是夜間要看書，睡覺的時候。當這些時候，我便要用長竹竿去攻擊牠們。狗們在大道上配合時，常有閒漢拿了木棍痛打；我曾見大勃呂該爾（P. Bruegel d. Ä）的一張銅版畫 Allegorie der Wollust 上，也畫着這回事，可見這樣的舉動，是中外古今一致的。自從那執拗的奧國學者弗羅特（S. Freud）提倡了精神分析說——Psychoanalysis，

聽說章士釗先生是譯作「心解」的，雖然簡古，可是實在難解得很──以來，我們的名人名教授也頗有隱隱約約，檢來應用的了，這些事便不免又要歸宿到性慾上去。打狗的事我不管，至於我的打貓，卻只因為牠們嚷嚷，此外並無惡意，我自信我的嫉妒心還沒有這麼博大，當現下「動輒獲咎」之秋，這是不可不預先聲明的。例如人們當配合之前，也很有些手續，新的是寫情書，少則一束，多則一捆；舊的是什麼「問名」「納采」，磕頭作揖，去年海昌蔣氏在北京舉行婚禮，拜來拜去，就十足拜了三天，還印有一本紅面子的《婚禮節文》，《序論》裏大發議論道：「平心論之，既名為禮，當必繁重。專圖簡易，何用禮為？……然則世之有志於禮者，可以興矣！不可退居於禮所不下之庶人矣！」然而我毫不生氣，這是因為無須我到場；因此也可見我的仇貓，理由實在簡簡單單，只為了牠們在我的耳朵邊盡嚷的緣故。人們的各種禮式，局外人可以不見不聞，我就滿不管，但如果當我正要看書或睡覺的時候，有人來勒令朗誦情書，奉陪作揖，那是為自衛起見，還要用長竹竿來抵禦的。還有，平素不大交往的人，忽而寄給我一個紅帖子，上面印着「為舍妹出閣」，「小兒完姻」，「敬請觀禮」或「闔第光臨」這些含有「陰險的暗示」的句子，使我不化錢便總覺得有些過意不去的，我也不十分高興。

但是，這都是近時的話。再一回憶，我的仇貓卻遠在能夠說出這些理由之前，也許是還在十歲上下的時候了。至今還分明記得，那原因是極其簡單的：只因為牠吃老鼠，──吃了我飼養着的可愛的小小的隱鼠。

聽説西洋是不很喜歡黑貓的，不知道可確；但 Edgar Allan Poe 的小説裏的黑貓，卻實在有點駭人。日本的貓善於成精，傳説中的「貓婆」，那食人的慘酷確是更可怕。中國古時候雖然曾有「貓鬼」，近來卻很少聽到貓的興妖作怪，似乎古法已經失傳，老實起來了。只是我在童年，總覺得牠有點妖氣，沒有什麼好感。那是一個我的幼時的夏夜，我躺在一株大桂樹下的小板桌上乘涼，祖母搖着芭蕉扇坐在桌旁，給我猜謎，講故事。忽然，桂樹上沙沙地有趾爪的爬搔聲，一對閃閃的眼睛在暗中隨聲而下，使我吃驚，也將祖母講着的話打斷，另講貓的故事了——

「你知道麼？貓是老虎的先生。」她説。「小孩子怎麼會知道呢，貓是老虎的師父。老虎本來是什麼也不會的，就投到貓的門下來。貓就教給牠撲的方法，捉的方法，吃的方法，像自己的捉老鼠一樣。這些教完了；老虎想，本領都學到了，誰也比不過牠了，只有老師的貓還比自己強，要是殺掉貓，自己便是最強的腳色了。牠打定主意，就上前去撲貓。貓是早知道牠的來意的，一跳，便上了樹，老虎卻只能眼睜睜地在樹下蹲着。牠還沒有將一切本領傳授完，還沒有教給牠上樹。」

這是僥倖的，我想，幸而老虎很性急，否則從桂樹上就會爬下一匹老虎來。然而究竟很怕人，我要進屋子裏睡覺去了。夜色更加黯然；桂葉瑟瑟地作響，微風也吹動了，想來草蓆定已微涼，躺着也不至於煩得翻來覆去了。

幾百年的老屋中的豆油燈的微光下，是老鼠跳樑的世界，飄忽地走着，吱吱地叫着，那態度往往比「名人名教授」還軒

昂。貓是飼養着的，然而吃飯不管事。祖母她們雖然常恨鼠子們嚙破了箱櫃，偷吃了東西，我卻以為這也算不得什麼大罪，也和我不相干，況且這類壞事大概是大個子的老鼠做的，決不能誣陷到我所愛的小鼠身上去。這類小鼠大抵在地上走動，只有拇指那麼大，也不很畏懼人，我們那裏叫牠「隱鼠」，與專住在屋上的偉大者是兩種。我的牀前就帖着兩張花紙，一是「八戒招贅」，滿紙長嘴大耳，我以為不甚雅觀；別的一張「老鼠成親」卻可愛，自新郎、新婦以至儐相、賓客、執事，沒有一個不是尖腮細腿，像煞讀書人的，但穿的都是紅衫綠褲。我想，能舉辦這樣大儀式的，一定只有我所喜歡的那些隱鼠。現在是粗俗了，在路上遇見人類的迎娶儀仗，也不過當作性交的廣告看，不甚留心；但那時的想看「老鼠成親」的儀式，卻極其神往，即使像海昌蔣氏似的連拜三夜，怕也未必會看得心煩。正月十四的夜，是我不肯輕易便睡，等候牠們的儀仗從牀下出來的夜。然而仍然只看見幾個光着身子的隱鼠在地面遊行，不像正在辦着喜事。直到我熬不住了，快快睡去，一睜眼卻已經天明，到了燈節了。也許鼠族的婚儀，不但不分請帖，來收羅賀禮，雖是真的「觀禮」，也絕對不歡迎的罷，我想，這是牠們向來的習慣，無法抗議的。

　　老鼠的大敵其實並不是貓。春後，你聽到牠「咋！咋咋咋咋！」地叫着，大家稱為「老鼠數銅錢」的，便知道牠的可怕的屠伯已經光降了。這聲音是表現絕望的驚恐的，雖然遇見貓，還不至於這樣叫。貓自然也可怕，但老鼠只要竄進一個小洞去，牠也就奈何不得，逃命的機會還很多。獨有那可怕的

屠伯——蛇，身體是細長的，圓徑和鼠子差不多，凡鼠子能到的地方，牠也能到，追逐的時間也格外長，而且萬難倖免，當「數錢」的時候，大概是已經沒有第二步辦法的了。

有一回，我就聽得一間空屋裏有着這種「數錢」的聲音，推門進去，一條蛇伏在橫樑上，看地上，躺着一匹隱鼠，口角流血，但兩脅還是一起一落的。取來給躺在一個紙盒子裏，大半天，竟醒過來了，漸漸地能夠飲食，行走，到第二日，似乎就復了原，但是不逃走。放在地上，也時時跑到人面前來，而且緣腿而上，一直爬到膝髁。給放在飯桌上，便檢吃些菜渣，舐舐碗沿；放在我的書桌上，則從容地遊行，看見硯臺便舐吃了研着的墨汁。這使我非常驚喜了。我聽父親說過的，中國有一種墨猴，只有拇指一般大，全身的毛是漆黑而且發亮的。牠睡在筆筒裏，一聽到磨墨，便跳出來，等着，等到人寫完字，套上筆，就舐盡了硯上的餘墨，仍舊跳進筆筒裏去了。我就極願意有這樣的一個墨猴，可是得不到；問哪裏有，哪裏買的呢，誰也不知道。「慰情聊勝無」，這隱鼠總可以算是我的墨猴了罷，雖然牠舐吃墨汁，並不一定肯等到我寫完字。

現在已經記不分明，這樣地大約有一兩月；有一天，我忽然感到寂寞了，真所謂「若有所失」。我的隱鼠，是常在眼前遊行的，或桌上，或地上。而這一日卻大半天沒有見，大家吃午飯了，也不見牠走出來，平時，是一定出現的。我再等着，再等牠一半天，然而仍然沒有見。

長媽媽，一個一向帶領着我的女工，也許是以為我等得太苦了罷，輕輕地來告訴我一句話。這即刻使我憤怒而且悲哀，

決心和貓們為敵。她説：隱鼠是昨天晚上被貓吃去了！

當我失掉了所愛的，心中有着空虛時，我要充填以報仇的惡念！

我的報仇，就從家裏飼養着的一匹花貓起手，逐漸推廣，至於凡所遇見的諸貓。最先不過是追趕，襲擊；後來卻愈加巧妙了，能飛石擊中牠們的頭，或誘入空屋裏面，打得牠垂頭喪氣。這作戰繼續得頗長久，此後似乎貓都不來近我了。但對於牠們縱使怎樣戰勝，大約也算不得一個英雄；況且中國畢生和貓打仗的人也未必多，所以一切韜略、戰績，還是全部省略了罷。

但許多天之後，也許是已經經過了大半年，我竟偶然得到一個意外的消息：那隱鼠其實並非被貓所害，倒是牠緣着長媽媽的腿要爬上去，被她一腳踏死了。

這確是先前所沒有料想到的。現在我已經記不清當時是怎樣一個感想，但和貓的感情卻終於沒有融和；到了北京，還因為牠傷害了兔的兒女們，便舊隙夾新嫌，使出更辣的辣手。「仇貓」的話柄，也從此傳揚開來。然而在現在，這些早已是過去的事了，我已經改變態度，對貓頗為客氣，倘其萬不得已，則趕走而已，決不打傷牠們，更何況殺害。這是我近幾年的進步。經驗既多，一旦大悟，知道貓的偷魚肉，拖小雞，深夜大叫，人們自然十之九是憎惡的，而這憎惡是在貓身上。假如我出而為人們驅除這憎惡，打傷或殺害了牠，牠便立刻變為可憐，那憎惡倒移在我身上了。所以，目下的辦法，是凡遇貓們搗亂，至於有人討厭時，我便站出去，在門口大聲叱曰：

「噓！滾！」小小平靜，即回書房，這樣，就長保着禦侮保家的資格。其實這方法，中國的官兵就常在實做的，他們總不肯掃清土匪或撲滅敵人，因為這麼一來，就要不被重視，甚至於因失其用處而被裁汰。我想，如果能將這方法推廣應用，我大概也總可望成為所謂「指導青年」的「前輩」的罷，但現下也還未決心實踐，正在研究而且推敲。

一九二六年二月二十一日。

阿長與《山海經》

長媽媽，已經説過，是一個一向帶領着我的女工，説得闊氣一點，就是我的保姆。我的母親和許多別的人都這樣稱呼她，似乎略帶些客氣的意思。只有祖母叫她阿長。我平時叫她「阿媽」，連「長」字也不帶；但到憎惡她的時候，—— 例如知道了謀死我那隱鼠的卻是她的時候，就叫她阿長。

我們那裏沒有姓長的；她生得黃胖而矮，「長」也不是形容詞。又不是她的名字，記得她自己説過，她的名字是叫作什麼姑娘的。什麼姑娘，我現在已經忘卻了，總之不是長姑娘；也終於不知道她姓什麼。記得她也曾告訴過我這個名稱的來歷：先前的先前，我家有一個女工，身材生得很高大，這就是真阿長。後來她回去了，我那什麼姑娘才來補她的缺，然而大家因為叫慣了，沒有再改口，於是她從此也就成為長媽媽了。

雖然背地裏説人長短不是好事情，但倘使要我説句真心話，我可只得説：我實在不大佩服她。最討厭的是常喜歡切切察察，向人們低聲絮説些什麼事，還豎起第二個手指，在空中上下搖動，或者點着對手或自己的鼻尖。我的家裏一有些小風波，不知怎的我總疑心和這「切切察察」有些關係。又不

許我走動，拔一株草，翻一塊石頭，就說我頑皮，要告訴我的母親去了。一到夏天，睡覺時她又伸開兩腳兩手，在牀中間擺成一個「大」字，擠得我沒有餘地翻身，久睡在一角的蓆子上，又已經烤得那麼熱。推她呢，不動；叫她呢，也不聞。

「長媽媽生得那麼胖，一定很怕熱罷？晚上的睡相，怕不見得很好罷？……」

母親聽到我多回訴苦之後，曾經這樣地問過她。我也知道這意思是要她多給我一些空蓆。她不開口。但到夜裏，我熱得醒來的時候，卻仍然看見滿牀擺着一個「大」字，一條臂膊還擱在我的頸子上。我想，這實在是無法可想了。

但是她懂得許多規矩；這些規矩，也大概是我所不耐煩的。一年中最高興的時節，自然要數除夕了。辭歲之後，從長輩得到壓歲錢，紅紙包着，放在枕邊，只要過一宵，便可以隨意使用。睡在枕上，看着紅包，想到明天買來的小鼓、刀槍、泥人、糖菩薩……。然而她進來，又將一個福橘放在牀頭了。

「哥兒，你牢牢記住！」她極其鄭重地說。「明天是正月初一，清早一睜開眼睛，第一句話就得對我說：『阿媽，恭喜恭喜！』記得麼？你要記着，這是一年的運氣的事情。不許說別的話！說過之後，還得吃一點福橘。」她又拿起那橘子來在我的眼前搖了兩搖，「那麼，一年到頭，順順流流……。」

夢裏也記得元旦的，第二天醒得特別早，一醒，就要坐起來。她卻立刻伸出臂膊，一把將我按住。我驚異地看她時，只見她惶急地看着我。

她又有所要求似的，搖着我的肩。我忽而記得了——

「阿媽，恭喜⋯⋯。」

「恭喜恭喜！大家恭喜！真聰明！恭喜恭喜！」她於是十分歡喜似的，笑將起來，同時將一點冰冷的東西，塞在我的嘴裏。我大吃一驚之後，也就忽而記得，這就是所謂福橘，元旦辟頭的磨難，總算已經受完，可以下牀玩耍去了。

她教給我的道理還很多，例如說人死了，不該說死掉，必須說「老掉了」；死了人，生了孩子的屋子裏，不應該走進去；飯粒落在地上，必須揀起來，最好是吃下去；曬褲子用的竹竿底下，是萬不可鑽過去的⋯⋯。此外，現在大抵忘卻了，只有元旦的古怪儀式記得最清楚。總之：都是些煩瑣之至，至今想起來還覺得非常麻煩的事情。

然而我有一時也對她發生過空前的敬意。她常常對我講「長毛」。她之所謂「長毛」者，不但洪秀全軍，似乎連後來一切土匪強盜都在內，但除卻革命黨，因為那時還沒有。她說得長毛非常可怕，他們的話就聽不懂。她說先前長毛進城的時候，我家全都逃到海邊去了，只留一個門房和年老的煮飯老媽子看家。後來長毛果然進門來了，那老媽子便叫他們「大王」，——據說對長毛就應該這樣叫，——訴說自己的飢餓。長毛笑道：「那麼，這東西就給你吃了罷！」將一個圓圓的東西擲了過來，還帶着一條小辮子，正是那門房的頭。煮飯老媽子從此就駭破了膽，後來一提起，還是立刻面如土色，自己輕輕地拍着胸脯道：「阿呀，駭死我了，駭死我了⋯⋯。」

我那時似乎倒並不怕，因為我覺得這些事和我毫不相干的，我不是一個門房。但她大概也即覺到了，說道：「像你似

的小孩子，長毛也要擄的，擄去做小長毛。還有好看的姑娘，也要擄。」

「那麼，你是不要緊的。」我以為她一定最安全了，既不做門房，又不是小孩子，也生得不好看，況且頸子上還有許多炙瘡疤。

「哪裏的話？！」她嚴肅地說。「我們就沒有用麼？我們也要被擄去。城外有兵來攻的時候，長毛就叫我們脫下褲子，一排一排地站在城牆上，外面的大炮就放不出來；再要放，就炸了！」

這實在是出於我意想之外的，不能不驚異。我一向只以為她滿肚子是麻煩的禮節罷了，卻不料她還有這樣偉大的神力。從此對於她就有了特別的敬意，似乎實在深不可測；夜間的伸開手腳，佔領全牀，那當然是情有可原的了，倒應該我退讓。

這種敬意，雖然也逐漸淡薄起來，但完全消失，大概是在知道她謀害了我的隱鼠之後。那時就極嚴重地詰問，而且當面叫她阿長。我想我又不真做小長毛，不去攻城，也不放炮，更不怕炮炸，我懼憚她什麼呢！

但當我哀悼隱鼠，給牠復仇的時候，一面又在渴慕着繪圖的《山海經》了。這渴慕是從一個遠房的叔祖惹起來的。他是一個胖胖的，和藹的老人，愛種一點花木，如珠蘭、茉莉之類，還有極其少見的，據說從北邊帶回去的馬纓花。他的太太卻正相反，什麼也莫名其妙，曾將曬衣服的竹竿擱在珠蘭的枝條上，枝折了，還要憤憤地咒罵道：「死屍！」這老人是

個寂寞者，因為無人可談，就很愛和孩子們往來，有時簡直稱我們為「小友」。在我們聚族而居的宅子裏，只有他書多，而且特別。制藝和試帖詩，自然也是有的；但我卻只在他的書齋裏，看見過陸璣的《毛詩草木鳥獸蟲魚疏》，還有許多名目很生的書籍。我那時最愛看的是《花鏡》，上面有許多圖。他說給我聽，曾經有過一部繪圖的《山海經》，畫着人面的獸，九頭的蛇，三腳的鳥，生着翅膀的人，沒有頭而以兩乳當作眼睛的怪物，……可惜現在不知道放在哪裏了。

　　我很願意看看這樣的圖畫，但不好意思力逼他去尋找，他是很疏懶的。問別人呢，誰也不肯真實地回答我。壓歲錢還有幾百文，買罷，又沒有好機會。有書買的大街離我家遠得很，我一年中只能在正月間去玩一趟，那時候，兩家書店都緊緊地關着門。

　　玩的時候倒是沒有什麼的，但一坐下，我就記得繪圖的《山海經》。

　　大概是太過於念念不忘了，連阿長也來問《山海經》是怎麼一回事。這是我向來沒有和她說過的，我知道她並非學者，說了也無益；但既然來問，也就都對她說了。

　　過了十多天，或者一個月罷，我還記得，是她告假回家以後的四五天，她穿着新的藍布衫回來了，一見面，就將一包書遞給我，高興地說道：

　　「哥兒，有畫兒的『三哼經』，我給你買來了！」

　　我似乎遇着了一個霹靂，全體都震悚起來；趕緊去接過來，打開紙包，是四本小小的書，略略一翻，人面的獸，九頭

的蛇，……果然都在內。

這又使我發生新的敬意了，別人不肯做，或不能做的事，她卻能夠做成功。她確有偉大的神力。謀害隱鼠的怨恨，從此完全消滅了。

這四本書，乃是我最初得到，最為心愛的寶書。

書的模樣，到現在還在眼前。可是從還在眼前的模樣來說，卻是一部刻印都十分粗拙的本子。紙張很黃；圖像也很壞，甚至於幾乎全用直線湊合，連動物的眼睛也都是長方形的。但那是我最為心愛的寶書，看起來，確是人面的獸；九頭的蛇；一腳的牛；袋子似的帝江；沒有頭而「以乳為目，以臍為口」，還要「執干戚而舞」的刑天。

此後我就更其蒐集繪圖的書，於是有了石印的《爾雅音圖》和《毛詩品物圖考》，又有了《點石齋叢畫》和《詩畫舫》。《山海經》也另買了一部石印的，每卷都有圖贊，綠色的畫，字是紅的，比那木刻的精緻得多了。這一部直到前年還在，是縮印的郝懿行疏。木刻的卻已經記不清是什麼時候失掉了。

我的保姆，長媽媽即阿長，辭了這人世，大概也有了三十年了罷。我終於不知道她的姓名，她的經歷；僅知道有一個過繼的兒子，她大約是青年守寡的孤孀。

仁厚黑暗的地母呵，願在你懷裏永安她的魂靈！

三月十日。

《吶喊》自序

　　我在年青時候也曾經做過許多夢，後來大半忘卻了，但自己也並不以為可惜。所謂回憶者，雖說可以使人歡欣，有時也不免使人寂寞，使精神的絲縷還牽着已逝的寂寞的時光，又有什麼意味呢，而我偏苦於不能全忘卻，這不能全忘的一部分，到現在便成了《吶喊》的來由。

　　我有四年多，曾經常常，——幾乎是每天，出入於質舖和藥店裏，年紀可是忘卻了，總之是藥店的櫃臺正和我一樣高，質舖的是比我高一倍，我從一倍高的櫃臺外送上衣服或首飾去，在侮蔑裏接了錢，再到一樣高的櫃臺上給我久病的父親去買藥。回家之後，又須忙別的事了，因為開方的醫生是最有名的，以此所用的藥引也奇特：冬天的蘆根，經霜三年的甘蔗，蟋蟀要原對的，結子的平地木，……多不是容易辦到的東西。然而我的父親終於日重一日的亡故了。

　　有誰從小康人家而墜入困頓的麼，我以為在這途路中，大概可以看見世人的真面目；我要到 N 進 K 學堂去了，彷彿是想走異路，逃異地，去尋求別樣的人們。我的母親沒有法，辦了八元的川資，說是由我的自便；然而伊哭了，這正是情理中的事，因為那時讀書應試是正路，所謂學洋務，社會上便以

為是一種走投無路的人，只得將靈魂賣給鬼子，要加倍的奚落而且排斥的，而況伊又看不見自己的兒子了。然而我也顧不得這些事，終於到 N 去進了 K 學堂了，在這學堂裏，我纔知道世上還有所謂格致，算學，地理，歷史，繪圖和體操。生理學並不教，但我們卻看到些木版的《全體新論》和《化學衛生論》之類了。我還記得先前的醫生的議論和方藥，和現在所知道的比較起來，便漸漸的悟得中醫不過是一種有意的或無意的騙子，同時又很起了對於被騙的病人和他的家族的同情；而且從譯出的歷史上，又知道了日本維新是大半發端於西方醫學的事實。

　　因為這些幼稚的知識，後來便使我的學籍列在日本一個鄉間的醫學專門學校裏了。我的夢很美滿，預備卒業回來，救治像我父親似的被誤的病人的疾苦，戰爭時候便去當軍醫，一面又促進了國人對於維新的信仰。我已不知道教授微生物學的方法，現在又有了怎樣的進步了，總之那時是用了電影，來顯示微生物的形狀的，因此有時講義的一段落已完，而時間還沒有到，教師便映些風景或時事的畫片給學生看，以用去這多餘的光陰。其時正當日俄戰爭的時候，關於戰事的畫片自然也就比較的多了，我在這一個講堂中，便須常常隨喜我那同學們的拍手和喝采。有一回，我竟在畫片上忽然會見我久違的許多中國人了，一個綁在中間，許多站在左右，一樣是強壯的體格，而顯出麻木的神情。據解說，則綁着的是替俄國做了軍事上的偵探，正要被日軍砍下頭顱來示眾，而圍着的便是來賞鑑這示眾的盛舉的人們。

　　這一學年沒有完畢，我已經到了東京了，因為從那一回以後，我便覺得醫學並非一件緊要事，凡是愚弱的國民，卽使體格如何健全，如何茁壯，也只能做毫無意義的示眾的材料和看客，病死多少是不必以為不幸的。所以我們的第一要着，是在改變他們的精神，而善於改變精神的是，我那時以為當然要推文藝，於是想提倡文藝運動了。在東京的留學生很有學法政理化以至警察工業的，但沒有人治文學和美術；可是在冷淡的空氣中，也幸而尋到幾個同志了，此外又邀集了必須的幾個人，商量之後，第一步當然是出雜誌，名目是取「新的生命」的意思，因為我們那時大抵帶些復古的傾向，所以只謂之《新生》。

　　《新生》的出版之期接近了，但最先就隱去了若干擔當文字的人，接着又逃走了資本，結果只剩下不名一錢的三個人。創始時候旣已背時，失敗時候當然無可告語，而其後卻連這三個人也都為各自的運命所驅策，不能在一處縱談將來的好夢了，這就是我們的並未產生的《新生》的結局。

　　我感到未嘗經驗的無聊，是自此以後的事。我當初是不知其所以然的；後來想，凡有一人的主張，得了贊和，是促其前進的，得了反對，是促其奮鬪的，獨有叫喊於生人中，而生人並無反應，旣非贊同，也無反對，如置身毫無邊際的荒原，無可措手的了，這是怎樣的悲哀呵，我於是以我所感到者為寂寞。

　　這寂寞又一天一天的長大起來，如大毒蛇，纏住了我的靈魂了。

　　然而我雖然自有無端的悲哀，卻也並不憤懣，因為這經驗使我反省，看見自己了：就是我決不是一個振臂一呼應者雲集的英雄。

　　只是我自己的寂寞是不可不驅除的，因為這於我太痛苦。我於是用了種種法，來麻醉自己的靈魂，使我沉入於國民中，使我回到古代去，後來也親歷或旁觀過幾樣更寂寞更悲哀的事，都為我所不願追懷，甘心使他們和我的腦一同消滅在泥土裏的，但我的麻醉法卻也似乎已經奏了功，再沒有青年時候的慷慨激昂的意思了。

　　S會館裏有三間屋，相傳是往昔曾在院子裏的槐樹上縊死過一個女人的，現在槐樹已經高不可攀了，而這屋還沒有人住；許多年，我便寓在這屋裏鈔古碑。客中少有人來，古碑中也遇不到什麼問題和主義，而我的生命卻居然暗暗的消去了，這也就是我惟一的願望。夏夜，蚊子多了，便搖着蒲扇坐在槐樹下，從密葉縫裏看那一點一點的青天，晚出的槐蠶又每每冰冷的落在頭頸上。

　　那時偶或來談的是一個老朋友金心異，將手提的大皮夾放在破桌上，脫下長衫，對面坐下了，因為怕狗，似乎心房還在怦怦的跳動。

　　「你鈔了這些有什麼用？」有一夜，他翻着我那古碑的鈔本，發了研究的質問了。

　　「沒有什麼用。」

　　「那麼，你鈔它是什麼意思呢？」

　　「沒有什麼意思。」

「我想，你可以做點文章……」

我懂得他的意思了，他們正辦《新青年》，然而那時彷彿不特沒有人來贊同，並且也還沒有人來反對，我想，他們許是感到寂寞了，但是説：

「假如一間鐵屋子，是絕無窗戶而萬難破毀的，裏面有許多熟睡的人們，不久都要悶死了，然而是從昏睡入死滅，並不感到就死的悲哀。現在你大嚷起來，驚起了較為清醒的幾個人，使這不幸的少數者來受無可挽救的臨終的苦楚，你倒以為對得起他們麼？」

「然而幾個人既然起來，你不能説決沒有毀壞這鐵屋的希望。」

是的，我雖然自有我的確信，然而説到希望，卻是不能抹殺的，因為希望是在於將來，決不能以我之必無的證明，來折服了他之所謂可有，於是我終於答應他也做文章了，這便是最初的一篇〈狂人日記〉。從此以後，便一發而不可收，每寫些小説模樣的文章，以敷衍朋友們的囑托，積久就有了十餘篇。

在我自己，本以為現在是已經並非一個切迫而不能已於言的人了，但或者也還未能忘懷於當日自己的寂寞的悲哀罷，所以有時候仍不免吶喊幾聲，聊以慰藉那在寂寞裏奔馳的猛士，使他不憚於前驅。至於我的喊聲是勇猛或是悲哀，是可憎或是可笑，那倒是不暇顧及的；但既然是吶喊，則當然須聽將令的了，所以我往往不恤用了曲筆，在〈藥〉的瑜兒的墳上平空添上一個花環，在〈明天〉裏也不敍單四嫂子竟沒有做到看見兒子的夢，因為那時的主將是不主張消極的。至於自己，

卻也並不願將自以為苦的寂寞，再來傳染給也如我那年青時候似的正做着好夢的青年。

　　這樣說來，我的小說和藝術的距離之遠，也就可想而知了，然而到今日還能蒙着小說的名，甚而至於且有成集的機會，無論如何總不能不說是一件徼倖的事，但徼倖雖使我不安於心，而懸揣人間暫時還有讀者，則究竟也仍然是高興的。

　　所以我竟將我的短篇小說結集起來，而且付印了，又因為上面所說的緣由，便稱之為《吶喊》。

　　　　　　　　一九二二年十二月三日，魯迅記於北京。

無聲的中國

—— 二月十六日在香港青年會講 ——

以我這樣沒有什麼可聽的無聊的講演，又在這樣大雨的時候，竟還有這許多來聽的諸君，我首先應當聲明我的鄭重的感謝。

我現在所講的題目是：《無聲的中國》。

現在，浙江、陝西，都在打仗，那裏的人民哭着呢還是笑着呢，我們不知道。香港似乎很太平，住在這裏的中國人，舒服呢還是不很舒服呢，別人也不知道。

發表自己的思想，感情給大家知道的是要用文章的，然而拿文章來達意，現在一般的中國人還做不到。這也怪不得我們；因為那文字，先就是我們的祖先留傳給我們的可怕的遺產。人們費了多年的工夫，還是難於運用。因為難，許多人便不理它了，甚至於連自己的姓也寫不清是張還是章，或者簡直不會寫，或者說道：Chang。雖然能說話，而只有幾個人聽到，遠處的人們便不知道，結果也等於無聲。又因為難，有些人便當作寶貝，像玩把戲似的，之乎者也，只有幾個人懂，——其實是不知道可真懂，而大多數的人們卻不懂得，結果也等於無聲。

文明人和野蠻人的分別，其一，是文明人有文字，能夠把

他們的思想，感情，藉此傳給大眾，傳給將來。中國雖然有文字，現在卻已經和大家不相干，用的是難懂的古文，講的是陳舊的古意思，所有的聲音，都是過去的，都就是只等於零的。所以，大家不能互相了解，正像一大盤散沙。

將文章當作古董，以不能使人認識，使人懂得為好，也許是有趣的事罷。但是，結果怎樣呢？是我們已經不能將我們想說的話說出來。我們受了損害，受了侮辱，總是不能說出些應說的話。拿最近的事情來說，如中日戰爭，拳匪事件，民元革命這些大事件，一直到現在，我們可有一部像樣的著作？民國以來，也還是誰也不作聲。反而在外國，倒常有說起中國的，但那都不是中國人自己的聲音，是別人的聲音。

這不能說話的毛病，在明朝是還沒有這樣厲害的；他們還比較地能夠說些要說的話。待到滿洲人以異族侵入中國，講歷史的，尤其是講宋末的事情的人被殺害了，講時事的自然也被殺害了。所以，到乾隆年間，人民大家便更不敢用文章來說話了。所謂讀書人，便只好躲起來讀經，校刊古書，做些古時的文章，和當時毫無關係的文章。有些新意，也還是不行的；不是學韓，便是學蘇。韓愈蘇軾他們，用他們自己的文章來說當時要說的話，那當然可以的。我們卻並非唐宋時人，怎麼做和我們毫無關係的時候的文章呢。即使做得像，也是唐宋時代的聲音，韓愈蘇軾的聲音，而不是我們現代的聲音。然而直到現在，中國人卻還要着這樣的舊戲法。人是有的，沒有聲音，寂寞得很。──人會沒有聲音的麼？沒有，可以說，是死了。倘要說得客氣一點，那就是：已經啞了。

要恢復這多年無聲的中國，是不容易的，正如命令一個死掉的人道：「你活過來！」我雖然並不懂得宗教，但我以為正如想出現一個宗教上之所謂「奇蹟」一樣。

首先來嘗試這工作的是「五四運動」前一年，胡適之先生所提倡的「文學革命」。「革命」這兩個字，在這裏不知道可害怕，有些地方是一聽到就害怕的。但這和文學兩字連起來的「革命」，卻沒有法國革命的「革命」那麼可怕，不過是革新，改換一個字，就很平和了，我們就稱為「文學革新」罷，中國文字上，這樣的花樣是很多的。那大意也並不可怕，不過說：我們不必再去費盡心機，學說古代的死人的話，要說現代的活人的話；不要將文章看作古董，要做容易懂得的白話的文章。然而，單是文學革新是不夠的，因為腐敗思想，能用古文做，也能用白話做。所以後來就有人提倡思想革新。思想革新的結果，是發生社會革新運動。這運動一發生，自然一面就發生反動，於是便釀成戰鬥……。

但是，在中國，剛剛提起文學革新，就有反動了。不過白話文卻漸漸風行起來，不大受阻礙。這是怎麼一回事呢？就因為當時又有錢玄同先生提倡廢止漢字，用羅馬字母來替代。這本也不過是一種文字革新，很平常的，但被不喜歡改革的中國人聽見，就大不得了了，於是便放過了比較的平和的文學革命，而竭力來罵錢玄同。白話乘了這一個機會，居然減去了許多敵人，反而沒有阻礙，能夠流行了。

中國人的性情是總喜歡調和，折中的。譬如你說，這屋子太暗，須在這裏開一個窗，大家一定不允許的。但如果你主

張拆掉屋頂，他們就會來調和，願意開窗了。沒有更激烈的主張，他們總連平和的改革也不肯行。那時白話文之得以通行，就因為有廢掉中國字而用羅馬字母的議論的緣故。

其實，文言和白話的優劣的討論，本該早已過去了，但中國是總不肯早早解決的，到現在還有許多無謂的議論。例如，有的說：古文各省人都能懂，白話就各處不同，反而不能互相了解了。殊不知這只要教育普及和交通發達就好，那時就人人都能懂較為易解的白話文；至於古文，何嘗各省人都能懂，便是一省裏，也沒有許多人懂得的。有的說：如果都用白話文，人們便不能看古書，中國的文化就滅亡了。其實呢，現在的人們大可以不必看古書，即使古書裏真有好東西，也可以用白話來譯出的，用不着那麼心驚膽戰。他們又有人說，外國尚且譯中國書，足見其好，我們自己倒不看麼？殊不知埃及的古書，外國人也譯，非洲黑人的神話，外國人也譯，他們別有用意，即使譯出，也算不了怎樣光榮的事的。近來還有一種說法，是思想革新緊要，文字改革倒在其次，所以不如用淺顯的文言來作新思想的文章，可以少招一重反對。這話似乎也有理。然而我們知道，連他長指甲都不肯剪去的人，是決不肯剪去他的辮子的。

因為我們說着古代的話，說着大家不明白，不聽見的話，已經弄得像一盤散沙，痛癢不相關了。我們要活過來，首先就須由青年們不再說孔子孟子和韓愈柳宗元們的話。時代不同，情形也兩樣，孔子時代的香港不這樣，孔子口調的「香港論」是無從做起的，「吁嗟闊哉香港也」，不過是笑話。

　　我們要說現代的，自己的話；用活着的白話，將自己的思想，感情直白地說出來。但是，這也要受前輩先生非笑的。他們說白話文卑鄙，沒有價值；他們說年青人作品幼稚，貽笑大方。我們中國能做文言的有多少呢，其餘的都只能說白話，難道這許多中國人，就都是卑鄙，沒有價值的麼？至於幼稚，尤其沒有什麼可羞，正如孩子對於老人，毫沒有什麼可羞一樣。幼稚是會生長，會成熟的，只不要衰老，腐敗，就好。倘說待到純熟了才可以動手，那是雖是村婦也不至於這樣蠢。她的孩子學走路，即使跌倒了，她決不至於叫孩子從此躺在牀上，待到學會了走法再下地面來的。

　　青年們先可以將中國變成一個有聲的中國。大膽地說話，勇敢地進行，忘掉了一切利害，推開了古人，將自己的真心的話發表出來。——真，自然是不容易的。譬如態度，就不容易真，講演時候就不是我的真態度，因為我對朋友，孩子說話時候的態度是不這樣的。——但總可以說些較真的話，發些較真的聲音。只有真的聲音，才能感動中國的人和世界的人；必須有了真的聲音，才能和世界的人同在世界上生活。

　　我們試想現在沒有聲音的民族是哪幾種民族。我們可聽到埃及人的聲音？可聽到安南，朝鮮的聲音？印度除了泰戈爾，別的聲音可還有？

　　我們此後實在只有兩條路：一是抱着古文而死掉，一是捨掉古文而生存。

范愛農

在東京的客店裏，我們大抵一起來就看報。學生所看的多是《朝日新聞》和《讀賣新聞》，專愛打聽社會上瑣事的就看《二六新聞》。一天早晨，闢頭就看見一條從中國來的電報，大概是：——

「安徽巡撫恩銘被 Jo Shiki Rin 刺殺，刺客就擒。」

大家一怔之後，便容光煥發地互相告語，並且研究這刺客是誰，漢字是怎樣三個字。但只要是紹興人，又不專看教科書的，卻早已明白了。這是徐錫麟，他留學回國之後，在做安徽候補道，辦着巡警事務，正合於刺殺巡撫的地位。

大家接着就預測他將被極刑，家族將被連累。不久，秋瑾姑娘在紹興被殺的消息也傳來了，徐錫麟是被挖了心，給恩銘的親兵炒食淨盡。人心很憤怒。有幾個人便秘密地開一個會，籌集川資；這時用得着日本浪人了，撕烏賊魚下酒，慷慨一通之後，他便登程去接徐伯蓀的家屬去。

照例還有一個同鄉會，吊烈士，罵滿洲；此後便有人主張打電報到北京，痛斥滿政府的無人道。會眾即刻分成兩派：一派要發電，一派不要發。我是主張發電的，但當我說出之後，即有一種鈍滯的聲音跟着起來：

「殺的殺掉了，死的死掉了，還發什麼屁電報呢。」

這是一個高大身材，長頭髮，眼球白多黑少的人，看人總像在渺視。他蹲在蓆子上，我發言大抵就反對；我早覺得奇怪，注意着他的了，到這時才打聽別人：說這話的是誰呢，有那麼冷？認識的人告訴我說：他叫范愛農，是徐伯蓀的學生。

我非常憤怒了，覺得他簡直不是人，自己的先生被殺了，連打一個電報還害怕，於是便堅執地主張要發電，同他爭起來。結果是主張發電的居多數，他屈服了。其次要推出人來擬電稿。

「何必推舉呢？自然是主張發電的人囉～～。」他說。

我覺得他的話又在針對我，無理倒也並非無理。但我便主張這一篇悲壯的文章必須深知烈士生平的人做，因為他比別人關係更密切，心裏更悲憤，做出來就一定更動人。於是又爭起來。結果是他不做，我也不做，不知誰承認做去了；其次是大家走散，只留下一個擬稿的和一兩個幹事，等候做好之後去拍發。

從此我總覺得這范愛農離奇，而且很可惡。天下可惡的人，當初以為是滿人，這時才知道還在其次；第一倒是范愛農。中國不革命則已，要革命，首先就必須將范愛農除去。

然而這意見後來似乎逐漸淡薄，到底忘卻了，我們從此也沒有再見面。直到革命的前一年，我在故鄉做教員，大概是春末時候罷，忽然在熟人的客座上看見了一個人，互相熟視了不過兩三秒鐘，我們便同時說：

「哦哦，你是范愛農！」

「哦哦，你是魯迅！」

不知怎地我們便都笑了起來，是互相的嘲笑和悲哀。他眼睛還是那樣，然而奇怪，只這幾年，頭上卻有了白髮了，但也許本來就有，我先前沒有留心到。他穿着很舊的布馬褂，破布鞋，顯得很寒素。談起自己的經歷來，他說他後來沒有了學費，不能再留學，便回來了。回到故鄉之後，又受着輕蔑，排斥，迫害，幾乎無地可容。現在是躲在鄉下，教着幾個小學生糊口。但因為有時覺得很氣悶，所以也趁了航船進城來。

他又告訴我現在愛喝酒，於是我們便喝酒。從此他每一進城，必定來訪我，非常相熟了。我們醉後常談些愚不可及的瘋話，連母親偶然聽到了也發笑。一天我忽而記起在東京開同鄉會時的舊事，便問他：

「那一天你專門反對我，而且故意似的，究竟是什麼緣故呢？」

「你還不知道？我一向就討厭你的，—— 不但我，我們。」

「你那時之前，早知道我是誰麼？」

「怎麼不知道。我們到橫濱，來接的不就是子英和你麼？你看不起我們，搖搖頭，你自己還記得麼？」

我略略一想，記得的，雖然是七八年前的事。那時是子英來約我的，說到橫濱去接新來留學的同鄉。汽船一到，看見一大堆，大概一共有十多人，一上岸便將行李放到稅關上去候查檢，關吏在衣箱中翻來翻去，忽然翻出一雙繡花的弓鞋來，便放下公事，拿着仔細地看。我很不滿，心裏想，這些鳥男人，怎麼帶這東西來呢。自己不注意，那時也許就搖了搖頭。

檢驗完畢，在客店小坐之後，即須上火車。不料這一群讀書人又在客車上讓起坐位來了，甲要乙坐在這位上，乙要丙去坐，揖讓未終，火車已開，車身一搖，即刻跌倒了三四個。我那時也很不滿，暗地裏想：連火車上的坐位，他們也要分出尊卑來……。自己不注意，也許又搖了搖頭。然而那群雍容揖讓的人物中就有范愛農，卻直到這一天才想到。豈但他呢，說起來也慚愧，這一群裏，還有後來在安徽戰死的陳伯平烈士，被害的馬宗漢烈士；被囚在黑獄裏，到革命後才見天日而身上永帶着匪刑的傷痕的也還有一兩人。而我都茫無所知，搖着頭將他們一並運上東京了。徐伯蓀雖然和他們同船來，卻不在這車上，因為他在神戶就和他的夫人坐車走了陸路了。

我想我那時搖頭大約有兩回，他們看見的不知道是那一回。讓坐時喧鬧，檢查時幽靜，一定是在稅關上的那一回了，試問愛農，果然是的。

「我真不懂你們帶這東西做什麼？是誰的？」

「還不是我們師母的？」他瞪着他多白的眼。

「到東京就要假裝大腳，又何必帶這東西呢？」

「誰知道呢？你問她去。」

到冬初，我們的景況更拮据了，然而還喝酒，講笑話。忽然是武昌起義，接着是紹興光復。第二天愛農就上城來，戴着農夫常用的氈帽，那笑容是從來沒有見過的。

「魯迅，我們今天不喝酒了。我要去看看光復的紹興。我們同去。」

我們便到街上去走了一通，滿眼是白旗。然而貌雖如此，

內骨子是依舊的，因為還是幾個舊鄉紳所組織的軍政府，什麼鐵路股東是行政司長，錢店掌櫃是軍械司長⋯⋯。這軍政府也到底不長久，幾個少年一嚷，王金發帶兵從杭州進來了，但即使不嚷或者也會來。他進來以後，也就被許多閒漢和新進的革命黨所包圍，大做王都督。在衙門裏的人物，穿布衣來的，不上十天也大概換上皮袍子了，天氣還並不冷。

我被擺在師範學校校長的飯碗旁邊，王都督給了我校款二百元。愛農做監學，還是那件布袍子，但不大喝酒了，也很少有工夫談閒天。他辦事，兼教書，實在勤快得可以。

「情形還是不行，王金發他們。」一個去年聽過我的講義的少年來訪我，慷慨地說，「我們要辦一種報來監督他們。不過發起人要借用先生的名字。還有一個是子英先生，一個是德清先生。為社會，我們知道你決不推卻的。」

我答應他了。兩天後便看見出報的傳單，發起人誠然是三個。五天後便見報，開首便罵軍政府和那裏面的人員；此後是罵都督、都督的親戚、同鄉、姨太太⋯⋯。

這樣地罵了十多天，就有一種消息傳到我的家裏來，說都督因為你們詐取了他的錢，還罵他，要派人用手槍來打死你們了。

別人倒還不打緊，第一個着急的是我的母親，叮囑我不要再出去。但我還是照常走，並且說明，王金發是不來打死我們的，他雖然綠林大學出身，而殺人卻不很輕易。況且我拿的是校款，這一點他還能明白的，不過說說罷了。

果然沒有來殺。寫信去要經費，又取了二百元。但彷彿

有些怒意，同時傳令道：再來要，沒有了！

　　不過愛農得到了一種新消息，卻使我很為難。原來所謂「詐取」者，並非指學校經費而言，是指另有送給報館的一筆款。報紙上罵了幾天之後，王金發便叫人送去了五百元。於是乎我們的少年們便開起會議來，第一個問題是：收不收？決議曰：收。第二個問題是：收了之後罵不罵？決議曰：罵。理由是：收錢之後，他是股東；股東不好，自然要罵。

　　我即刻到報館去問這事的真假。都是真的。略說了幾句不該收他錢的話，一個名為會計的便不高興了，質問我道：

　　「報館為什麼不收股本？」

　　「這不是股本……。」

　　「不是股本是什麼？」

　　我就不再說下去了，這一點世故是早已知道的，倘我再說出連累我們的話來，他就會面斥我太愛惜不值錢的生命，不肯為社會犧牲，或者明天在報上就可以看見我怎樣怕死發抖的記載。

　　然而事情很湊巧，季茀寫信來催我往南京了。愛農也很贊成，但頗淒涼，說：——

　　「這裏又是那樣，住不得。你快去罷……。」

　　我懂得他無聲的話，決計往南京。先到都督府去辭職，自然照准，派來了一個拖鼻涕的接收員，我交出賬目和餘款一角又兩銅元，不是校長了。後任是孔教會會長傅力臣。

　　報館案是我到南京後兩三個星期了結的，被一群兵們搗毀。子英在鄉下，沒有事；德清適值在城裏，大腿上被刺了

一尖刀。他大怒了。自然，這是很有些痛的，怪他不得。他大怒之後，脫下衣服，照了一張照片，以顯示一寸來寬的刀傷，並且做一篇文章敘述情形，向各處分送，宣傳軍政府的橫暴。我想，這種照片現在是大約未必還有人收藏着了，尺寸太小，刀傷縮小到幾乎等於無，如果不加說明，看見的人一定以為是帶些瘋氣的風流人物的裸體照片，倘遇見孫傳芳大帥，還怕要被禁止的。

我從南京移到北京的時候，愛農的學監也被孔教會會長的校長設法去掉了。他又成了革命前的愛農。我想為他在北京尋一點小事做，這是他非常希望的，然而沒有機會。他後來便到一個熟人的家裏去寄食，也時時給我信，景況愈困窮，言辭也愈淒苦。終於又非走出這熟人的家不可，便在各處飄浮。不久，忽然從同鄉那裏得到一個消息，說他已經掉在水裏，淹死了。

我疑心他是自殺。因為他是浮水的好手，不容易淹死的。

夜間獨坐在會館裏，十分悲涼，又疑心這消息並不確，但無端又覺得這是極其可靠的，雖然並無證據。一點法子都沒有，只做了四首詩，後來曾在一種日報上發表，現在是將要忘記完了。只記得一首裏的六句，起首四句是：「把酒論天下，先生小酒人，大圜猶酩酊，微醉合沉淪。」中間忘掉兩句，末了是「舊朋雲散盡，余亦等輕塵。」

後來我回故鄉去，才知道一些較為詳細的事。愛農先是什麼事也沒得做，因為大家討厭他。他很困難，但還喝酒，是朋友請他的。他已經很少和人們來往，常見的只剩下幾個後

來認識的較為年青的人了，然而他們似乎也不願意多聽他的牢騷，以為不如講笑話有趣。

「也許明天就收到一個電報，拆開來一看，是魯迅來叫我的。」他時常這樣説。

一天，幾個新的朋友約他坐船去看戲，回來已過夜半，又是大風雨，他醉着，卻偏要到船舷上去小解。大家勸阻他，也不聽，自己説是不會掉下去的。但他掉下去了，雖然能浮水，卻從此不起來。

第二天打撈屍體，是在菱蕩裏找到的，直立着。

我至今不明白他究竟是失足還是自殺。

他死後一無所有，遺下一個幼女和他的夫人。有幾個人想集一點錢作他女孩將來的學費的基金，因為一經提議，即有族人來爭這筆款的保管權，——其實還沒有這筆款，——大家覺得無聊，便無形消散了。

現在不知他唯一的女兒景況如何？倘在上學，中學已該畢業了罷。

十一月十八日。

秋夜

　　在我的後園，可以看見牆外有兩株樹，一株是棗樹，還有一株也是棗樹。

　　這上面的夜的天空，奇怪而高，我生平沒有見過這樣的奇怪而高的天空。他彷彿要離開人間而去，使人們仰面不再看見。然而現在卻非常之藍，閃閃地睞着幾十個星星的眼，冷眼。他的口角上現出微笑，似乎自以為大有深意，而將繁霜灑在我的園裏的野花草上。

　　我不知道那些花草真叫什麼名字，人們叫他們什麼名字。我記得有一種開過極細小的粉紅花，現在還開着，但是更極細小了，她在冷的夜氣中，瑟縮地做夢，夢見春的到來，夢見秋的到來，夢見瘦的詩人將眼淚擦在她最末的花瓣上，告訴她秋雖然來，冬雖然來，而此後接着還是春，胡蝶亂飛，蜜蜂都唱起春詞來了。她於是一笑，雖然顏色凍得紅慘慘地，仍然瑟縮着。

　　棗樹，他們簡直落盡了葉子。先前，還有一兩個孩子來打他們別人打剩的棗子，現在是一個也不剩了，連葉子也落盡了。他知道小粉紅花的夢，秋後要有春；他也知道落葉的夢，春後還是秋。他簡直落盡葉子，單剩幹子，然而脫了當初

滿樹是果實和葉子時候的弧形，欠伸得很舒服。但是，有幾枝還低啞着，護定他從打棗的竿梢所得的皮傷，而最直最長的幾枝，卻已默默地鐵似的直刺着奇怪而高的天空，使天空閃閃地鬼睞眼；直刺着天空中圓滿的月亮，使月亮窘得發白。

鬼睞眼的天空越加非常之藍，不安了，彷彿想離去人間，避開棗樹，只將月亮剩下。然而月亮也暗暗地躲到東邊去了。而一無所有的幹子，卻仍然默默地鐵似的直刺着奇怪而高的天空，一意要制他的死命，不管他各式各樣地睞着許多蠱惑的眼睛。

哇的一聲，夜遊的惡鳥飛過了。

我忽而聽到夜半的笑聲，吃吃地，似乎不願意驚動睡着的人，然而四圍的空氣都應和着笑。夜半，沒有別的人，我即刻聽出這聲音就在我嘴裏，我也即刻被這笑聲所驅逐，回進自己的房。燈火的帶子也即刻被我旋高了。

後窗的玻璃上丁丁地響，還有許多小飛蟲亂撞。不多久，幾個進來了，許是從窗紙的破孔進來的。他們一進來，又在玻璃的燈罩上撞得丁丁地響。一個從上面撞進去了，他於是遇到火，而且我以為這火是真的。兩三個卻休息在燈的紙罩上喘氣。那罩是昨晚新換的罩，雪白的紙，摺出波浪紋的疊痕，一角還畫出一枝猩紅色的梔子。

猩紅的梔子開花時，棗樹又要做小粉紅花的夢，青蔥地彎成弧形了……。我又聽到夜半的笑聲，我趕緊砍斷我的心緒，看那老在白紙罩上的小青蟲，頭大尾小，向日葵籽似的，只有半粒小麥那麼大，遍身的顏色蒼翠得可愛，可憐。

　　我打一個呵欠，點起一支紙煙，噴出煙來，對着燈默默地敬奠這些蒼翠精緻的英雄們。

　　　　　　　　　　　　　一九二四年九月十五日。

藤野先生

　　東京也無非是這樣。上野的櫻花爛熳的時節，望去確也像緋紅的輕雲，但花下也缺不了成群結隊的「清國留學生」的速成班，頭頂上盤着大辮子，頂得學生制帽的頂上高高聳起，形成一座富士山。也有解散辮子，盤得平的，除下帽來，油光可鑑，宛如小姑娘的髮髻一般，還要將脖子扭幾扭。實在標致極了。

　　中國留學生會館的門房裏有幾本書買，有時還值得去一轉；倘在上午，裏面的幾間洋房裏倒也還可以坐坐的。但到傍晚，有一間的地板便常不免要咚咚咚地響得震天，兼以滿房煙塵斗亂；問問精通時事的人，答道，「那是在學跳舞。」

　　到別的地方去看看，如何呢？

　　我就往仙台的醫學專門學校去。從東京出發，不久便到一處驛站，寫道：日暮里。不知怎地，我到現在還記得這名目。其次卻只記得水戶了，這是明的遺民朱舜水先生客死的地方。仙台是一個市鎮，並不大；冬天冷得利害；還沒有中國的學生。

　　大概是物以希為貴罷。北京的白菜運往浙江，便用紅頭繩系住菜根，倒掛在水果店頭，尊為「膠菜」；福建野生着的

蘆薈，一到北京就請進溫室，且美其名曰「龍舌蘭」。我到仙台也頗受了這樣的優待，不但學校不收學費，幾個職員還為我的食宿操心。我先是住在監獄旁邊一個客店裏的，初冬已經頗冷，蚊子卻還多，後來用被蓋了全身，用衣服包了頭臉，只留兩個鼻孔出氣。在這呼吸不息的地方，蚊子竟無從插嘴，居然睡安穩了。飯食也不壞。但一位先生卻以為這客店也包辦囚人的飯食，我住在那裏不相宜，幾次三番，幾次三番地說。我雖然覺得客店兼辦囚人的飯食和我不相干，然而好意難卻，也只得別尋相宜的住處了。於是搬到別一家，離監獄也很遠，可惜每天總要喝難以下嚥的芋梗湯。

從此就看見許多陌生的先生，聽到許多新鮮的講義。解剖學是兩個教授分任的。最初是骨學。其時進來的是一個黑瘦的先生，八字鬚，戴着眼鏡，挾着一疊大大小小的書。一將書放在講臺上，便用了緩慢而很有頓挫的聲調，向學生介紹自己道：

「我就是叫作藤野嚴九郎的……。」

後面有幾個人笑起來了。他接着便講述解剖學在日本發達的歷史，那些大大小小的書，便是從最初到着現今關於這一門學問的著作。起初有幾本是線裝的；還有翻刻中國譯本的，他們的翻譯和研究新的醫學，並不比中國早。

那坐在後面發笑的是上學年不及格的留級學生，在校已經一年，掌故頗為熟悉的了。他們便給新生講演每個教授的歷史。這藤野先生，據說是穿衣服太模糊了，有時竟會忘記帶領結；冬天是一件舊外套，寒顫顫的，有一回上火車去，致

使管車的疑心他是扒手，叫車裏的客人大家小心些。

　　他們的話大概是真的，我就親見他有一次上講堂沒有帶領結。

　　過了一星期，大約是星期六，他使助手來叫我了。到得研究室，見他坐在人骨和許多單獨的頭骨中間，——他其時正在研究着頭骨，後來有一篇論文在本校的雜誌上發表出來。

　　「我的講義，你能抄下來麼？」他問。

　　「可以抄一點。」

　　「拿來我看！」

　　我交出所抄的講義去，他收下了，第二三天便還我，並且說，此後每一星期要送給他看一回。我拿下來打開看時，很吃了一驚，同時也感到一種不安和感激。原來我的講義已經從頭到末，都用紅筆添改過了，不但增加了許多脫漏的地方，連文法的錯誤，也都一一訂正。這樣一直繼續到教完了他所擔任的功課：骨學、血管學、神經學。

　　可惜我那時太不用功，有時也很任性。還記得有一回藤野先生將我叫到他的研究室裏去，翻出我那講義上的一個圖來，是下臂的血管，指着，向我和藹的説道：

　　「你看，你將這條血管移了一點位置了。——自然，這樣一移，的確比較的好看些，然而解剖圖不是美術，實物是那麼樣的，我們沒法改換它。現在我給你改好了，以後你要全照着黑板上那樣的畫。」

　　但是我還不服氣，口頭答應着，心裏卻想道：

　　「圖還是我畫的不錯；至於實在的情形，我心裏自然記得

的。」

　　學年試驗完畢之後，我便到東京玩了一夏天，秋初再回學校，成績早已發表了，同學一百餘人之中，我在中間，不過是沒有落第。這回藤野先生所擔任的功課，是解剖實習和局部解剖學。

　　解剖實習了大概一星期，他又叫我去了，很高興地，仍用了極有抑揚的聲調對我說道：

　　「我因為聽說中國人是很敬重鬼的，所以很擔心，怕你不肯解剖屍體。現在總算放心了，沒有這回事。」

　　但他也偶有使我很為難的時候。他聽說中國的女人是裹腳的，但不知道詳細，所以要問我怎麼裹法，足骨變成怎樣的畸形，還嘆息道，「總要看一看才知道。究竟是怎麼一回事呢？」

　　有一天，本級的學生會幹事到我寓裏來了，要借我的講義看。我檢出來交給他們，卻只翻檢了一通，並沒有帶走。但他們一走，郵差就送到一封很厚的信，拆開看時，第一句是：

　　「你改悔罷！」

　　這是《新約》上的句子罷，但經托爾斯泰新近引用過的。其時正值日俄戰爭，托老先生便寫了一封給俄國和日本的皇帝的信，開首便是這一句。日本報紙上很斥責他的不遜，愛國青年也憤然，然而暗地裏卻早受了他的影響了。其次的話，大略是說上年解剖學試驗的題目，是藤野先生在講義上做了記號，我預先知道的，所以能有這樣的成績。末尾是匿名。

　　我這才回憶到前幾天的一件事。因為要開同級會，幹事

便在黑板上寫廣告，末一句是「請全數到會勿漏為要」，而且在「漏」字旁邊加了一個圈。我當時雖然覺到圈得可笑，但是毫不介意，這回才悟出那字也在譏刺我了，猶言我得了教員漏泄出來的題目。

我便將這事告知了藤野先生；有幾個和我熟識的同學也很不平，一同去詰責幹事托辭檢查的無禮，並且要求他們將檢查的結果，發表出來。終於這流言消滅了，幹事卻又竭力運動，要收回那一封匿名信去。結末是我便將這托爾斯泰式的信退還了他們。

中國是弱國，所以中國人當然是低能兒，分數在六十分以上，便不是自己的能力了：也無怪他們疑惑。但我接着便有參觀槍斃中國人的命運了。第二年添教黴菌學，細菌的形狀是全用電影來顯示的，一段落已完而還沒有到下課的時候，便影幾片時事的片子，自然都是日本戰勝俄國的情形。但偏有中國人夾在裏邊：給俄國人做偵探，被日本軍捕獲，要槍斃了，圍着看的也是一群中國人；在講堂裏的還有一個我。

「萬歲！」他們都拍掌歡呼起來。

這種歡呼，是每看一片都有的，但在我，這一聲卻特別聽得刺耳。此後回到中國來，我看見那些閒看槍斃犯人的人們，他們也何嘗不酒醉似的喝彩，——嗚呼，無法可想！但在那時那地，我的意見卻變化了。

到第二學年的終結，我便去尋藤野先生，告訴他我將不學醫學，並且離開這仙台。他的臉色仿彿有些悲哀，似乎想說話，但竟沒有說。

「我想去學生物學，先生教給我的學問，也還有用的。」
其實我並沒有決意要學生物學，因為看得他有些悽然，便說
了一個慰安他的謊話。

「為醫學而教的解剖學之類，怕於生物學也沒有什麼大幫
助。」他嘆息說。

將走的前幾天，他叫我到他家裏去，交給我一張照相，後
面寫着兩個字道：「惜別」，還說希望將我的也送他。但我這
時適值沒有照相了；他便叮囑我將來照了寄給他，並且時時
通信告訴他此後的狀況。

我離開仙台之後，就多年沒有照過相，又因為狀況也無
聊，說起來無非使他失望，便連信也怕敢寫了。經過的年月
一多，話更無從說起，所以雖然有時想寫信，卻又難以下筆，
這樣的一直到現在，竟沒有寄過一封信和一張照片。從他那
一面看起來，是一去之後，杳無消息了。

但不知怎地，我總還時時記起他，在我所認為我師的之
中，他是最使我感激，給我鼓勵的一個。有時我常常想：他
的對於我的熱心的希望，不倦的教誨，小而言之，是為中國，
就是希望中國有新的醫學；大而言之，是為學術，就是希望
新的醫學傳到中國去。他的性格，在我的眼裏和心裏是偉大
的，雖然他的姓名並不為許多人所知道。

他所改正的講義，我曾經訂成三厚本，收藏着的，將作為
永久的紀念。不幸七年前遷居的時候，中途毀壞了一口書箱，
失去半箱書，恰巧這講義也遺失在內了。責成運送局去找尋，
寂無回信。只有他的照相至今還掛在我北京寓居的東牆上，

書桌對面。每當夜間疲倦，正想偷懶時，仰面在燈光中瞥見
他黑瘦的面貌，似乎正要說出抑揚頓挫的話來，便使我忽又
良心發現，而且增加勇氣了，於是點上一枝煙，再繼續寫些為
「正人君子」之流所深惡痛疾的文字。

十月十二日。

記念劉和珍君

一

中華民國十五年三月二十五日，就是國立北京女子師範大學為十八日在段祺瑞執政府前遇害的劉和珍楊德群兩君開追悼會的那一天，我獨在禮堂外徘徊，遇見程君，前來問我道，「先生可曾為劉和珍寫了一點什麼沒有？」我説「沒有」。她就正告我，「先生還是寫一點罷；劉和珍生前就很愛看先生的文章。」

這是我知道的，凡我所編輯的期刊，大概是因為往往有始無終之故罷，銷行一向就甚為寥落，然而在這樣的生活艱難中，毅然預定了《莽原》全年的就有她。我也早覺得有寫一點東西的必要了，這雖然於死者毫不相干，但在生者，卻大抵只能如此而已。倘使我能夠相信真有所謂「在天之靈」，那自然可以得到更大的安慰，── 但是，現在，卻只能如此而已。

可是我實在無話可説。我只覺得所住的並非人間。四十多個青年的血，洋溢在我的周圍，使我艱於呼吸視聽，哪裏還能有什麼言語？長歌當哭，是必須在痛定之後的。而此後幾個所謂學者文人的陰險的論調，尤使我覺得悲哀。我已經出離憤怒了。我將深味這非人間的濃黑的悲涼；以我的最大哀

痛顯示於非人間，使它們快意於我的苦痛，就將這作為後死者的菲薄的祭品，奉獻於逝者的靈前。

二

真的猛士，敢於直面慘淡的人生，敢於正視淋漓的鮮血。這是怎樣的哀痛者和幸福者？然而造化又常常為庸人設計，以時間的流駛，來洗滌舊跡，僅使留下淡紅的血色和微漠的悲哀。在這淡紅的血色和微漠的悲哀中，又給人暫得偷生，維持着這似人非人的世界。我不知道這樣的世界何時是一個盡頭！

我們還在這樣的世上活着；我也早覺得有寫一點東西的必要了。離三月十八日也已有兩星期，忘卻的救主快要降臨了罷，我正有寫一點東西的必要了。

三

在四十餘被害的青年之中，劉和珍君是我的學生。學生云者，我向來這樣想，這樣說，現在卻覺得有些躊躇了，我應該對她奉獻我的悲哀與尊敬。她不是「苟活到現在的我」的學生，是為了中國而死的中國的青年。

她的姓名第一次為我所見，是在去年夏初楊蔭榆女士做女子師範大學校長，開除校中六個學生自治會職員的時候。其中的一個就是她；但是我不認識。直到後來，也許已經是劉百昭率領男女武將，強拖出校之後了，才有人指着一個學生告訴我，說：這就是劉和珍。其時我才能將姓名和實體聯

合起來，心中卻暗自詫異。我平素想，能夠不為勢利所屈，反抗一廣有羽翼的校長的學生，無論如何，總該是有些桀驁鋒利的，但她卻常常微笑着，態度很溫和。待到偏安於宗帽胡同，賃屋授課之後，她才始來聽我的講義，於是見面的回數就較多了，也還是始終微笑着，態度很溫和。待到學校恢復舊觀，往日的教職員以為責任已盡，準備陸續引退的時候，我才見她慮及母校前途，黯然至於泣下。此後似乎就不相見。總之，在我的記憶上，那一次就是永別了。

四

我在十八日早晨，才知道上午有群眾向執政府請願的事；下午便得到噩耗，說衛隊居然開槍，死傷至數百人，而劉和珍君即在遇害者之列。但我對於這些傳說，竟至於頗為懷疑。我向來是不憚以最壞的惡意，來推測中國人的，然而我還不料，也不信竟會下劣兇殘到這地步。況且始終微笑着的和藹的劉和珍君，更何至於無端在府門前喋血呢？

然而即日證明是事實了，作證的便是她自己的屍骸。還有一具，是楊德群君的。而且又證明着這不但是殺害，簡直是虐殺，因為身體上還有棍棒的傷痕。

但段政府就有令，說她們是「暴徒」！但接着就有流言，說她們是受人利用的。

慘象，已使我目不忍視了；流言，尤使我耳不忍聞。我還有什麼話可說呢？我懂得衰亡民族之所以默無聲息的緣由了。沉默呵，沉默呵！不在沉默中爆發，就在沉默中滅亡。

五

但是，我還有要說的話。

我沒有親見；聽說她，劉和珍君，那時是欣然前往的。自然，請願而已，稍有人心者，誰也不會料到有這樣的羅網。但竟在執政府前中彈了，從背部入，斜穿心肺，已是致命的創傷，只是沒有便死。同去的張靜淑君想扶起她，中了四彈，其一是手槍，立仆；同去的楊德群君又想去扶起她，也被擊，彈從左肩入，穿胸偏右出，也立仆。但她還能坐起來，一個兵在她頭部及胸部猛擊兩棍，於是死掉了。

始終微笑的和藹的劉和珍君確是死掉了，這是真的，有她自己的屍骸為證；沉勇而友愛的楊德群君也死掉了，有她自己的屍骸為證；只有一樣沉勇而友愛的張靜淑君還在醫院裏呻吟。當三個女子從容地轉輾於文明人所發明的槍彈的攢射中的時候，這是怎樣的一個驚心動魄的偉大呵！中國軍人的屠戮婦嬰的偉績，八國聯軍的懲創學生的武功，不幸全被這幾縷血痕抹殺了。

但是中外的殺人者卻居然昂起頭來，不知道個個臉上有着血污……。

六

時間永是流駛，街市依舊太平，有限的幾個生命，在中國是不算什麼的，至多，不過供無惡意的閒人以飯後的談資，或者給有惡意的閒人作「流言」的種子。至於此外的深的意義，我總覺得很寥寥，因為這實在不過是徒手的請願。人類的血

戰前行的歷史，正如煤的形成，當時用大量的木材，結果卻只是一小塊，但請願是不在其中的，更何況是徒手。

　　然而既然有了血痕了，當然不覺要擴大。至少，也當浸漬了親族；師友，愛人的心，縱使時光流駛，洗成緋紅，也會在微漠的悲哀中永存微笑的和藹的舊影。陶潛說過，「親戚或餘悲，他人亦已歌，死去何所道，托體同山阿。」倘能如此，這也就夠了。

七

　　我已經說過：我向來是不憚以最壞的惡意來推測中國人的。但這回卻很有幾點出於我的意外。一是當局者竟會這樣地兇殘，一是流言家竟至如此之下劣，一是中國的女性臨難竟能如是之從容。

　　我目睹中國女子的辦事，是始於去年的，雖然是少數，但看那幹練堅決，百折不回的氣概，曾經屢次為之感嘆。至於這一回在彈雨中互相救助，雖殞身不恤的事實，則更足為中國女子的勇毅，雖遭陰謀秘計，壓抑至數千年，而終於沒有消亡的明證了。倘要尋求這一次死傷者對於將來的意義，意義就在此罷。

　　苟活者在淡紅的血色中，會依稀看見微茫的希望；真的猛士，將更奮然而前行。

　　嗚呼，我說不出話，但以此記念劉和珍君！

《阿 Q 正傳》的成因

在《文學周報》二五一期裏，西諦先生談起《吶喊》，尤其是《阿 Q 正傳》。這不覺引動我記起了一些小事情，也想藉此來說一說，一則也算是做文章，投了稿；二則還可以給要看的人去看去。

我先要抄一段西諦先生的原文——

「這篇東西值得大家如此的注意，原不是無因的。但也有幾點值得商榷的，如最後『大團圓』的一幕，我在《晨報》上初讀此作之時，即不以為然，至今也還不以為然，似乎作者對於阿 Q 之收局太匆促了；他不欲再往下寫了，便如此隨意的給他一個『大團圓』。像阿 Q 那樣的一個人，終於要做起革命黨來，終於受到那樣大團圓的結局，似乎連作者他自己在最初寫作時也是料不到的。至少在人格上似乎是兩個。」

阿 Q 是否真要做革命黨，即使真做了革命黨，在人格上是否似乎是兩個，現在姑且勿論。單是這篇東西的成因，說起來就要很費功夫了。我常常說，我的文章不是湧出來的，是擠出來的。聽的人往往誤解為謙遜，其實是真情。我沒有什麼話要說，也沒有什麼文章要做，但有一種自害的脾氣，是有時不免吶喊幾聲，想給人們去添點熱鬧。譬如一匹疲牛罷，

明知不堪大用的了，但廢物何妨利用呢，所以張家要我耕一弓地，可以的；李家要我挨一轉磨，也可以的；趙家要我在他店前站一刻，在我背上帖出廣告道：敝店備有肥牛，出售上等消毒滋養牛乳。我雖然深知道自己是怎麼瘦，又是公的，並沒有乳，然而想到他們為張羅生意起見，情有可原，只要出售的不是毒藥，也就不說什麼了。但倘若用得我太苦，是不行的，我還要自己覓草吃，要喘氣的工夫；要專指我為某家的牛，將我關在他的牛牢內，也不行的，我有時也許還要給別家挨幾轉磨。如果連肉都要出賣，那自然更不行，理由自明，無須細說。倘遇到上述的三不行，我就跑，或者索性躺在荒山裏。即使因此忽而從深刻變為淺薄，從戰士化為畜生，嚇我以康有為，比我以梁啟超，也都滿不在乎，還是我跑我的，我躺我的，決不出來再上當，因為我於「世故」實在是太深了。

近幾年《吶喊》有這許多人看，當初是萬料不到的，而且連料也沒有料。不過是依了相識者的希望，要我寫一點東西就寫一點東西。也不很忙，因為不很有人知道魯迅就是我。我所用的筆名也不只一個：LS，神飛，唐俟，某生者，雪之，風聲；更以前還有：自樹，索士，令飛，迅行。魯迅就是承迅行而來的，因為那時的《新青年》編輯者不願意有別號一般的署名。

現在是有人以為我想做什麼狗首領了，真可憐，偵察了百來回，竟還不明白。我就從不曾插了魯迅的旗去訪過一次人；「魯迅即周樹人」，是別人查出來的。這些人有四類：一類是為要研究小說，因而要知道作者的身世；一類單是好奇；一

類是因為我也做短評，所以特地揭出來，想我受點禍；一類是以為於他有用處，想要鑽進來。

那時我住在西城邊，知道魯迅就是我的，大概只有《新青年》，《新潮》社裏的人們罷；孫伏園也是一個。他正在晨報館編副刊。不知是誰的主意，忽然要添一欄稱為「開心話」的了，每週一次。他就來要我寫一點東西。

阿Q的影像，在我心目中似乎確已有了好幾年，但我一向毫無寫他出來的意思。經這一提，忽然想起來了，晚上便寫了一點，就是第一章：序。因為要切「開心話」這題目，就胡亂加上些不必有的滑稽，其實在全篇裏也是不相稱的。署名是「巴人」，取「下里巴人」，並不高雅的意思。誰料這署名又闖了禍了，但我卻一向不知道，今年在《現代評論》上看見涵廬（即高一涵）的《閒話》才知道的。那大略是——

「……我記得當《阿Q正傳》一段一段陸續發表的時候，有許多人都慄慄危懼，恐怕以後要罵到他的頭上。並且有一位朋友，當我面説，昨日《阿Q正傳》上某一段彷彿就是罵他自己。因此便猜疑《阿Q正傳》是某人作的，何以呢？因為只有某人知道他這一段私事。……從此疑神疑鬼，凡是《阿Q正傳》中所罵的，都以為就是他的陰私；凡是與登載《阿Q正傳》的報紙有關係的投稿人，都不免做了他所認為《阿Q正傳》的作者的嫌疑犯了！等到他打聽出來《阿Q正傳》的作者名姓的時候，他才知道他和作者素不相識，因此，才恍然自悟，又逢人聲明説不是罵他。」（第四卷第八十九期）

我對於這位「某人」先生很抱歉，竟因我而做了許多天嫌

疑犯。可惜不知是誰，「巴人」兩字很容易疑心到四川人身上去，或者是四川人罷。直到這一篇收在《吶喊》裏，也還有人問我：你實在是在罵誰和誰呢？我只能悲憤，自恨不能使人看得我不至於如此下劣。

第一章登出之後，便「苦」字臨頭了，每七天必須做一篇。我那時雖然並不忙，然而正在做流民，夜晚睡在做通路的屋子裏，這屋子只有一個後窗，連好好的寫字地方也沒有，那裏能夠靜坐一會，想一下。伏園雖然還沒有現在這樣胖，但已經笑嬉嬉，善於催稿了。每星期來一回，一有機會，就是：「先生《阿Q正傳》……。明天要付排了。」於是只得做，心裏想着「俗語說：『討飯怕狗咬，秀才怕歲考。』我既非秀才，又要周考真是為難……。」然而終於又一章。但是，似乎漸漸認真起來了；伏園也覺得不很「開心」，所以從第二章起，便移在「新文藝」欄裏。

這樣地一週一週挨下去，於是乎就不免發生阿Q可要做革命黨的問題了。據我的意思，中國倘不革命，阿Q便不做，既然革命，就會做的。我的阿Q的運命，也只能如此，人格也恐怕並不是兩個。民國元年已經過去，無可追蹤了，但此後倘再有改革，我相信還會有阿Q似的革命黨出現。我也很願意如人們所說，我只寫出了現在以前的或一時期，但我還恐怕我所看見的並非現代的前身，而是其後，或者竟是二三十年之後。其實這也不算辱沒了革命黨，阿Q究竟已經用竹筷盤上他的辮子了；此後十五年，長虹「走到出版界」，不也就成為一個中國的「綏惠略夫」了麼？

　　《阿Q正傳》大約做了兩個月，我實在很想收束了，但我已經記不大清楚，似乎伏園不贊成，或者是我疑心倘一收束，他會來抗議，所以將「大團圓」藏在心裏，而阿Q卻已經漸漸向死路上走。到最末的一章，伏園倘在，也許會壓下，而要求放阿Q多活幾星期的罷。但是「會逢其適」，他回去了，代庖的是何作霖君，於阿Q素無愛憎，我便將「大團圓」送去，他便登出來。待到伏園回京，阿Q已經槍斃了一個多月了。縱令伏園怎樣善於催稿，如何笑嬉嬉，也無法再說「先生，《阿Q正傳》……。」從此我總算收束了一件事，可以另幹別的去。另幹了別的什麼，現在也已經記不清，但大概還是這一類的事。

　　其實「大團圓」倒不是「隨意」給他的；至於初寫時可曾料到，那倒確乎也是一個疑問。我彷彿記得：沒有料到。不過這也無法，誰能開首就料到人們的「大團圓」？不但對於阿Q，連我自己將來的「大團圓」，我就料不到究竟是怎樣。終於是「學者」，或「教授」乎？還是「學匪」或「學棍」呢？「官僚」乎，還是「刀筆吏」呢？「思想界之權威」乎，抑「思想界先驅者」乎，抑又「世故的老人」乎？「藝術家」？「戰士」？抑又是見客不怕麻煩的特別「亞拉籍夫」乎？乎？乎？乎？乎？

　　但阿Q自然還可以有各種別樣的結果，不過這不是我所知道的事。

　　先前，我覺得我很有寫得「太過」的地方，近來卻不這樣想了。中國現在的事，即使如實描寫，在別國的人們，或將來

的好中國的人們看來，也都會覺得 grotesk。我常常假想一件事，自以為這是想得太奇怪了；但倘遇到相類的事實，卻往往更奇怪。在這事實發生以前，以我的淺見寡識，是萬萬想不到的。　大約一個多月以前，這裏槍斃一個強盜，兩個穿短衣的人各拿手槍，一共打了七槍。不知道是打了不死呢，還是死了仍然打，所以要打得這麼多。當時我便對我的一群少年同學們發感慨，說：這是民國初年初用槍斃的時候的情形；現在隔了十多年，應該進步些，無須給死者這麼多的苦痛。北京就不然，犯人未到刑場，刑吏就從後腦一槍，結果了性命，本人還來不及知道已經死了呢。所以北京究竟是「首善之區」，便是死刑，也比外省的好得遠。

　　但是前幾天看見十一月二十三日的北京《世界日報》，又知道我的話並不的確了，那第六版上有一條新聞，題目是《杜小拴子刀鍘而死》，共分五節，現在撮錄一節在下面 ——

杜小拴子刀鍘餘人槍斃

　　先時，衛戍司令部因為從了毅軍各兵士的請求，決定用「梟首刑」，所以杜等不曾到場以前，刑場已預備好了鍘草大刀一把了。刀是長形的，下邊是木底，中縫有厚大而銳利的刀一把，刀下頭有一孔，橫嵌木上，可以上下的活動，杜等四人入刑場之後，由招扶的兵士把杜等架下刑車，就叫他們臉衝北，對着已備好的刑桌前站着。……杜並沒有跪，有外右五區的某巡官去問杜：要人把着不要？杜就笑而不答，後來就自己跑到刀前，自己睡在刀上，仰面受刑，先時行刑兵已將刀

抬起，杜枕到適宜的地方後，行刑兵就合眼猛力一剷，杜的身首，就不在一處了。當時血出極多。在旁邊跪等槍決的宋振山等三人，也各偷眼去看，中有趙振一名，身上還發起顫來。後由某排長拿手槍站在宋等的後面，先斃宋振山，後斃李有三趙振，每人都是一槍斃命。……先時，被害程步墀的兩個兒子忠智忠信，都在場觀看，放聲大哭，到各人執刑之後，去大喊：爸！媽呀！你的仇已報了！我們怎麼辦哪？聽的人都非常難過，後來由家族引導着回家去了。

假如有一個天才，真感着時代的心搏，在十一月二十二日發表出記敘這樣情景的小說來，我想，許多讀者一定以為是說着包龍圖爺爺時代的事，在西曆十一世紀，和我們相差將有九百年。

這真是怎麼好……。

至於《阿Q正傳》的譯本，我只看見過兩種。法文的登在八月份的《歐羅巴》上，還止三分之一，是有刪節的。英文的似乎譯得很懇切，但我不懂英文，不能說什麼。只是偶然看見還有可以商榷的兩處：一是「三百大錢九二串」當譯為「三百大錢，以九十二文作為一百」的意思；二是「柿油黨」不如譯音，因為原是「自由黨」，鄉下人不能懂，便訛成他們能懂的「柿油黨」了。

十二月三日，在廈門寫。

雪

　　暖國的雨，向來沒有變過冰冷的堅硬的燦爛的雪花。博識的人們覺得他單調，他自己也以為不幸否耶？江南的雪，可是滋潤美豔之至了；那是還在隱約着的青春的消息，是極壯健的處子的皮膚。雪野中有血紅的寶珠山茶，白中隱青的單瓣梅花，深黃的磬口的蠟梅花；雪下面還有冷綠的雜草。胡蝶確乎沒有；蜜蜂是否來採山茶花和梅花的蜜，我可記不真切了。但我的眼前彷彿看見冬花開在雪野中，有許多蜜蜂們忙碌地飛着，也聽得他們嗡嗡地鬧着。

　　孩子們呵着凍得通紅，像紫芽薑一般的小手，七八個一齊來塑雪羅漢。因為不成功，誰的父親也來幫忙了。羅漢就塑得比孩子們高得多，雖然不過是上小下大的一堆，終於分不清是葫蘆還是羅漢，然而很潔白，很明艷，以自身的滋潤相黏結，整個地閃閃地生光。孩子們用龍眼核給他做眼珠，又從誰的母親的脂粉奩中偷得胭脂來塗在嘴唇上。這回確是一個大阿羅漢了。他也就目光灼灼地嘴唇通紅地坐在雪地裏。

　　第二天還有幾個孩子來訪問他；對了他拍手，點頭，嘻笑。但他終於獨自坐着了。晴天又來消釋他的皮膚，寒夜又使他結一層冰，化作不透明的水晶模樣，連續的晴天又使他

成為不知道算什麼，而嘴上的胭脂也褪盡了。

　　但是，朔方的雪花在紛飛之後，卻永遠如粉，如沙，他們決不黏連，撒在屋上，地上，枯草上，就是這樣。屋上的雪是早已就有消化了的，因為屋裏居人的火的溫熱。別的，在晴天之下，旋風忽來，便蓬勃地奮飛，在日光中燦燦地生光，如包藏火燄的大霧，旋轉而且升騰，瀰漫太空，使太空旋轉而且升騰地閃爍。

　　在無邊的曠野上，在凜冽的天宇下，閃閃地旋轉升騰着的是雨的精魂……

　　是的，那是孤獨的雪，是死掉的雨，是雨的精魂。

　　　　　　　　　　　　　　　　一九二五年一月十八日

風箏

北京的冬季，地上還有積雪，灰黑色的禿樹枝丫叉於晴朗的天空中，而遠處有一二風箏浮動，在我是一種驚異和悲哀。

故鄉的風箏時節，是春二月，倘聽到沙沙的風輪聲，仰頭便能看見一個淡墨色的蟹風箏或嫩藍色的蜈蚣風箏。還有寂寞的瓦片風箏，沒有風輪，又放得很低，伶仃地顯出憔悴可憐的模樣。但此時地上的楊柳已經發芽，早的山桃也多吐蕾，和孩子們的天上的點綴相照應，打成一片春日的溫和。我現在在哪裏呢？四面都還是嚴冬的肅殺，而久經訣別的故鄉的久經逝去的春天，卻就在這天空中蕩漾了。

但我是向來不愛放風箏的，不但不愛，並且嫌惡它，因為我以為這是沒出息孩子所做的玩藝。和我相反的是我的小兄弟，他那時大概十歲內外罷，多病，瘦得不堪，然而最喜歡風箏，自己買不起，我又不許放，他祇得張着小嘴，呆看着空中出神，有時竟至於小半日。遠處的蟹風箏突然落下來了，他驚呼；兩個瓦片風箏的纏繞解開了，他高興得跳躍。他的這些，在我看來都是笑柄，可鄙的。

有一天，我忽然想起，似乎多日不很看見他了，但記得曾見他在後園拾枯竹。我恍然大悟似的，便跑向少有人去的一

間堆積雜物的小屋去，推開門，果然就在塵封的什物堆中發現了他。他向着大方凳，坐在小凳上；便很驚惶地站了起來，失了色瑟縮着。大方凳旁靠着一個蝴蝶風箏的竹骨，還沒有糊上紙，凳上是一對做眼睛用的小風輪，正用紅紙條裝飾着，將要完工了。我在破獲秘密的滿足中，又很憤怒他的瞞了我的眼睛，這樣苦心孤詣地來偷做沒出息孩子的玩藝。我即刻伸手折斷了蝴蝶的一支翅骨，又將風輪擲在地下，踏扁了。論長幼，論力氣，他是都敵不過我的，我當然得到完全的勝利，於是傲然走出，留他絕望地站在小屋裏。後來他怎樣，我不知道，也沒有留心。

然而我的懲罰終於輪到了，在我們離別得很久之後，我已經是中年。我不幸偶而看到了一本外國的講論兒童的書，才知道遊戲是兒童最正當的行為，玩具是兒童的天使。於是二十年來毫不憶及的幼小時候對於精神的虐殺的這一幕，忽地在眼前展開，而我的心也彷彿同時變了鉛塊，很重很重地墜下去了。

但心又不竟墜下去而至於斷絕，它祇是很重很重地墜着，墜着。

我也知道補過的方法的：送他風箏，贊成他放，勸他放，我和他一同放。我們嚷着，跑着，笑着 —— 然而他其時已經和我一樣，早已有了鬍子了。

我也知道還有一個補過的方法的：去討他的寬恕，等他說，「我可是毫不怪你呵。」那麼，我的心一定就輕鬆了，這確是一個可行的方法。有一回，我們會面的時候，是臉上都

已添刻了許多「生」的辛苦的條紋，而我的心很沉重。我們漸漸談起兒時的舊事來，我便敘述到這一節，自說少年時代的糊塗。「我可是毫不怪你呵。」我想，他要說了，我即刻便受了寬恕，我的心從此也寬鬆了罷。

「有過這樣的事麼？」他驚異地笑着說，就像旁聽着別人的故事一樣。他什麼也記不得了。

全然忘卻，毫無怨恨，又有什麼寬恕可言呢？無怨的恕，說謊罷了。

我還能希求什麼呢？我的心祇得沉重着。

現在，故鄉的春天又在這異地的空中了，既給我久經逝去的兒時的回憶，而一併也帶着無可把握的悲哀。我倒不如躲到肅殺的嚴冬中去罷，——但是，四面又明明是嚴冬，正給我非常的寒威和冷氣。

一九二五年一月二十四日

黃花節的雜感

　　黃花節將近了，必須做一點所謂文章。但對於這一個題目的文章，教我做起來，實在近於先前的在考場裏「對空策」。因為，——說出來自己也慚愧，——黃花節這三個字，我自然明白它是什麼意思的；然而戰死在黃花岡頭的戰士們呢，不但姓名，連人數也不知道。

　　為尋些材料，好發議論起見，只得查《辭源》。書裏面有是有的，可不過是：

　　「黃花岡。地名，在廣東省城北門外白雲山之麓。清宣統三年三月二十九日，革命黨數十人，攻襲督署，不成而死，叢葬於此。」

　　輕描淡寫，和我所知道的差不多，於我並不能有所裨益。

　　我又願意知道一點十七年前的三月二十九日的情形，但一時也找不到目擊耳聞的耆老。從別的地方——如北京，南京，我的故鄉——的例子推想起來，當時大概有若干人痛惜，若干人快意，若干人沒有什麼意見，若干人當作酒後茶餘的談助的罷。接着便將被人們忘卻。久受壓制的人們，被壓制時只能忍苦，幸而解放了便只知道作樂，悲壯劇是不能久留在記憶裏的。

　　但是三月二十九日的事卻特別，當時雖然失敗，十月就是武昌起義，第二年，中華民國便出現了。於是這些失敗的戰士，當時也就成為革命成功的先驅，悲壯劇剛要收場，又添上一個團圓劇的結束。這於我們是很可慶幸的，我想，在紀念黃花節的時候便可以看出。

　　我還沒有親自遇見過黃花節的紀念，因為久在北方。不過，中山先生的紀念日卻遇見過了：在學校裏，晚上來看演劇的特別多，連凳子也踏破了幾條，非常熱鬧。用這例子來推斷，那麼，黃花節也一定該是極其熱鬧的罷。

　　當三月十二日那天的晚上，我在熱鬧場中，便深深地更感得革命家的偉大。我想，戀愛成功的時候，一個愛人死掉了，只能給生存的那一個以悲哀。然而革命成功的時候，革命家死掉了，卻能每年給生存的大家以熱鬧，甚而至於歡欣鼓舞。惟獨革命家，無論他生或死，都能給大家以幸福。同是愛，結果卻有這樣地不同，正無怪現在的青年，很有許多感到戀愛和革命的沖突的苦悶。

　　以上的所謂「革命成功」，是指暫時的事而言；其實是「革命尚未成功」的。革命無止境，倘使世上真有什麼「止於至善」，這人間世便同時變了凝固的東西了。不過，中國經了許多戰士的精神和血肉的培養，卻的確長出了一點先前所沒有的幸福的花果來，也還有逐漸生長的希望。倘若不像有，那是因為繼續培養的人們少，而賞玩，攀折這花，摘食這果實的人們倒是太多的緣故。

　　我並非說，大家都須天天去痛哭流涕，以憑吊先烈的「在

天之靈」，一年中有一天記起他們也就可以了。但就廣東的現在而論，我卻覺得大家對於節日的辦法，還須改良一點。

　　黃花節很熱鬧，熱鬧一天自然也好；熱鬧得疲勞了，回去就好好地睡一覺。然而第二天，元氣恢復了，就該加工做一天自己該做的工作。這當然是勞苦的，但總比槍彈從致命的地方穿過去要好得遠；何況這也算是在培養幸福的花果，為着後來的人們呢。

三月二十四日夜

寫在《墳》後面

　　在聽到我的雜文已經印成一半的消息的時候，我曾經寫了幾行題記，寄往北京去。當時想到便寫，寫完便寄，到現在還不滿二十天，早已記不清說了些什麼了。今夜周圍是這麼寂靜，屋後面的山腳下騰起野燒的微光；南普陀寺還在做牽絲傀儡戲，時時傳來鑼鼓聲，每一間隔中，就更加顯得寂靜。電燈自然是輝煌着，但不知怎地忽有淡淡的哀愁來襲擊我的心，我似乎有些後悔印行我的雜文了。我很奇怪我的後悔；這在我是不大遇到的，到如今，我還沒有深知道所謂悔者究竟是怎麼一回事。但這心情也隨即逝去，雜文當然仍在印行，只為想驅逐自己目下的哀愁，我還要說幾句話。

　　記得先已說過：這不過是我的生活中的一點陳跡。如果我的過往，也可以算作生活，那麼，也就可以說，我也曾工作過了。但我並無噴泉一般的思想，偉大華美的文章，既沒有主義要宣傳，也不想發起一種什麼運動。不過我曾經嘗得，失望無論大小，是一種苦味，所以幾年以來，有人希望我動動筆的，只要意見不很相反，我的力量能夠支撐，就總要勉力寫幾句東西，給來者一些極微末的歡喜。人生多苦辛，而人們有時卻極容易得到安慰，又何必惜一點筆墨，給多嘗些孤獨

的悲哀呢？於是除小說雜感之外，逐漸又有了長長短短的雜文十多篇。其間自然也有為賣錢而作的，這回就都混在一處。我的生命的一部分，就這樣地用去了，也就是做了這樣的工作。然而我至今終於不明白我一向是在做什麼。比方作土工的罷，做着做着，而不明白是在築臺呢還在掘坑。所知道的是即使是築臺，也無非要將自己從那上面跌下來或者顯示老死；倘是掘坑，那就當然不過是埋掉自己。總之：逝去，逝去，一切一切，和光陰一同早逝去，在逝去，要逝去了。——不過如此，但也為我所十分甘願的。

然而這大約也不過是一句話。當呼吸還在時，只要是自己的，我有時卻也喜歡將陳跡收存起來，明知不值一文，總不能絕無眷戀，集雜文而名之曰《墳》，究竟還是一種取巧的掩飾。劉伶喝得酒氣熏天，使人荷鍤跟在後面，道：死便埋我。雖然自以為放達，其實是只能騙騙極端老實人的。

所以這書的印行，在自己就是這麼一回事。至於對別人，記得在先也已說過，還有願使偏愛我的文字的主顧得到一點喜歡；憎惡我的文字的東西得到一點嘔吐，——我自己知道，我並不大度，那些東西因我的文字而嘔吐，我也很高興的。別的就什麼意思也沒有了。倘若硬要說出好處來，那麼，其中所介紹的幾個詩人的事，或者還不妨一看；最末的論「費厄潑賴」這一篇，也許可供參考罷，因為這雖然不是我的血所寫，卻是見了我的同輩和比我年幼的青年們的血而寫的。

偏愛我的作品的讀者，有時批評說，我的文字是說真話的。這其實是過譽，那原因就因為他偏愛。我自然不想太欺

騙人，但也未嘗將心裏的話照樣說盡，大約只要看得可以交卷就算完。我的確時時解剖別人，然而更多的是更無情面地解剖我自己，發表一點，酷愛溫暖的人物已經覺得冷酷了，如果全露出我的血肉來，末路正不知要到怎樣。我有時也想就此驅除旁人，到那時還不唾棄我的，即使是梟蛇鬼怪，也是我的朋友，這才真是我的朋友。倘使並這個也沒有，則就是我一個人也行。但現在我並不。因為，我還沒有這樣勇敢，那原因就是我還想生活，在這社會裏。還有一種小緣故，先前也曾屢次聲明，就是偏要使所謂正人君子也者之流多不舒服幾天，所以自己便特地留幾片鐵甲在身上，站着，給他們的世界上多有一點缺陷，到我自己厭倦了，要脫掉了的時候為止。

倘說為別人引路，那就更不容易了，因為連我自己還不明白應當怎麼走。中國大概很有些青年的「前輩」和「導師」罷，但那不是我，我也不相信他們。我只很確切地知道一個終點，就是：墳。然而這是大家都知道的，無須誰指引。問題是在從此到那的道路。那當然不只一條，我可正不知哪一條好，雖然至今有時也還在尋求。在尋求中，我就怕我未熟的果實偏偏毒死了偏愛我的果實的人，而憎恨我的東西如所謂正人君子也者偏偏都巋鑠，所以我說話常不免含胡，中止，心裏想：對於偏愛我的讀者的贈獻，或者最好倒不如是一個「無所有」。我的譯著的印本，最初，印一次是一千，後來加五百，近時是二千至四千，每一增加，我自然是願意的，因為能賺錢，但也伴着哀愁，怕於讀者有害，因此作文就時常更謹慎，更躊躕。有人以為我信筆寫來，直抒胸臆，其實是不盡然的，

我的顧忌並不少。我自己早知道畢竟不是什麼戰士了，而且也不能算前驅，就有這麼多的顧忌和回憶。還記得三四年前，有一個學生來買我的書，從衣袋裏掏出錢來放在我手裏，那錢上還帶着體溫。這體溫便烙印了我的心，至今要寫文字時，還常使我怕毒害了這類的青年，遲疑不敢下筆。我毫無顧忌地說話的日子，恐怕要未必有了罷。但也偶爾想，其實倒還是毫無顧忌地說話，對得起這樣的青年。但至今也還沒有決心這樣做。

今天所要說的話也不過是這些，然而比較的卻可以算得真實。此外，還有一點餘文。

記得初提倡白話的時候，是得到各方面劇烈的攻擊的。後來白話漸漸通行了，勢不可遏，有些人便一轉而引為自己之功，美其名曰「新文化運動」。又有些人便主張白話不妨作通俗之用；又有些人卻道白話要做得好，仍須看古書。前一類早已二次轉舵，又反過來嘲罵「新文化」了；後二類是不得已的調和派，只希圖多留幾天殭屍，到現在還不少。我曾在雜感上掊擊過的。

新近看見一種上海出版的期刊，也說起要做好白話須讀好古文，而舉例為證的人名中，其一卻是我。這實在使我打了一個寒噤。別人我不論，若是自己，則曾經看過許多舊書，是的確的，為了教書，至今也還在看。因此耳濡目染，影響到所做的白話上，常不免流露出它的字句，體格來。但自己卻正苦於背了這些古老的鬼魂，擺脫不開，時常感到一種使人氣悶的沉重。就是思想上，也何嘗不中些莊周韓非的毒，時

而很隨便，時而很峻急。孔孟的書我讀得最早，最熟，然而倒似乎和我不相干。大半也因為懶惰罷，往往自己寬解，以為一切事物，在轉變中，是總有多少中間物的。動植之間，無脊椎和脊椎動物之間，都有中間物；或者簡直可以說，在進化的鏈子上，一切都是中間物。當開首改革文章的時候，有幾個不三不四的作者，是當然的，只能這樣，也需要這樣。他的任務，是在有些警覺之後，喊出一種新聲；又因為從舊壘中來，情形看得較為分明，反戈一擊，易制強敵的死命。但仍應該和光陰偕逝，逐漸消亡，至多不過是橋梁中的一木一石，並非什麼前塗的目標，範本。跟着起來便該不同了，倘非天縱之聖，積習當然也不能頓然蕩除，但總得更有新氣象。以文字論，就不必更在舊書裏討生活，卻將活人的唇舌做為源泉，使文章更加接近語言，更加有生氣。至於對於現在人民的語言的窮乏欠缺，如何救濟，使他豐富起來，那也是一個很大的問題，或者也須在舊文中取得若干資料，以供使役，但這並不在我現在所要說的範圍以內，姑且不論。

我以為我倘十分努力，大概也還能夠博採口語，來改革我的文章。但因為懶而且忙，至今沒有做。我常疑心這和讀了古書很有些關係，因為我覺得古人寫在書上的可惡思想，我的心裏也常有，能否忽而奮勉，是毫無把握的。我常常詛咒我的這思想，也希望不再見於後來的青年。去年我主張青年少讀，或者簡直不讀中國書，乃是用許多苦痛換來的真話，決不是聊且快意，或什麼玩笑，憤激之辭。古人說，不讀書便成愚人，那自然也不錯的。然而世界卻正由愚人造成，聰明

人決不能支持世界，尤其是中國的聰明人。現在呢，思想上且不說，便是文辭，許多青年作者又在古文，詩詞中摘些好看而難懂的字面，作為變戲法的手巾，來裝潢自己的作品了。我不知這和勸讀古文說可有相關，但正在復古，也就是新文藝的試行自殺，是顯而易見的。

　　不幸我的古文和白話合成的雜集，又恰在此時出版了，也許又要給讀者若干毒害。只是在自己，卻還不能毅然決然將它毀滅，還想藉此暫時看看逝去的生活的餘痕。惟願偏愛我的作品的讀者也不過將這當作一種紀念，知道這小小的丘隴中，無非埋着曾經活過的軀殼。待再經若干歲月，又當化為煙埃，併紀念也從人間消去，而我的事也就完畢了。上午也正在看古文，記起了幾句陸士衡的弔曹孟德文，便拉來給我的這一篇作結——

　　既睎古以遺累，信簡禮而薄葬。

　　彼裘紱於何有，貽塵謗於後王。

　　嗟大戀之所存，故雖哲而不忘。

　　覽遺籍以慷慨，獻茲文而凄傷！

　　　　　　　　一九二六，一一，一一，夜。魯迅。

北京通信

蘊儒，培良兩兄：

昨天收到兩份《豫報》，使我非常快活，尤其是見了那《副刊》。因為它那蓬勃的朝氣，實在是在我先前的豫想以上。你想：從有着很古的歷史的中州，傳來了青年的聲音，彷彿在豫告這古國將要復活，這是一件如何可喜的事呢？

倘使我有這力量，我自然極願意有所貢獻於河南的青年。但不幸我竟力不從心，因為我自己也正站在歧路上，—— 或者，說得較有希望些：站在十字路口。站在歧路上是幾乎難於舉足，站在十字路口，是可走的道路很多。我自己，是什麼也不怕的，生命是我自己的東西，所以我不妨大步走去，向着我自以為可以走去的路；即使前面是深淵，荊棘，狹谷，火坑，都由我自己負責。然而向青年說話可就難了，如果盲人瞎馬，引入危途，我就該得謀殺許多人命的罪孽。

所以，我終於還不想勸青年一同走我所走的路；我們的年齡，境遇，都不相同，思想的歸宿大概總不能一致的罷。但倘若一定要問我青年應當向怎樣的目標，那麼，我只可以說出我為別人設計的話，就是：一要生存，二要溫飽，三要發展。有敢來阻礙這三事者，無論是誰，我們都反抗他，撲滅他！

可是還得附加幾句話以免誤解，就是：我之所謂生存，並不是苟活；所謂溫飽，並不是奢侈；所謂發展，也不是放縱。

中國古來，一向是最注重於生存的，什麼「知命者不立於岩牆之下」咧，什麼「千金之子坐不垂堂」咧，什麼「身體髮膚受之父母不敢毀傷」咧，竟有父母願意兒子吸鴉片的，一吸，他就不至於到外面去，有傾家蕩產之虞了。可是這一流人家，家業也決不能長保，因為這是苟活。苟活就是活不下去的初步，所以到後來，他就活不下去了。意圖生存，而太卑怯，結果就得死亡。以中國古訓中教人苟活的格言如此之多，而中國人偏多死亡，外族偏多侵入，結果適得其反，可見我們蔑棄古訓，是刻不容緩的了。這實在是無可奈何，因為我們要生活，而且不是苟活的緣故。中國人雖然想了各種苟活的理想鄉，可惜終於沒有實現。但我卻替他們發見了，你們大概知道的罷，就是北京的第一監獄。這監獄在宣武門外的空地裏，不怕鄰家的火災；每日兩餐，不慮凍餒；起居有定，不會傷生；構造堅固，不會倒塌；禁卒管着，不會再犯罪；強盜是決不會來搶的。住在裏面，何等安全，真真是「千金之子坐不垂堂」了。但闕少的就有一件事：自由。

古訓所教的就是這樣的生活法，教人不要動。不動，失錯當然就較少了，但不活的岩石泥沙，失錯不是更少麼？我以為人類為向上，即發展起見，應該活動，活動而有若干失錯，也不要緊。惟獨半死半生的苟活，是全盤失錯的。因為他掛了生活的招牌，其實卻引人到死路上去！

我想，我們總得將青年從牢獄裏引出來，路上的危險，當

然是有的，但這是求生的偶然的危險，無從逃避。想逃避，就須度那古人所希求的第一監獄式生活了，可是真在第一監獄裏的犯人，都想早些釋放，雖然外面並不比獄裏安全。

　　北京暖和起來了；我的院子裏種了幾株丁香，活了；還有兩株榆葉梅，至今還未發芽，不知道它是否活着。

　　昨天鬧了一個小亂子，許多學生被打傷了；聽説還有死的，我不知道確否。其實，只要聽他們開會，結果不過是開會而已，因為加了強力的迫壓，遂鬧出開會以上的事來。俄國的革命，不就是從這樣的路徑出發的麼？

　　夜深了，就此擱筆，後來再談罷。

　　　　　　　　　　　　　　　　魯迅。五月八日夜。

為了忘卻的記念

一

我早已想寫一點文字，來記念幾個青年的作家。這並非為了別的，只因為兩年以來，悲憤總時時來襲擊我的心，至今沒有停止，我很想藉此算是辣身一搖，將悲哀擺脫，給自己輕鬆一下，照直說，就是我倒要將他們忘卻了。

兩年前的此時，即一九三一年的二月七日夜或八日晨，是我們的五個青年作家同時遇害的時候。當時上海的報章都不敢載這件事，或者也許是不願，或不屑載這件事，只在《文藝新聞》上有一點隱約其辭的文章。那第十一期（五月二十五日）裏，有一篇林莽先生作的《白莽印象記》，中間說：

「他做了好些詩，又譯過匈牙利和詩人彼得斐的幾首詩，當時的《奔流》的編輯者魯迅接到了他的投稿，便來信要和他會面，但他卻是不願見名人的人，結果是魯迅自己跑來找他，竭力鼓勵他作文學的工作，但他終於不能坐在亭子間裏寫，又去跑他的路了。不久，他又一次的被了捕。……」

這裏所說的我們的事情其實是不確的。白莽並沒有這麼高慢，他曾經到過我的寓所來，但也不是因為我要求和他會面；我也沒有這麼高慢，對於一位素不相識的投稿者，會輕率

的寫信去叫他。我們相見的原因很平常，那時他所投的是從德文譯出的《彼得斐傳》，我就發信去討原文，原文是載在詩集前面的，郵寄不便，他就親自送來了。看去是一個二十多歲的青年，面貌很端正，顏色是黑黑的，當時的談話我已經忘卻，只記得他自說姓徐，象山人；我問他為什麼代你收信的女士是這麼一個怪名字（怎麼怪法，現在也忘卻了），他說她就喜歡起得這麼怪，羅曼諦克，自己也有些和她不大對勁了。就只剩了這一點。

　　夜裏，我將譯文和原文粗粗的對了一遍，知道除幾處誤譯之外，還有一個故意的曲譯。他像是不喜歡「國民詩人」這個字的，都改成「民眾詩人」了。第二天又接到他一封來信，說很悔和我相見，他的話多，我的話少，又冷，好像受了一種威壓似的。我便寫一封回信去解釋，說初次相會，說話不多，也是人之常情，並且告訴他不應該由自己的愛憎，將原文改變。因為他的原書留在我這裏了，就將我所藏的兩本集子送給他，問他可能再譯幾首詩，以供讀者的參看。他果然譯了幾首，自己拿來了，我們就談得比第一回多一些。這傳和詩，後來就都登在《奔流》第二卷第五本，即最末的一本裏。

　　我們第三次相見，我記得是在一個熱天。有人打門了，我去開門時，來的就是白莽，卻穿着一件厚棉袍，汗流滿面，彼此都不禁失笑。這時他才告訴我他是一個革命者，剛由被捕而釋出，衣服和書籍全被沒收了，連我送他的那兩本；身上的袍子是從朋友那裏借來的，沒有夾衫，而必須穿長衣，所以只好這麼出汗。我想，這大約就是林莽先生說的「又一次的

被了捕」的那一次了。

　　我很欣幸他的得釋，就趕緊付給稿費，使他可以買一件夾衫，但一面又很為我的那兩本書痛惜：落在捕房的手裏，真是明珠投暗了。那兩本書，原是極平常的，一本散文，一本詩集，據德文譯者說，這是他搜集起來的，雖在匈牙利本國，也還沒有這麼完全的本子，然而印在《萊克朗氏萬有文庫》(Reclam's Universal-Bibliothek) 中，倘在德國，就隨處可得，也值不到一元錢。不過在我是一種寶貝，因為這是三十年前，正當我熱愛彼得斐的時候，特地托丸善書店從德國去買來的，那時還恐怕因為書極便宜，店員不肯經手，開口時非常惴惴。後來大抵帶在身邊，只是情隨事遷，已沒有翻譯的意思了，這回便決計送給這也如我的那時一樣，熱愛彼得斐的詩的青年，算是給它尋得了一個好着落。所以還鄭重其事，托柔石親自送去的。誰料竟會落在「三道頭」之類的手裏的呢，這豈不冤枉！

　　二

　　我的決不邀投稿者相見，其實也並不完全因為謙虛，其中含着省事的分子也不少。由於歷來的經驗，我知道青年們，尤其是文學青年們，十之九是感覺很敏，自尊心也很旺盛的，一不小心，極容易得到誤解，所以倒是故意迴避的時候多。見面尚且怕，更不必說敢有託付了。但那時我在上海，也有一個惟一的不但敢於隨便談笑，而且還敢於托他辦點私事的人，那就是送書去給白莽的柔石。

　　我和柔石最初的相見，不知道是何時，在那裏。他彷彿說過，曾在北京聽過我的講義，那麼，當在八九年之前了。我也忘記了在上海怎麼來往起來，總之，他那時住在景雲里，離我的寓所不過四五家門面，不知怎麼一來，就來往起來了。大約最初的一回他就告訴我是姓趙，名平復。但他又曾談起他家鄉的豪紳的氣焰之盛，說是有一個紳士，以為他的名字好，要給兒子用，叫他不要用這名字了。所以我疑心他的原名是「平福」，平穩而有福，才正中鄉紳的意，對於「復」字卻未必有這麼熱心。他的家鄉，是台州的寧海，這只要一看他那台州式的硬氣就知道，而且頗有點迂，有時會令我忽而想到方孝孺，覺得好像也有些這模樣的。

　　他躲在寓裏弄文學，也創作，也翻譯，我們往來了許多日，說得投合起來了，於是另外約定了幾個同意的青年，設立朝華社。目的是在紹介東歐和北歐的文學，輸入外國的版畫，因為我們都以為應該來扶植一點剛健質樸的文藝。接着就印《朝花旬刊》，印《近代世界短篇小說集》，印《藝苑朝華》，算都在循着這條線，只有其中的一本《拾谷虹兒畫選》，是為了掃蕩上海灘上的「藝術家」，即戳穿葉靈鳳這紙老虎而印的。

　　然而柔石自己沒有錢，他借了二百多塊錢來做印本。除買紙之外，大部分的稿子和雜務都是歸他做，如跑印刷局，製圖，校字之類。可是往往不如意，說起來皺着眉頭。看他舊作品，都很有悲觀的氣息，但實際上並不然，他相信人們是好的。我有時談到人會怎樣的騙人，怎樣的賣友，怎樣的吮血，他就前額亮晶晶的，驚疑地圓睜了近視的眼睛，抗議道，「會

這樣的麼？── 不至於此罷？……」

不過朝花社不久就倒閉了，我也不想說清其中的原因，總之是柔石的理想的頭，先碰了一個大釘子，力氣固然白化，此外還得去借一百塊錢來付紙賬。後來他對於我那「人心惟危」說的懷疑減少了，有時也嘆息道，「真會這樣的麼？……」但是，他仍然相信人們是好的。

他於是一面將自己所應得的朝花社的殘書送到明日書店和光華書局去，希望還能夠收回幾文錢，一面就拚命的譯書，準備還借款，這就是賣給商務印書館的《丹麥短篇小說集》和戈理基作的長篇小說《阿爾泰莫諾夫之事業》。但我想，這些譯稿，也許去年已被兵火燒掉了。

他的迂漸漸的改變起來，終於也敢和女性的同鄉或朋友一同去走路了，但那距離，卻至少總有三四尺的。這方法很不好，有時我在路上遇見他，只要在相距三四尺前後或左右有一個年青漂亮的女人，我便會疑心就是他的朋友。但他和我一同走路的時候，可就走得近了，簡直是扶住我，因為怕我被汽車或電車撞死；我這面也為他近視而又要照顧別人擔心，大家都蒼皇失措的愁一路，所以倘不是萬不得已，我是不大和他一同出去的，我實在看得他吃力，因而自己也吃力。

無論從舊道德，從新道德，只要是損己利人的，他就挑選上，自己背起來。

他終於決定地改變了，有一回，曾經明白的告訴我，此後應該轉換作品的內容和形式。我說：這怕難罷，譬如使慣了刀的，這回要他耍棍，怎麼能行呢？他簡潔的答道：只要學

起來！

他說的並不是空話，真也在從新學起來了，其時他曾經帶了一個朋友來訪我，那就是馮鏗女士。談了一些天，我對於她終於很隔膜，我疑心她有點羅曼諦克，急於事功；我又疑心柔石的近來要做大部的小說，是發源於她的主張的。但我又疑心我自己，也許是柔石的先前的斬釘截鐵的回答，正中了我那其實是偷懶的主張的傷疤，所以不自覺地遷怒到她身上去了。——我其實也並不比我所怕見的神經過敏而自尊的文學青年高明。

她的體質是弱的，也並不美麗。

三

直到左翼作家聯盟成立之後，我才知道我所認識的白莽，就是在《拓荒者》上做詩的殷夫。有一次大會時，我便帶了一本德譯的，一個美國的新聞記者所做的中國遊記去送他，這不過以為他可以由此練習德文，另外並無深意。然而他沒有來。我只得又託了柔石。

但不久，他們竟一同被捕，我的那一本書，又被沒收，落在「三道頭」之類的手裏了。

四

明日書店要出一種期刊，請柔石去做編輯，他答應了；書店還想印我的譯著，托他來問版稅的辦法，我便將我和北新書局所訂的合同，抄了一份交給他，他向衣袋裏一塞，匆匆的

走了。其時是一九三一年一月十六日的夜間，而不料這一去，竟就是我和他相見的末一回，竟就是我們的永訣。第二天，他就在一個會場上被捕了，衣袋裏還藏着我那印書的合同，聽說官廳因此正在找尋我。印書的合同，是明明白白的，但我不願意到那些不明不白地方去辯解。記得《説岳全傳》裏講過一個高僧，當追捕的差役剛到寺門之前，他就「坐化」了，還留下什麼「何立從東來，我向西方走」的偈子。這是奴隸所幻想的脱離苦海的惟一的好方法，「劍俠」盼不到，最自在的惟此而已。我不是高僧，沒有涅槃的自由，卻還有生之留戀，我於是就逃走。

這一夜，我燒掉了朋友們的舊信札，就和女人抱着孩子走在一個客棧裏。不幾天，即聽得外面紛紛傳我被捕，或是被殺了，柔石的消息卻很少。有的説，他曾經被巡捕帶到明日書店裏，問是否是編輯；有的説，他曾經被巡捕帶往北新書局去，問是否是柔石，手上上了銬，可見案情是重的。但怎樣的案情，卻誰也不明白。

他在囚繫中，我見過兩次他寫給同鄉的信，第一回是這樣的——

「我與三十五位同犯（七個女的）於昨日到龍華。並於昨夜上了鐐，開政治犯從未上鐐之紀錄。此案累及太大，我一時恐難出獄，書店事望兄為我代辦之。現亦好，且跟殷夫兄學德文，此事可告周先生；望周先生勿念，我等未受刑。捕房和公安局，幾次問周先生地址，但我哪裏知道。諸望勿念。祝好！

趙少雄一月二十四日。」

以上正面。

「洋鐵飯碗，要二三隻，如不能見面，可將東西望轉交趙少雄」

以上背面。

他的心情並未改變，想學德文，更加努力；也仍在記念我，像在馬路上行走時候一般。但他信裏有些話是錯誤的，政治犯而上鐐，並非從他們開始，但他向來看得官場還太高，以為文明至今，到他們才開始了嚴酷。其實是不然的。果然，第二封信就很不同，措詞非常慘苦，且說馮女士的面目都浮腫了，可惜我沒有抄下這封信。其時傳說也更加紛繁，說他可以贖出的也有，說他已經解往南京的也有，毫無確信；而用函電來探問我的消息的也多起來，連母親在北京也急得生病了，我只得一一發信去更正，這樣的大約有二十天。

天氣愈冷了，我不知道柔石在那裏有被褥不？我們是有的。洋鐵碗可曾收到了沒有？……但忽然得到一個可靠的消息，說柔石和其他二十三人，已於二月七日夜或八日晨，在龍華警備司令部被槍斃了，他的身上中了十彈。

原來如此！……

在一個深夜裏，我站在客棧的院子中，周圍是堆着的破爛的什物；人們都睡覺了，連我的女人和孩子。我沉重的感到我失掉了很好的朋友，中國失掉了很好的青年，我在悲憤中沉靜下去了，然而積習卻從沉靜中抬起頭來，湊成了這樣的幾句：

慣於長夜過春時，挈婦將雛鬢有絲。

夢裏依稀慈母淚，城頭變幻大王旗。

忍看朋輩成新鬼，怒向刀叢覓小詩。

吟罷低眉無寫處，月光如水照緇衣。

但末二句，後來不確了，我終於將這寫給了一個日本的歌人。

可是在中國，那時是確無寫處的，禁錮得比罐頭還嚴密。我記得柔石在年底曾回故鄉，住了好些時，到上海後很受朋友的責備。他悲憤的對我說，他的母親雙眼已經失明了，要他多住幾天，他怎麼能夠就走呢？我知道這失明的母親的眷眷的心，柔石的拳拳的心。當《北斗》創刊時，我就想寫一點關於柔石的文章，然而不能夠，只得選了一幅珂勒惠支（Kaethe Kollwitz）夫人的木刻，名曰《犧牲》，是一個母親悲哀地獻出她的兒子去的，算是只有我一個人心裏知道的柔石的記念。

同時被難的四個青年文學家之中，李偉森我沒有會見過，胡也頻在上海也只見過一次面，談了幾句天。較熟的要算白莽，即殷夫了，他曾經和我通過信，投過稿，但現在尋起來，一無所得，想必是十七那夜統統燒掉了，那時我還沒有知道被捕的也有白莽。然而那本《彼得斐詩集》卻在的，翻了一遍，也沒有什麼，只在一首《Wahlspruch》（格言）的旁邊，有鋼筆寫的四行譯文道：

生命誠寶貴

愛情價更高

若為自由故

二者皆可拋！

又在第二頁上，寫着「徐培根」三個字，我疑心這是他的真姓名。

五

前年的今日，我避在客棧裏，他們卻是走向刑場了；去年的今日，我在炮聲中逃在英租界，他們則早已埋在不知哪裏的地下了；今年的今日，我才坐在舊寓裏，人們都睡覺了，連我的女人和孩子。我又沉重的感到我失掉了很好的朋友，中國失掉了很好的青年，我在悲憤中沉靜下去了，不料積習又從沉靜中抬起頭來，寫下了以上那些字。

要寫下去，在中國的現在，還是沒有寫處的。年青時讀向子期《思舊賦》，很怪他為什麼只有寥寥的幾行，剛開頭卻又煞了尾。然而，現在我懂得了。

不是年青的為年老的寫記念，而在這三十年中，卻使我目睹許多青年的血，層層淤積起來，將我埋得不能呼吸，我只能用這樣的筆墨，寫幾句文章，算是從泥土中挖一個小孔，自己延口殘喘，這是怎樣的世界呢。夜正長，路也正長，我不如忘卻，不說的好罷。但我知道，即使不是我，將來總會有記起他們，再說他們的時候的。……二月七—八日。

上海的兒童

　　上海越界築路的北四川路一帶，因為打仗，去年冷落了大半年，今年依然熱鬧了，店舖從法租界搬回，電影院早經開始，公園左近也常見攜手同行的愛侶，這是去年夏天所沒有的。

　　倘若走進住家的弄堂裏去，就看見便溺器，吃食擔，蒼蠅成群的在飛，孩子成隊的在鬧，有劇烈的搗亂，有發達的罵詈，真是一個亂烘烘的小世界。但一到大路上，映進眼簾來的卻只是軒昂活潑地玩着走着的外國孩子，中國的兒童幾乎看不見了。但也並非沒有，只因為衣褲郎當，精神萎靡，被別人壓得像影子一樣，不能醒目了。

　　中國中流的家庭，教孩子大抵只有兩種法。其一，是任其跋扈，一點也不管，罵人固可，打人亦無不可，在門內或門前是暴主，是霸王，但到外面，便如失了網的蜘蛛一般，立刻毫無能力。其二，是終日給以冷遇或呵斥，甚而至於打撲，使他畏葸退縮，彷彿一個奴才，一個傀儡，然而父母卻美其名曰「聽話」，自以為是教育的成功，待到放他到外面來，則如暫出樊籠的小禽，他決不會飛鳴，也不會跳躍。

　　現在總算中國也有印給兒童看的畫本了，其中的主角自

然是兒童，然而畫中人物，大抵倘不是帶着橫暴冥頑的氣味，甚而至於流氓模樣的，過度的惡作劇的頑童，就是鈎頭聳背，低眉順眼，一副死板板的臉相的所謂「好孩子」。這雖然由於畫家本領的欠缺，但也是取兒童為範本的，而從此又以作供給兒童仿效的範本。我們試一看別國的兒童畫罷，英國沉着，德國粗豪，俄國雄厚，法國漂亮，日本聰明，都沒有一點中國似的衰憊的氣象。觀民風是不但可以由詩文，也可以由圖畫，而且可以由不為人們所重的兒童畫的。

頑劣，鈍滯，都足以使人沒落、滅亡。童年的情形，便是將來的命運。我們的新人物，講戀愛、講小家庭、講自立、講享樂了，但很少有人為兒女提出家庭教育的問題，學校教育的問題，社會改革的問題。先前的人，只知道「為兒孫作馬牛」，固然是錯誤的，但只顧現在，不想將來，「任兒孫作馬牛」，卻不能不說是一個更大的錯誤。

八月十二日

從孩子的照相說起

因為長久沒有小孩子，曾有人說，這是我做人不好的報應，要絕種的。房東太太討厭我的時候，就不准她的孩子們到我這裏玩，叫作「給他冷清冷清，冷清得他要死！」但是，現在卻有了一個孩子，雖然能不能養大也很難說，然而目下總算已經頗能說些話，發表他自己的意見了。不過不會說還好，一會說，就使我覺得他彷彿也是我的敵人。

他有時對於我很不滿，有一回，當面對我說：「我做起爸爸來，還要好……」甚而至於頗近於「反動」，曾經給我一個嚴厲的批評道：「這種爸爸，什麼爸爸！？」

我不相信他的話。做兒子時，以將來的好父親自命，待到自己有了兒子的時候，先前的宣言早已忘得一乾二淨了。況且我自以為也不算怎麼壞的父親，雖然有時也要罵，甚至於打，其實是愛他的。所以他健康，活潑，頑皮，絲毫沒有被壓迫得瘟頭瘟腦。如果真的是一個「什麼爸爸」，他還敢當面發這樣反動的宣言麼？

但那健康和活潑，有時卻也使他喫虧，九一八事件後，就被同胞誤認為日本孩子，罵了好幾回，還捱過一次打 —— 自然是並不重的。這裏還要加一句說的聽的，都不十分舒服的

話：近一年多以來，這樣的事情可是一次也沒有了。

中國和日本的小孩子，穿的如果都是洋服，普通實在是很難分辨的。但我們這裏的有些人，卻有一種錯誤的速斷法：溫文爾雅，不大言笑，不大動彈的，是中國孩子；健壯活潑，不怕生人，大叫大跳的，是日本孩子。

然而奇怪，我曾在日本的照相館裏給他照過一張相，滿臉頑皮，也真像日本孩子；後來又在中國的照相館裏照了一張相，相類的衣服，然而面貌很拘謹，馴良，是一個道地的中國孩子了。

為了這事，我曾經想了一想。

這不同的大原因，是在照相師的。他所指示的站或坐的姿勢，兩國的照相師先就不相同，站定之後，他就瞪了眼睛，覷機攝取他以為最好的一刹那的相貌。孩子被擺在照相機的鏡頭之下，表情是總在變化的，時而活潑，時而頑皮，時而馴良，時而拘謹，時而煩厭，時而疑懼，時而無畏，時而疲勞⋯⋯。照住了馴良和拘謹的一刹那的，是中國孩子相；照住了活潑或頑皮的一刹那的，就好像日本孩子相。

馴良之類並不是惡德。但發展開去，對一切事無不馴良，卻決不是美德，也許簡直倒是沒出息。「爸爸」和前輩的話，固然也要聽的，但也須說得有道理。假使有一個孩子，自以為事事都不如人，鞠躬倒退；或者滿臉笑容，實際上卻總是陰謀暗箭，我實在寧可聽到當面罵我「什麼東西」的爽快，而且希望他自己是一個東西。

但中國一般的趨勢，卻只在向馴良之類 ——「靜」的一方

面發展，低眉順眼，唯唯諾諾，才算一個好孩子，名之曰「有趣」。活潑，健康，頑強，挺胸仰面……凡是屬於「動」的，那就未免有人搖頭了，甚至於稱之為「洋氣」。又因為多年受着侵略，就和這「洋氣」為仇；更進一步，則故意和這「洋氣」反一調：他們活動，我偏靜坐；他們講科學，我偏扶乩；他們穿短衣，我偏着長衫；他們重衛生，我偏喫蒼蠅；他們壯健，我偏生病……這才是保存中國固有文化，這才是愛國，這才不是奴隸性。

其實，由我看來，所謂「洋氣」之中，有不少是優點，也是中國人性質中所本有的，但因了歷朝的壓抑，已經萎縮了下去，現在就連自己也莫名其妙，統統送給洋人了。這是必須拿它回來 —— 恢復過來的 —— 自然還得加一番慎重的選擇。

即使並非中國所固有的罷，只要是優點，我們也應該學習。即使那老師是我們的仇敵罷，我們也應該向他學習。我在這裏要提出現在大家所不高興說的日本來，它的會摹仿，少創造，是為中國的許多論者所鄙薄的，但是，只要看看他們的出版物和工業品，早非中國所及，就知道「會摹仿」決不是劣點，我們正應該學習這「會摹仿」的。「會摹仿」又加以有創造，不是更好麼？否則，只不過是一個「恨恨而死」而已。

我在這裏還要附加一句像是多餘的聲明：我相信自己的主張，決不是「受了帝國主義者的指使」，要誘中國人做奴才；而滿口愛國，滿身國粹，也於實際上的做奴才並無妨礙。

八月七日。

《生死場》序

　　記得已是四年前的事了，時維二月，我和婦孺正陷在上海閘北的火線中，眼見中國人的因為逃走或死亡而絕跡。後來仗着幾個朋友的幫助，這才得進平和的英租界，難民雖然滿路，居人卻很安閒。和閘北相距不過四五里罷，就是一個這麼不同的世界，——我們又怎麼會想到哈爾濱。

　　這本稿子的到了我的桌上，已是今年的春天，我早重回閘北，周圍又複熙熙攘攘的時候了。但卻看見了五年以前，以及更早的哈爾濱。這自然還不過是略圖，敘事和寫景，勝於人物的描寫，然而北方人民的對於生的堅強，對於死的掙扎，卻往往已經力透紙背；女性作者的細緻的觀察和越軌的筆致，又增加了不少明麗和新鮮。精神是健全的，就是深惡文藝和功利有關的人，如果看起來，他不幸得很，他也難免不能毫無所得。

　　聽說文學社曾經願意給她付印，稿子呈到中央宣傳部書報檢查委員會那裏去，擱了半年，結果是不許可。人常常會事後才聰明，回想起來，這正是當然的事：對於生的堅強和死的掙扎，恐怕也確是大背「訓政」之道的。今年五月，只為了〈略談皇帝〉這一篇文章，這一個氣焰萬丈的委員會就忽然

煙消火滅，便是「以身作則」的實地大教訓。奴隸社以汗血換來的幾文錢，想為這本書出版，卻又在我們的上司「以身作則」的半年之後了，還要我寫幾句序。然而這幾天，卻又謠言蜂起，閘北的熙熙攘攘的居民，又在抱頭鼠竄了，路上是駱驛不絕的行李車和人，路旁是黃白兩色的外人，含笑在賞鑑這禮讓之邦的盛況。自以為居於安全地帶的報館的報紙，則稱這些逃命者為「庸人」或「愚民」。我卻以為他們也許是聰明的，至少，是已經憑着經驗，知道了煌煌的官樣文章之不可信。他們還有些記性。

現在是一九三五年十一月十四的夜裏，我在燈下再看完了《生死場》。周圍像死一般寂靜，聽慣的鄰人的談話聲沒有了，食物的叫賣聲也沒有了，不過偶有遠遠的幾聲犬吠。想起來，英法租界當不是這情形，哈爾濱也不是這情形；我和那裏的居人，彼此都懷着不同的心情，住在不同的世界。然而我的心現在卻好像古井中水，不生微波，麻木的寫了以上那些字。這正是奴隸的心！——但是，如果還是攪亂了讀者的心呢？那麼，我們還決不是奴才。

不過與其聽我還在安坐中的牢騷話，不如快看下面的《生死場》，她才會給你們以堅強和掙扎的力氣。魯迅。

《偽自由書》前記

這一本小書裏的，是從本年一月底起至五月中旬為止的寄給《申報》上的《自由談》的雜感。

我到上海以後，日報是看的，卻從來沒有投過稿，也沒有想到過，並且也沒有注意過日報的文藝欄，所以也不知道《申報》在什麼時候開始有了《自由談》，《自由談》裏是怎樣的文字。大約是去年的年底罷，偶然遇見郁達夫先生，他告訴我說，《自由談》的編輯新換了黎烈文先生了，但他才從法國回來，人地生疏，怕一時集不起稿子，要我去投幾回稿。我就漫應之曰：那是可以的。

對於達夫先生的囑咐，我是常常「漫應之曰：那是可以的」的。直白的說罷，我一向很迴避創造社裏的人物。這也不只因為歷來特別的攻擊我，甚而至於施行人身攻擊的緣故，大半倒在他們的一副「創造」臉。雖然他們之中，後來有的化為隱士，有的化為富翁，有的化為實踐的革命者，有的也化為奸細，而在「創造」這一面大纛之下的時候，卻總是神氣十足，好像連出汗打嚏，也全是「創造」似的。我和達夫先生見面得最早，臉上也看不出那麼一種創造氣，所以相遇之際，就隨便談談；對於文學的意見，我們恐怕是不能一致的罷，然而所

談的大抵是空話。但這樣的就熟識了，我有時要求他寫一篇文章，他一定如約寄來，則他希望我做一點東西，我當然應該漫應曰可以。但應而至於「漫」，我已經懶散得多了。

但從此我就看看《自由談》，不過仍然沒有投稿。不久，聽到了一個傳聞，說《自由談》的編輯者為了忙於事務，連他夫人的臨蓐也不暇照管，送在醫院裏，她獨自死掉了。幾天之後，我偶然在《自由談》裏看見一篇文章，其中說的是每日使嬰兒看看遺照，給他知道曾有這樣一個孕育了他的母親。我立刻省悟了這就是黎烈文先生的作品，拿起筆，想做一篇反對的文章，因為我向來的意見，是以為倘有慈母，或是幸福，然若生而失母，卻也並非完全的不幸，他也許倒成為更加勇猛，更無掛礙的男兒的。但是也沒有竟做，改為給《自由談》的投稿了，這就是這本書裏的第一篇〈崇實〉；又因為我舊日的筆名有時不能通用，便改題了「何家干」，有時也用「干」或「丁萌」。

這些短評，有的由於個人的感觸，有的則出於時事的刺戟，但意思都極平常，說話也往往很晦澀，我知道《自由談》並非同人雜誌，「自由」更當然不過是一句反話，我決不想在這上面去馳騁的。我之所以投稿，一是為了朋友的交情，一則在給寂寞者以吶喊，也還是由於自己的老脾氣。然而我的壞處，是在論時事不留面子，砭錮弊常取類型，而後者尤與時宜不合。蓋寫類型者，於壞處，恰如病理學上的圖，假如是瘡疽，則這圖便是一切某瘡某疽的標本，或和某甲的瘡有些相像，或和某乙的疽有點相同。而見者不察，以為所畫的只是

他某甲的瘡，無端侮辱，於是就必欲制你畫者的死命了。例如我先前的論叭兒狗，原也泛無實指，都是自覺其有叭兒性的人們自來承認的。這要制死命的方法，是不論文章的是非，而先問作者是哪一個；也就是別的不管，只要向作者施行人身攻擊了。自然，其中也並不全是含憤的病人，有的倒是代打不平的俠客。總之，這種戰術，是陳源教授的「魯迅即教育部僉事周樹人」開其端，事隔十年，大家早經忘卻了，這回是王平陵先生告發於前，周木齋先生揭露於後，都是做着關於作者本身的文章，或則牽連而至於左翼文學者。此外為我所看見的還有好幾篇，也都附在我的本文之後，以見上海有些所謂文學家的筆戰，是怎樣的東西，和我的短評本身，有什麼關係。但另有幾篇，是因為我的感想由此而起，特地並存以便讀者的參考的。

　　我的投稿，平均每月八九篇，但到五月初，竟接連的不能發表了，我想，這是因為其時諱言時事而我的文字卻常不免涉及時事的緣故。這禁止的是官方檢查員，還是報館總編輯呢，我不知道，也無須知道。現在便將那些都歸在這一本裏，其實是我所指摘，現在都已由事實來證明的了，我那時不過說得略早幾天而已。是為序。

　　　　　　一九三三年七月十九夜，於上海寓廬，魯迅記。

秋夜紀遊

秋已經來了，炎熱也不比夏天小，當電燈替代了太陽的時候，我還是在馬路上漫遊。

危險？危險令人緊張，緊張令人覺到自己生命的力。在危險中漫遊，是很好的。

租界也還有悠閒的處所，是住宅區。但中等華人的窟穴卻是炎熱的，吃食擔，胡琴，麻將，留聲機，垃圾桶，光着的身子和腿。相宜的是高等華人或無等洋人住處的門外，寬大的馬路，碧綠的樹，淡色的窗幔，涼風，月光，然而也有狗子叫。

我生長農村中，愛聽狗子叫，深夜遠吠，聞之神怡，古人之所謂「犬聲如豹」者就是。倘或偶經生疏的村外，一聲狂噑，巨獒躍出，也給人一種緊張，如臨戰鬥，非常有趣的。

但可惜在這裏聽到的是吧兒狗。牠躲躲閃閃，叫得很脆：汪汪！

我不愛聽這一種叫。

我一面漫步，一面發出冷笑，因為我明白了使牠閉口的方法，是只要去和牠主子的管門人說幾句話，或者拋給牠一根肉骨頭。這兩件我還能的，但是我不做。

牠常常要汪汪。

我不愛聽這一種叫。

我一面漫步，一面發出惡笑了，因為我手裏拿着一粒石子，惡笑剛斂，就舉手一擲，正中了牠的鼻樑。

嗚的一聲，牠不見了。我漫步着，漫步着，在少有的寂寞裏。

秋已經來了，我還是漫步着。叫呢，也還是有的，然而更加躲躲閃閃了，聲音也和先前不同，距離也隔得遠了，連鼻子都看不見。

我不再冷笑，不再惡笑了，我漫步着，一面舒服的聽着牠那很脆的聲音。

八月十四日。

朋友

　　我在小學的時候，看同學們變小戲法，「耳中聽字」呀，「紙人出血」呀，很以為有趣。廟會時就有傳授這些戲法的人，幾枚銅元一件，學得來時，倒從此索然無味了。進中學是在城裏，於是興致勃勃的看大戲法，但後來有人告訴了我戲法的秘密，我就不再高興走近圈子的旁邊。去年到上海來，纔又得到消遣無聊的處所，那便是看電影。

　　但不久就在書上看到一點電影片子的製造法，知道了看去好像千丈懸崖者，其實離地不過幾尺，奇禽怪獸，無非是紙做的。這使我從此不很覺得電影的神奇，倒往往只留心它的破綻，自己也無聊起來，第三回失掉了消遣無聊的處所。有時候，還自悔去看那一本書，甚至於恨到那作者不該寫出製造法來了。

　　暴露者揭發種種隱秘，自以為有益於人們，然而無聊的人，為消遣無聊計，是甘於受欺，並且安於自欺的，否則就更無聊賴。因為這，所以使戲法長存於天地之間，也所以使暴露幽暗不但為欺人者所深惡，亦且為被欺者所深惡。

　　暴露者只在有為的人們中有益，在無聊的人們中便要滅亡。自救之道，只在雖知一切隱秘，卻不動聲色，幫同欺人，

欺那自甘受欺的無聊的人們，任他無聊的戲法一套一套的，終於反反覆覆的變下去。周圍是總有這些人會看的。

變戲法的時時拱手道：「……出家靠朋友！」有幾分就是對着明白戲法的底細者而發的，為的是要他不來戳穿西洋鏡。「朋友，以義合者也」，但我們向來常常不作如此解。

（四月二十二日。）

關於太炎先生二三事

前一些時，上海的官紳為太炎先生開追悼會，赴會者不滿百人，遂在寂寞中閉幕，於是有人慨歎，以為青年們對於本國的學者，竟不如對於外國的高爾基的熱誠。這慨歎其實是不得當的。官紳集會，一向為小民所不敢到；況且高爾基是戰鬥的作家，太炎先生雖先前也以革命家現身，後來卻退居於寧靜的學者，用自己所手造的和別人所幫造的牆，和時代隔絕了。紀念者自然有人，但也許將為大多數所忘卻。

我以為先生的業績，留在革命史上的，實在比在學術史上還要大。回憶三十餘年之前，木板的《訄書》已經出版了，我讀不斷，當然也看不懂，恐怕那時的青年，這樣的多得很。我的知道中國有太炎先生，並非因為他的經學和小學，是為了他駁斥康有為和作鄒容的《革命軍》序，竟被監禁於上海的西牢。那時留學日本的浙籍學生，正辦雜誌《浙江潮》，其中即載有先生獄中所作詩，卻並不難懂。這使我感動，也至今並沒有忘記，現在抄兩首在下面——

獄中贈鄒容

鄒容吾小弟，被發下瀛洲。快剪刀除辮，乾牛肉作餱。英雄一入獄，天地亦悲秋。臨命須摻手，乾坤祇兩頭。

獄中聞沈禹希見殺

不見沈生久，江湖知隱淪，蕭蕭悲壯士，今在易京門。

螻蚼羞爭焰，文章總斷魂。中陰當待我，南北幾新墳。

一九〇六年六月出獄，即日東渡，到了東京，不久就主持
《民報》。我愛看這《民報》，但並非為了先生的文筆古奧，索
解為難，或說佛法，談「俱分進化」，是為了他和主張保皇的
梁啟超鬥爭，和「××」的×××鬥爭，和「以《紅樓夢》為
成佛之要道」的×××鬥爭，真是所向披靡，令人神旺。前
去聽講也在這時候，但又並非因為他是學者，卻為了他是有
學問的革命家，所以直到現在，先生的音容笑貌，還在目前，
而所講的《說文解字》，卻一句也不記得了。民國元年革命後，
先生的所志已達，該可以大有作為了，然而還是不得志。這
也是和高爾基的生受崇敬，死備哀榮，截然兩樣的。我以為
兩人遭遇的所以不同，其原因乃在高爾基先前的理想，後來
都成為事實，他的一身，就是大眾的一體，喜怒哀樂，無不相
通；而先生則排滿之志雖伸，但視為最緊要的「第一是用宗教
發起信心，增進國民的道德；第二是用國粹激動種性，增進
愛國的熱腸」（見《民報》第六本），卻僅止於高妙的幻想；不
久而袁世凱又攘奪國柄，以遂私圖，就更使先生失卻實地，僅
垂空文，至於今，惟我們的「中華民國」之稱，尚係發源於先
生的《中華民國解》（最先亦見《民報》），為巨大的記念而已，
然而知道這一重公案者，恐怕也已經不多了。既離民眾，漸
入頹唐，後來的參與投壺，接收饋贈，遂每為論者所不滿，但
這也不過白圭之玷，並非晚節不終。考其生平，以大勳章作

扇墜，臨總統府之門，大詬袁世凱的包藏禍心者，並世無第二人；七被追捕，三入牢獄，而革命之志，終不屈撓者，並世亦無第二人：這才是先哲的精神，後生的楷範。近有文儈，勾結小報，竟也作文奚落先生以自鳴得意，真可謂「小人不欲成人之美」，而且「蚍蜉撼大樹，可笑不自量」了！

　　但革命之後，先生亦漸為昭示後世計，自藏其鋒鋩。浙江所刻的《章氏叢書》，是出於手定的，大約以為駁難攻訐，至於忿詈，有違古之儒風，足以貽譏多士的罷，先前的見於期刊的鬥爭的文章，竟多被刊落，上文所引的詩兩首，亦不見於《詩錄》中。一九三三年刻《章氏叢書續編》於北平，所收不多，而更純謹，且不取舊作，當然也無鬥爭之作，先生遂身衣學術的華袞，粹然成為儒宗，執贄願為弟子者綦眾，至於倉皇制《同門錄》成冊。近閱日報，有保護版權的廣告，有三續叢書的記事，可見又將有遺著出版了，但補入先前戰鬥的文章與否，卻無從知道。戰鬥的文章，乃是先生一生中最大，最久的業績，假使未備，我以為是應該一一輯錄，校印，使先生和後生相印，活在戰鬥者的心中的。然而此時此際，恐怕也未必能如所望罷，嗚呼！

　　　　　　　　　　　　　　　　　　十月九日。

「這也是生活」

這也是病中的事情。

有一些事，健康者或病人是不覺得的，也許遇不到，也許太微細。到得大病初癒，就會經驗到；在我，則疲勞之可怕和休息之舒適，就是兩個好例子。我先前往往自負，從來不知道所謂疲勞。書桌面前有一把圓椅，坐着寫字或用心的看書，是工作；旁邊有一把籐躺椅，靠着談天或隨意的看報，便是休息；覺得兩者並無很大的不同，而且往往以此自負。現在才知道是不對的，所以並無大不同者，乃是因為並未疲勞，也就是並未出力工作的緣故。

我有一個親戚的孩子，高中畢了業，卻只好到襪廠裏去做學徒，心情已經很不快活的了，而工作又很繁重，幾乎一年到頭，並無休息。他是好高的，不肯偷懶，支持了一年多。有一天，忽然坐倒了，對他的哥哥道：「我一點力氣也沒有了。」

他從此就站不起來，送回家裏，躺着，不想飲食，不想動彈，不想言語，請了耶穌教堂的醫生來看，說是全體什麼病也沒有，然而全體都疲乏了。也沒有什麼法子治。自然，連接而來的是靜靜的死。我也曾經有過兩天這樣的情形，但原因不同，他是做乏，我是病乏的。我的確什麼慾望也沒有，似乎

一切都和我不相干，所有舉動都是多事，我沒有想到死，但也沒有覺得生；這就是所謂「無慾望狀態」，是死亡的第一步。曾有愛我者因此暗中下淚；然而我有轉機了，我要喝一點湯水，我有時也看看四近的東西，如牆壁，蒼蠅之類，此後才能覺得疲勞，才需要休息。

像心縱意的躺倒，四肢一伸，大聲打一個呵欠，又將全體放在適宜的位置上，然後弛懈了一切用力之點，這真是一種大享樂。在我是從來未曾享受過的。我想，強壯的，或者有福的人，恐怕也未曾享受過。

記得前年，也在病後，做了一篇〈病後雜談〉，共五節，投給《文學》，但後四節無法發表，印出來只剩了頭一節了。雖然文章前面明明有一個「一」字，此後突然而止，並無「二」「三」，仔細一想是就會覺得古怪的，但這不能要求於每一位讀者，甚而至於不能希望於批評家。於是有人據這一節，下我斷語道：「魯迅是贊成生病的。」現在也許暫免這種災難了，但我還不如先在這裏聲明一下：「我的話到這裏還沒有完。」

有了轉機之後四五天的夜裏，我醒來了，喊醒了廣平。

「給我喝一點水。並且去開開電燈，給我看來看去的看一下。」

「為什麼？……」她的聲音有些驚慌，大約是以為我在講昏話。

「因為我要過活。你懂得麼？這也是生活呀。我要看來看去的看一下。」

「哦……」她走起來，給我喝了幾口茶，徘徊了一下，又

輕輕的躺下了，不去開電燈。

我知道她沒有懂得我的話。

街燈的光穿窗而入，屋子裏顯出微明，我大略一看，熟識的牆壁，壁端的稜線，熟識的書堆，堆邊的未訂的畫集，外面的進行着的夜，無窮的遠方，無數的人們，都和我有關。我存在着，我在生活，我將生活下去，我開始覺得自己更切實了，我有動作的慾望——但不久我又墜入了睡眠。

第二天早晨在日光中一看，果然，熟識的牆壁，熟識的書堆……這些，在平時，我也時常看它們的，其實是算作一種休息。但我們一向輕視這等事，縱使也是生活中的一片，卻排在喝茶搔癢之下，或者簡直不算一回事。我們所注意的是特別的精華，毫不在枝葉。給名人作傳的人，也大抵一味鋪張其特點，李白怎樣做詩，怎樣耍顛，拿破崙怎樣打仗，怎樣不睡覺，卻不說他們怎樣不耍顛，要睡覺。其實，一生中專門耍顛或不睡覺，是一定活不下去的，人之有時能耍顛和不睡覺，就因為倒是有時不耍顛和也睡覺的緣故。然而人們以為這些平凡的都是生活的渣滓，一看也不看。

於是所見的人或事，就如盲人摸象，摸着了腳，即以為象的樣子像柱子。中國古人，常欲得其「全」，就是制婦女用的「烏雞白鳳丸」，也將全雞連毛血都收在丸藥裏，方法固然可笑，主意卻是不錯的。

刪夷枝葉的人，決定得不到花果。

為了不給我開電燈，我對於廣平很不滿，見人即加以攻擊；到得自己能走動了，就去一翻她所看的刊物，果然，在我

臥病期中，全是精華的刊物已經出得不少了，有些東西，後面
雖然仍舊是「美容妙法」，「古木發光」，或者「尼姑之秘密」，
但第一面卻總有一點激昂慷慨的文章。作文已經有了「最中心
之主題」：連義和拳時代和德國統帥瓦德西睡了一些時候的賽
金花，也早已封為九天護國娘娘了。尤可驚服的是先前用《御
香縹緲錄》，把清朝的宮廷講得津津有味的《申報》上的《春
秋》，也已經時而大有不同，有一天竟在卷端的《點滴》裏，教
人當吃西瓜時，也該想到我們土地的被割碎，像這西瓜一樣。
自然，這是無時無地無事而不愛國，無可訾議的。但倘使我
一面這樣想，一面吃西瓜，我恐怕一定嚥不下去，即使用勁嚥
下，也難免不能消化，在肚子裏咕咚的響它好半天。這也未
必是因為我病後神經衰弱的緣故。我想，倘若用西瓜作比，
講過國恥講義，卻立刻又會高高興興的把這西瓜吃下，成為
血肉的營養的人，這人恐怕是有些麻木。對他無論講什麼講
義，都是毫無功效的。

　　我沒有當過義勇軍，說不確切。但自己問：戰士如吃西
瓜，是否大抵有一面吃，一面想的儀式的呢？我想：未必有
的。他大概只覺得口渴，要吃，味道好，卻並不想到此外任何
好聽的大道理。吃過西瓜，精神一振，戰鬥起來就和喉乾舌
敝時候不同，所以吃西瓜和抗敵的確有關係，但和應該怎樣
想的上海設定的戰略，卻是不相干。這樣整天哭喪着臉去吃
喝，不多久，胃口就倒了，還抗什麼敵。

　　然而人往往喜歡說得稀奇古怪，連一個西瓜也不肯主張
平平常常的吃下去。其實，戰士的日常生活，是並不全部可

歌可泣的，然而又無不和可歌可泣之部相關聯，這才是實際
上的戰士。

八月二十三日。

死

當印造凱綏‧珂勒惠支（Kaethe Kollwitz）所作版畫的選集時，曾請史沫德黎（A. Smedley）女士做一篇序。自以為這請得非常合適，因為她們倆原極熟識的。不久做來了，又逼着茅盾先生譯出，現已登在選集上。其中有這樣的文字：「許多年來，凱綏‧珂勒惠支——她從沒有一次利用過贈授給她的頭銜——作了大量的畫稿，速寫，鉛筆作的和鋼筆作的速寫，木刻，銅刻。把這些來研究，就表示着有二大主題支配着，她早年的主題是反抗，而晚年的是母愛，母性的保障，救濟，以及死。而籠照於她所有的作品之上的，是受難的，悲劇的，以及保護被壓迫者深切熱情的意識。

「有一次我問她：『從前你用反抗的主題，但是現在你好像很有點拋不開死這觀念。這是為什麼呢？』用了深有所苦的語調，她回答道，『也許因為我是一天一天老了！』……」

我那時看到這裏，就想了一想。算起來：她用「死」來做畫材的時候，是一九一〇年頃；這時她不過四十三四歲。我今年的這「想了一想」，當然和年紀有關，但回憶十餘年前，對於死卻還沒有感到這麼深切。大約我們的生死久已被人們隨意處置，認為無足重輕，所以自己也看得隨隨便便，不像歐

洲人那樣的認真了。有些外國人說，中國人最怕死。這其實
是不確的，——但自然，每不免模模糊糊的死掉則有之。

　　大家所相信的死後的狀態，更助成了對於死的隨便。誰
都知道，我們中國人是相信有鬼（近時或謂之「靈魂」）的，既
有鬼，則死掉之後，雖然已不是人，卻還不失為鬼，總還不算
是一無所有。不過設想中的做鬼的久暫，卻因其人的生前的
貧富而不同。窮人們是大抵以為死後就去輪迴的，根源出於
佛教。佛教所說的輪迴，當然手續繁重，並不這麼簡單，但窮
人往往無學，所以不明白。這就是使死罪犯人綁赴法場時，
大叫「二十年後又是一條好漢」，面無懼色的原因。況且相傳
鬼的衣服，是和臨終時一樣的，窮人無好衣裳，做了鬼也決不
怎麼體面，實在遠不如立刻投胎，化為赤條條的嬰兒的上算。
我們曾見誰家生了小孩，胎裏就穿着叫化子或是游泳家的衣
服的麼？從來沒有。這就好，從新來過。也許有人要問，既
然相信輪迴，那就說不定來生會墮入更窮苦的景況，或者簡
直是畜生道，更加可怕了。但我看他們是並不這樣想的，他
們確信自己並未造出該入畜生道的罪孽，他們從來沒有能墮
畜生道的地位，權勢和金錢。

　　然而有着地位，權勢和金錢的人，卻又並不覺得該墮畜生
道；他們倒一面化為居士，準備成佛，一面自然也主張讀經復
古，兼做聖賢。他們像活着時候的超出人理一樣，自以為死
後也超出了輪迴的。至於小有金錢的人，則雖然也不覺得該
受輪迴，但此外也別無雄才大略，只豫備安心做鬼。所以年
紀一到五十上下，就給自己尋葬地，合壽材，又燒紙錠，先在

冥中存儲，生下子孫，每年可吃羹飯。這實在比做人還享福。假使我現在已經是鬼，在陽間又有好子孫，那麼，又何必零星賣稿，或向北新書局去算賬呢，只要很閒適的躺在楠木或陰沉木的棺材裏，逢年逢節，就自有一桌盛饌和一堆國幣擺在眼前了，豈不快哉！

　　就大體而言，除極富貴者和冥律無關外，大抵窮人利於立即投胎，小康者利於長久做鬼。小康者的甘心做鬼，是因為鬼的生活（這兩字大有語病，但我想不出適當的名詞來），就是他還未過厭的人的生活的連續。陰間當然也有主宰者，而且極其嚴厲，公平，但對於他獨獨頗肯通融，也會收點禮物，恰如人間的好官一樣。

　　有一批人是隨隨便便，就是臨終也恐怕不大想到的，我向來正是這隨便黨裏的一個。三十年前學醫的時候，曾經研究過靈魂的有無，結果是不知道；又研究過死亡是否苦痛，結果是不一律，後來也不再深究，忘記了。近十年中，有時也為了朋友的死，寫點文章，不過好像並不想到自己。這兩年來病特別多，一病也比較的長久，這才往往記起了年齡，自然，一面也為了有些作者們筆下的好意的或是惡意的不斷的提示。

　　從去年起，每當病後休養，躺在籐躺椅上，每不免想到體力恢復後應該動手的事情：做什麼文章，翻譯或印行什麼書籍。想定之後，就結束道：就是這樣罷 —— 但要趕快做。這「要趕快做」的想頭，是為先前所沒有的，就因為在不知不覺中，記得了自己的年齡。卻從來沒有直接的想到「死」。

　　直到今年的大病，這才分明的引起關於死的豫想來。原

先是仍如每次的生病一樣，一任着日本的 S 醫師的診治的。
他雖不是肺病專家，然而年紀大，經驗多，從習醫的時期說，
是我的前輩，又極熟識，肯說話。自然，醫師對於病人，縱使
怎樣熟識，說話是還是有限度的，但是他至少已經給了我兩三
回警告，不過我仍然不以為意，也沒有轉告別人。大約實在
是日子太久，病象太險了的緣故罷，幾個朋友暗自協商定局，
請了美國的 D 醫師來診察了。他是在上海的唯一的歐洲的肺
病專家，經過打診，聽診之後，雖然譽我為最能抵抗疾病的典
型的中國人，然而也宣告了我的就要滅亡；並且說，倘是歐
洲人，則在五年前已經死掉。這判決使善感的朋友們下淚。
我也沒有請他開方，因為我想，他的醫學從歐洲學來，一定沒
有學過給死了五年的病人開方的法子。然而 D 醫師的診斷卻
實在是極準確的，後來我照了一張用 X 光透視的胸像，所見
的景象，竟大抵和他的診斷相同。

　　我並不怎麼介意於他的宣告，但也受了些影響，日夜躺
着，無力談話，無力看書。連報紙也拿不動，又未曾練到「心
如古井」，就只好想，而從此竟有時要想到「死」了。不過所
想的也並非「二十年後又是一條好漢」，或者怎樣久住在楠木
棺材裏之類，而是臨終之前的瑣事。在這時候，我才確信，我
是到底相信人死無鬼的。我只想到過寫遺囑，以為我倘曾貴
為宮保，富有千萬，兒子和女婿及其他一定早已逼我寫好遺
囑了，現在卻誰也不提起。但是，我也留下一張罷。當時好
像很想定了一些，都是寫給親屬的，其中有的是：一，不得因
為喪事，收受任何人的一文錢。——但老朋友的，不在此例。

二，趕快收斂，埋掉，拉倒。

三，不要做任何關於紀念的事情。

四，忘記我，管自己生活。——倘不，那就真是糊塗蟲。

五，孩子長大，倘無才能，可尋點小事情過活，萬不可去做空頭文學家或美術家。

六，別人應許給你的事物，不可當真。

七，損着別人的牙眼，卻反對報復，主張寬容的人，萬勿和他接近。

此外自然還有，現在忘記了。只還記得在發熱時，又曾想到歐洲人臨死時，往往有一種儀式，是請別人寬恕，自己也寬恕了別人。我的怨敵可謂多矣，倘有新式的人問起我來，怎麼回答呢？我想了一想，決定的是：讓他們怨恨去，我也一個都不寬恕。

但這儀式並未舉行，遺囑也沒有寫，不過默默的躺着，有時還發生更切迫的思想：原來這樣就算是在死下去，倒也並不苦痛；但是，臨終的一剎那，也許並不這樣的罷；然而，一世只有一次，無論怎樣，總是受得了的⋯⋯。後來，卻有了轉機，好起來了。到現在，我想，這些大約並不是真的要死之前的情形，真的要死，是連這些想頭也未必有的，但究竟如何，我也不知道。

九月五日。